主编　南豫见　漯河作家精品文库

沙澧千秋画

SHALI QIANQIUHUA

张翠华 / 著

河南人民出版社

图书在版编目(CIP)数据

沙澧千秋画 / 张翠华著．—郑州 ：河南人民出版社，2014．12
（漯河作家精品文库 / 南豫见主编）
ISBN 978-7-215-09121-4

Ⅰ．①沙… Ⅱ．①张… Ⅲ．①散文集-中国-当代
Ⅳ．①I267

中国版本图书馆 CIP 数据核字(2014)第 296734 号

河南人民出版社出版发行
（地址:郑州市经五路 66 号　邮政编码:450002　电话:65788068）
新华书店经销　河南省瑞光印务股份有限公司印刷
开本 680 毫米×960 毫米　1/16　印张 14.25
字数 221 千字　印数 1 - 10 000 册
2015 年 8 月第 1 版　2015 年 8 月第 1 次印刷

定价 ：32.00 元

漯河文学新高度

韶　华

我一次又一次打开各种有关漯河的史册，正史、野史、民间杂记，均觅不到或汉赋或唐诗或宋词或元曲或明小说或清散文的记载。截止到新中国之前的文学典籍上，没有小说、散文、诗歌的有关传承。偶有只首片句，聊以宽慰，多属官员的打油诗，远离民生疾苦，与文学不搭界。中原腹地，贾湖骨笛、字圣许慎的故乡，与建安文学的发祥地许昌毗邻，漯河的文人墨客都哪里去了？漯河史上没有文学，没有作家、诗人。如此结果匪夷所思，令人忧伤。

漯河文学经历了漫长的空白带。淘尽千古诗文弄者，这就是历史，破灭了多少人名垂青史的梦想。在此期间，沙澧河是哭泣的，流淌着兵燹战乱、饥馑贫困、民不聊生，而文学需要一张安静的书桌。

五星红旗唤起了漯河文学。六十五年弹指一挥间。漯河文学在各届党政领导的支持下与时俱进，从无到有，从小到大，由弱至强。如今的漯河作家群拥有国家级会员 1 人，省级会员 103 人，市级会员近 300 人。他们或小说，或散文，或诗歌。这一盏盏精神的灯火，汇聚成波光潋滟的星海，为广袤的漯河涂抹上亮色与鲜活，温馨情感，慰藉人心，提升着城市的格调与品质。文学的优劣不取决于团队规模，也不取决于高规格的会员人数，而是以本地区文学作品的品质所决定。南豫见编剧的电视连续剧《日出日落》与《生死较量》，1996 年与 2000 年分别在央视一套与八套黄金时段播出以来，一直稳居全省 18 地市电视剧创作的制高点；芦雅萍的长篇小说《少林方丈》获省第七届“五个一工程奖”；南豫见的长篇小说《百年恩公河》相继获得省第八届“五个一工程奖”与省五届“优秀文艺成果一等奖”，迄今十八个地市的作家无人超越；南豫见的中篇小说《皇天后土》1992 年获“莽原文学奖”以来,至今仍然是十八个地市中篇小说创作的最高奖项。在诗歌领域:王志学的歌词《我爱你祖国》获河南省第四届“五个一工程”奖;南豫见歌词《热爱生命》1998 年获“河南省颂中原音乐大赛二等奖”(一等奖空缺);谢安顺的《漯河赋》与《水之歌》横空出世连获省委宣传部大奖;卢子璋诗歌“月光掠过山的脊背”、“梧桐”,李景超诗歌《大师及大师的作品》、《木槿花》相继在国内获奖;在文学评论界,李兴华的评论集《阅读与欣赏》、《神奇的第六感觉》与王剑的文章在全国重要期刊频频开花绽放,多次斩获国内重要奖项;网络文学方面:孟焕军《上网成为一种生活方式》、王剑散文《读博:打量世界的优雅方式》2010 年获中宣部“全国文明上网共建和谐网上征文”铜奖;李江涛散文《小毛驴返乡》、南豫见散文《漯河文学 60 年》、王剑散文《傍晚,漫步在城市的街道》、孟焕军《漯河广播与时代同行》同时获得 2009 年省委宣传部“沧桑巨变看河南”网络作品大赛文学类作品一、二、三等奖。据此可以理直气壮地说,在漯河厚重文化土壤上凸起的文学高地,已成为全省十八个地市的文学制高点之一。

市政府厚德载物,资助出版本套 10 册“漯河作家精品文库”。打头的《漯河文学地图》,出自南豫见之手,约 50 万字,图文并茂,聚焦全市作家的纷呈亮点,在“序言文萃卷”里,收录了为 17 位作家新著所作的序文;“作家素描卷”中,将数十年为 50 位作家的“画像”集中展览。星汉灿烂,若出其里。一册在手,即可浏览漯河文学的地容地貌,维度走向,风物人情,辉煌成就。此书还回顾了作者本人创作的心路历程,“从改写右派文学”(著名评论家李洁非语)的《生命原则》;到“一部中国人百年的心灵史”(香港媒体语)的《百年恩公河》;再到“中原大地隆起文学青藏高原”的《红色劳改营》(香港媒体语);再到“一部值得尊敬的精品力作”的《家族荣誉》,这几部连续重拳出击的长篇小说,代表了漯河文学蔚为壮观的辉煌成就。孟焕军的长篇小说《花红柳青》,在社会急切呼唤重拾信仰、恢复秩序的声浪中,两位在城市打拼的男女草根大学生,用他们高贵的人品,精彩地诠释了纯净拒绝污染、善良不会被绑架。这种一灯破万暗的艺术效果,当是《花红柳青》这部长篇小说值得尊敬的重要原因。张喜梅的散文集《未完成的虚构》,分九辑约 20 万字,以不同的篇幅不同的题材讴歌了亲情、友情、爱情,字里行间洋溢着文学的魅力,让人不忍释卷。张翠华的散文集《沙澧千秋画》,饱含对生活的热爱,表达了作者的独特的感悟,书写漯河历史文化的灿烂,对于宣传漯河,提升漯河文化软实力必将起到积极的作用。王剑的评论集《冷火焰》，收入文艺评论文章72篇。全书视角独特，笔锋犀利，全景展现了省内外的作家生态和文学思潮。马永红的散文集《我的村庄》，从一个乡下孩子的视角，以朴实无华的笔触，描摹了一幅幅黑白照片，充满浓浓的乡土气息，四季更迭，鸡鸣草长。卢子璋的长诗《忏悔，在许慎墓》，从大沙河的文化源头检索，从西周写到许慎文化园，写出了我们应遵循的精神命脉。精心打理了塑造伟大字圣许慎的浓郁平原文化，泣血拷问了大平原文化的兴盛与沦落，并呼唤大平原文化的再度振兴。李景超的诗集《贾湖骨笛》，美轮美奂，有果实的甘甜，有阳光的温暖，有苦难的挣扎，有命运的抗争。是一部贾湖人奋斗史，也是一部人类的沧桑史，是一部极具挑战性的精品力作。小小说集《我的职务该咋填?》，是柴全伟二十年创作的精品大汇总，也是作家把故事结构和小说语言溶入作品的展现，颇具趣味性、可读性和回味性。《莫红小说选》主要收集了近年来莫红发表的蚂蚁小说，小小说和中篇小说。蚂蚁小说是今年流行的小说文体，以短小、凝炼和结尾出人意料著称。

65年来，三代漯河作家殚精竭虑，呕心沥血创作的成果，前无古人，成为屹立在历史空白地带的文学高峰，被世人钦敬关注。本套“漯河作家精品文库”，作为漯河文学的优秀成果，必将成为一张炫目的文化名片，广为传播，走入寻常百姓家。她竖起的文学新标高必将载入史册，薪火传承，启迪激励后人。努力吧，漯河作家们，用你们频频亮相的精品力作，回报260万勤劳、勇敢、朴实、善良的漯河人民。

在此受漯河作协主席团的委托，代表全市近三百位作家并以我个人的名义，谨向市委、市政府及对这套精品文库做出过辛勤努力的同志由衷致谢。

是为序。

（序文作者为中国作家协会书记处原书记、著名作家）

目 录

沙澧春秋

档案故事

此去经年

生活萦思

沙澧春秋

贾湖骨笛

一

那一定是八千年前一个静谧的夜晚！当一轮金色的圆月从东边天际悠然地升起时，在疏林中奔跑狩猎劳累了一天的男子，手拿骨笛走到贾湖边，寻一块平坦的草地，面向贾湖倚树而立。他闭上眼睛调整一下呼吸，庄严地将骨笛举到唇边，笛声如一支画笔，在夜的幕布上画上了美丽的图画，这图画是男子快乐的心情，是男子对未来的憧憬！笛声在湖面上飘荡，四周因这笛声而更加宁静。

男子吹响的那支笛子是用丹顶鹤的腿骨做成的，他的眼前出现了无边的草原，成群的丹顶鹤在天空中飞翔，大地上到处弥漫着馨香，这美丽的景色使笛声变得更加悠扬。

一位古朴的长发女子，从月光中款款走来，脖子上佩戴的骨质饰物发出轻微的“叮当”声响，她小心翼翼地端着一碗米酒，浅浅地笑着。当笛声停止时，她将米酒递与男子，头稍低的那一瞬间，长发遮盖了脸庞。男子接过米酒，轻抚女子的长发，望着女子月光一样皎洁的脸庞，还有她那满眼的泪光。她从笛声里听出了男子的呐喊：他的心声要让大地和天空听到，要让前人和后人明了！

男子终于等来了这一天。八千多年后，有一位名叫朱帜的年轻人在舞阳贾湖开荒时，将目光久久地停留在红陶片、红烧土、灰土和一些石器、碎陶上，后来，他成为舞阳县博物馆馆长，此后，他又来到贾湖调查，他的调查报告将文物部门的领导和专家吸引到了贾湖这片土地上。经过多次发掘，终于发现了裴李岗文化时期房基、灰坑、墓葬、陶窑，包括那依次扩建的多间房及壕沟，几千件珍贵文物标本，看到了八千多年前的贾湖人使用过的陶壶、陶碗、骨镞、骨针，还有石磨盘、石镰……后来，在所有的出土文物中，骨笛最引人注目，那名字前被冠以“贾湖”二字的骨笛，成为名副其实的“中华第一笛”。贾湖骨笛是我国音乐考古中继湖北曾侯乙墓编钟、编磬之后,又一重大发现,将人类音乐史、文明史向前推了三千年,是世界上最早的乐器。

二

1987 年 5 月,在金黄的油菜花和碧绿的麦田边,河南省文物考古研究所的考古人员正在紧张地忙碌着,也许他们谁也不会想到,一个震惊世界的重大发现将会呈现在他们眼前。张居中、王胜利在清理舞阳县贾湖第 282 号墓时,忽然发现该墓墓主人左股骨旁放置着一支完整无损的骨管,形状很像今天的笛子,管身上还有 7 个大小一致、排列均匀的按音孔,到工地检查工作的河南省文物考古研究所的裴明相和陈嘉祥两位先生一见骨器,顾不上拂掉骨器身上的泥土,裴老急切地按吹箫的方式对嘴吹奏起来,由于骨器内的泥土当时尚未清理,还不能吹出声来。到底这状似笛子的骨器是不是骨笛呢？他们怀着急切的心情迅速赶到北京,请教音乐专家。当这支骨器出现在北京中国音乐研究所萧兴华眼前时,他也大吃一惊,因为骨器的构造与新疆哈萨克族的吹奏乐器斯布斯额和新疆塔吉克族的鹰骨笛极为相似,萧兴华明白,它的出现,比历史上任何关于笛的记载、出土的文物和砖雕绘画都要早数千年啊!

中央民族乐团音乐家用斜吹的方法吹出了骨笛的基本音阶,当使用骨笛吹奏的河北民歌《小白菜》的旋律在深秋的郑州响起时,在场的所有人都震惊了,不敢相信这悠扬的笛声来自八千多年前,笛声穿越时空,刹那间将远古和今天联结在一起,人们仿佛聆听到了贾湖先民们的心声,令人忘却今夕是何夕！通过笛音,人们似乎看到了贾湖先民们劳动生活的热烈场面。

舞阳出土的骨笛是乐器,而且是我国音乐考古史中出现最早的我国任何典籍上都未见记载的吹奏乐器实物,这就意味着对贾湖骨笛的进一步发掘和深入研究,可以使史前音乐文化的真实面貌呈现在人们充满期盼的视野里。英国权威科学杂志《自然》载文介绍了这个重大发现,从此,河南省漯河市舞阳贾湖乘着八千多年前的悠扬笛声走向了中国,走向了世界。

三

从贾湖出土的 30 多支骨笛,一般长 20 多厘米,直径约 1.1 厘米,骨笛上开有 5 到 8 个孔,它们携着距今九千多年到七千八百年的时光,向人们展示着四声音阶至七声音阶以及七声音阶以外的一些变化音的美妙旋律。骨笛制作得十分精确,令人难以置信,专家们推测,早期的骨笛并非制作于贾湖,在第一批人到达贾湖之前就已经完成了,积累了上万年的经验,才制造出了骨笛精品。

为了确定骨笛开孔的位置,得到令人满意的音高,贾湖先民在骨笛制作前就经过了一定的计算程序,并在制作过程中不断进行调整。骨笛上留下了制作时为计算开孔孔距而留下的计算刻度,这让人不禁想到贾湖人制作骨笛的情景,想到数与律的关系。在音乐领域,律是指音高标准,要订立这个标准,就要有一定的法则和规律,而这个法则的制定和数有一定的关系。关于中国的数学和音律,在旧石器时期向新石器时期过渡的时期内,人们对数的等分与不等分这样简单的区别早已经能够灵活运用。音乐专家认为,从贾湖骨笛的制作水平来看,当时贾湖的智者已经能把自己对音的感觉、管的长度及其变化、不规则形的管内径粗细变化加以综合考虑和计算,并在无数制作骨笛和开孔的实践中,找到自己在骨管上所需要的音高排列。

骨笛的制作者和使用者既可能是部落或氏族的首领,也可能是部落或氏族中能沟通天地和人神的巫师,他们是骨笛的主人,地位显赫。

古往今来,多少人感叹过时光的一去不复返,只有文物、档案作为时间的载体默默地向人们昭示着那曾经存在过的日月和那曾经创造出的辉煌。面对制作如此精美的骨笛,我们忍不住问:贾湖先民,你们来自何方?你们又魂归何处?

四

贾湖的骨笛被埋葬八千多年,八千多年来,它们作为领先于世界文明的代表隐身于贾湖的地下,让世界对它们一无所知,从中国关于音乐的点点滴滴记载中可以想象到贾湖音乐文化对后世的影响。

中国最早的关于音乐的记录是"伏羲作瑟作琴",到黄帝时音乐已经走向成熟。《吕氏春秋·古乐》提到黄帝命乐官伶伦制作乐律,"伶伦取谷之竹以作箫管,定五音十二律,合於今日"。还有一个传说,相传《九歌》自被夏后启偷到人间来,一场欢宴竟惹出五子之乱,而终于使夏人亡国。

中国被称为"礼仪之邦",古人认为,礼是人道的标准,礼是养的意思,钟鼓及各种管弦乐器的音声是养人之耳的。心感于物而动产生声,声与声相感应,发生有规律的变化,叫做音;人因音而产生欢乐甚至翩翩而舞都叫做乐,乐就是欢乐的意思。夏代就出现了富有地方特色的乐舞。《诗经》中有多处描写桑女农妇在风和日丽的桑园群歌对答、载歌载舞的美好情景。周朝最早将乐纳入教育，那时的贵族子弟所受的“六艺”教育中有“六乐”，“六乐”指的是古代名曲《云门大卷》《咸池》《大韶》《大夏》《大濩》《大武》六套乐舞。

歌舞与政治结合较早，早期盛大的政治活动包括祭祀、宴饮、盛典、接待等，都离不开歌舞。春秋时期晋国乐师师旷以音乐卜卦，能预测战事吉凶。他的美妙的琴声能引来玄鹤起舞，让天地动容，被后人尊为“乐圣”。战国时期歌舞与军事结合成为军歌，管仲相桓公伐戎狄之时，管仲就在军中作上山歌与下山歌。此后，凡遇战乱，两军对垒，多有军歌军舞出现。古时王者出兵授给大将弓矢，大将整顿士卒，张弓试射，与士卒一起大呼口号，太师以律管确定将卒呼号的声音是属于十二律中的哪一律，由此占卜吉凶。武王伐纣时就使用了吹律管听声音的方法占卜吉凶。

萧萧易水，诉说着荆轲刺秦王的悲壮。公元前227年，燕太子丹派荆轲去刺杀秦王，送行到易水河边，将要分开时，荆轲在好友高渐离的伴奏下，唱起离别歌，“风萧萧兮易水寒，壮士一去兮不复还！”这是一个多么悲壮的场面，是音乐将这种悲壮推向了高潮。四面楚歌更是将楚霸王项羽逼向绝境，当四面楚歌响起时，他以为汉已尽得楚地，在歌声中拔剑自刎。

“摔碎瑶琴凤尾寒，子期不在对谁弹。”音乐所表达的是来自心灵深处的话语，非知音不能懂。孔子与齐太师语乐，闻《韶》音，学之，竟然三月不知肉味。战国时韩娥善唱，歌声能绕梁三日不绝。司马相如以一曲《凤求凰》打动卓文君，最终与她结为夫妻。

音乐不管是被用于政治还是流传于民间，都在中国历史长河中彰显了独特的力量。

在贾湖骨笛发现之前，中国古代最原始的乐器是埙，半坡出土的一音孔陶埙，距今约六千七百年，是已知年代最早的小度音程。半坡以后的新石器时代晚期，陶埙从一音孔发展到两音孔，包含的都是小三度的音程关系。安阳殷墟出土的武丁时代的五音孔陶埙，音列已经相当完备，表明至迟在晚商，完整的七声音阶已经出现。商代出现七声音阶，并非说商代是音阶的原创时代，其原创的时代应该还要早于此。以前认为从旧石器时期出现的四声音阶到新石器时期应用的五声音阶，就是中国音乐从蒙昧时期发展到音乐文化文明时期的分水岭。谁承想，原来在距商代的几千年前七声音阶就在贾湖吹响了，贾湖先民率先进入了音乐文化的文明时期。

五

贾湖骨笛出现在舞阳绝非偶然。贾湖遗址是新石器时代早期的一处规模较大的聚落，总面积达 55000 平方米，规模较大，保存完整，文化积淀极为丰厚。2001 年 6 月，国务院将贾湖骨笛确定为第五批全国重点文物保护单位，被确定为全国 100 项重大考古发现之一，并将其镌刻在北京中华世纪坛青铜甬道的显著位置。贾湖文化是中华民族第一个具有确定时期记载的文化遗存，是人类从愚昧迈向文明的第一道门槛，是人类文明史上的一个重要里程碑。

贾湖人可能是东夷部落中太昊氏族之先民，他们生存的年代正值全新世大暖期的前期，气候温暖湿润，与现在的江南相仿。周围有大片草原和水热资源。在遗址中发现 1000 多粒炭化的稻米，经鉴定，是人工栽培稻，贾湖也是中国最早培植水稻的地区之一，稻作已经成为贾湖人的重要生产方式。狩猎和捕捞是贾湖人经济生活的重要内容，贾湖人已掌握了酒的酿造方法。在贾湖聚落中，居民区、墓葬区各成格局，房屋大多为椭圆形半地穴式建筑，窖穴多为圆形，墓葬多为长方形，当是经过规划和测量的。

贾湖先民已经有了一定的精神生活。他们用玉石、动物骨头做成各种形状的装饰品，显示了较高的审美情趣。贾湖出土的甲、骨、石、陶器上，还发现了刻画符号，其中一片龟腹甲上锲刻一“目”字，字形与殷墟甲骨文所见基本相同，比殷墟甲骨文早四千年，比世界最早的古埃及纸草文字早一千多年，是世界上最早的文字雏形。此外，在一些墓葬中发现有完整的龟甲，龟甲的腹腔中藏有颜色不同、数量不等的石子，有学者认为这是占卜的工具。

贾湖先民不会想到就在他们生活的地方不远处，会诞生中国的“字圣”许慎及前蜀皇帝王建，汉代元勋樊哙也和他们长眠在一起，三国曹魏权臣司马懿封地于此……那八千多年的文化早已浸润于这块美丽的土地中，化成深厚的文化底蕴，代代承传。面对贾湖先民创造出的在当时遥遥领先于世的文明，我们当更有压力，敢为人先、自强不息、大胆开拓不正是贾湖先民早在八千多年前就为我们树起的精神旗帜吗？

也许从贾湖骨笛诞生的那一刻起，贾湖先民便成为了全世界最快乐、最浪漫的人，悠扬的乐声时常响彻四方，乐声沟通着天和地，沟通着已知的和未知的世界，沟通着古与今。我们似乎看到贾湖先民正在笛声的伴奏下翩翩起舞，他们手捧用稻谷酿成的世界上最早的美酒，沉浸在丰收的喜悦里……

小 商 桥

一

3000 多年前的一天,商王来到今天的中原漯河临颍与郾城交界处,在一条清澈的小河边停下脚步,他望着潺潺河水,深吸一口空气中弥漫着的泥土馨香。他不知道,这条河因为他的到来后来被命名为小商河,约 2000 年后,在这条河上修建的一座桥因河得名,叫小商桥。

关于小商河名字的来历,还有别的说法,一说此河叫作溵河、颍河,《郑氏通志》说溵水出自阳城东,至西华、汝阳入于颍,与颍水合流,古人并称;一说颍河故道经此,且为水陆交通要道,商务频繁,故河称小商河。

在商朝的 30 位商王中,是哪一位商王曾把目光投向这河水? 他站立河边的那一刻,究竟怀着怎样的心情? 是商汤吗? 夏朝末年,中原东部崛起的商王汤,在相继灭亡夏属葛国、韦国、顾国后,决定乘胜进攻西南,攻灭昆吾氏国。昆吾氏国在今许昌一带,是夏桀最亲近的盟国。商汤亲率全国军队,在诸侯国军队的配合下,浩浩荡荡进攻昆吾氏国,一举将其消灭。《魏书·地形志》载:临颍有殷汤城。是商高宗武吗? 临颍东南三十里有商高宗城,相传高宗巡狩过此。也可能是来捕蝗,在这里有一个捕蝗城,相传武丁在位的第 59 年,西华一带遭受蝗虫灾害,商王武丁亲率官兵和群众扑灭蝗虫。他们首先来到奉母镇境内的七里仓一带灭虫救灾,留下了高宗寨、清凉寺、养马岗等遗址,后来又辗转来到田口乡道陵岗和聂堆镇思都岗一带灭蝗治虫。如果蝗虫不很快治理,必将影响百姓生产生活,武丁非常焦急,昼夜难安,积劳成疾,驾崩于此。武丁驾崩后,后人按照他的遗嘱,将他安葬在田口乡陵西行政村东边。武丁在位 59 年,被人尊称为"高宗"。有一个停灵城,相传是商高宗停灵的地方,现在相邻的西华有他的陵墓。商高宗筑的抵高仓,今址犹存。是纣王吗? 在小商桥的不远处有个叫纣城的村,属临颍县大郭乡,据传,纣城与附近的城周庄、曹城、李城、刘城一样,都与殷纣王偕妲己游此筑城有关。纣王在世时不仅在都城和离宫别馆中游玩，而且经常带美女歌姬和近臣到全国各地玩乐，纣城即是其偕妲己游玩时所筑，据说，郾城境内的青娥城也是如此。

就在这条商王经过的小商河上，小商桥巍然屹立1000多年，成为世界上最早的石拱桥，承载着“天下第一桥”的美誉。

二

再次来到小商桥，欣赏它古朴的美，这种美是需要静静地用心来体会的，因为小商桥所蕴含的不仅仅是岁月的风霜，还有一代又一代人绵长的万千思绪。桥北岸东边的一块青石界碑上的一段文字告诉我们：小商桥（隋拱桥），始建于隋开皇四年，即公元584年，经历代整修，现存主要艺术风格为北宋早期，主体用红砂岩石砌成，南北长21.3米，宽6.45米，主拱横跨12.14米，矢高3.06米，桥栏上保存有精美的石刻艺术，具有较高的历史、艺术、科学价值，是我国著名的现存古代桥梁之一。据方志记载，小商桥始建于隋开皇四年（公元584年），但现桥主体结构属北宋建筑风格，元、明、清历代均有修葺。最大的一次修筑是元大德年间（公元1297—1307年），小商桥集隋代以来的历史于一身，在它身上，留下了隋代以来的人们对它的厚爱。

小商桥造型十分优美，虽然它不算长，不算宽，没有宏大的气势，但却小巧玲珑，以其独特的敞肩式结构，吸引人们的目光，它把以往桥梁建筑中采用的实肩拱改为敞肩拱，只这样一改，便改出了神韵，别具一格，在大拱两端各设两个小拱，小拱卧于大拱的肩膀上，像两个调皮的孩童与爷爷嬉闹。既可以节省石料减轻桥的自重，又可以河水暴涨的时候增加桥洞的过水量，减轻洪水对桥身的冲击。同时，拱上加拱，桥身也更美观，是真正的“虹桥卧波”。小商桥的大拱，并不是普通的半圆形，而是像一张弓，采用了小于半圆的弧段，作为拱桥的承重结构。在相同跨度的情况下，这种小于半圆的拱与半圆拱相比大大降低了桥梁的高度；反之，在桥梁高度一定的时候，可以得到比半圆拱更宽的跨度，两者结合，使拱桥的技术得到了发展。大拱和小拱均由20道拱石并列砌筑而成，主孔每块拱石间均由咬铁连接。大拱与小拱相交处还镶有龙头，伸出桥外足有半米，文物专家介绍说，这个刻有龙头的石条长达两米，深深地插入桥身之中，外表看好像只是为了好看，其实它像锁石一样，起到对整个桥的横向加固作用。

小商桥的珍贵价值还表现在其石雕艺术上,从外观看,小商桥的颜色与众不同,通体显紫红色,采用红色石英砂岩建造,这种坚硬的石头表面经过细致的打磨加工,光滑整齐。桥面两边刻有青石栏杆。桥通体雕有花纹,拱券上通体饰以精美雕刻,正中的龙门石上刻着饕餮,它是一种吸水猛兽,面目狰狞,作吞吐汹涌水流状。有的券石上则刻着流云、飞马、如意狮子、莲花等图案。主拱与腹拱的连接处也各有一兽头伸出,北端为龙、南端为龟。这些雕刻图案形象怪异,风格古朴,工艺精湛,为研究我国的古代石雕艺术提供了重要而又丰富的实物资料。桥体西侧,主拱镶面石刻有龙云图案,正中龙门石刻因风化难辨,南端拱镶面石雕莲花,北端镶面石雕莲枝、牡丹。小商桥主拱拱脚为三层石砌基础,桥下铺满石砌海漫,在主拱基石四角各雕刻着一个负重的人金刚力士像,他们体格健壮,肌肉发达,怒目圆睁,双手按膝,屈膝负重,大小一尺左右,似以千斤之力承托着整个拱桥,雕刻得惟妙惟肖。小商桥的桥墩是由经过细致打磨的六层石条砌成的,表层光滑,砌体整齐。经测量,两侧的桥墩至今仍在同一水平线上,并未发现有不均匀的沉降现象。

三

来过这里的,有桥梁专家。

查阅一些资料,知道了小商桥在沉默1000多年后被发现并且戴上"世界第一"的桂冠的经过,这是一个激动人心的过程。1982年6月,中国科学院自然科学史研究所的李颖霖先生从一篇介绍宋代名将杨再兴陵墓的文章中,发现小商桥依然存在的线索,消息传到茅以升那里,立刻引起了他的重视。茅以升是中国著名的桥梁专家,凡是读过初中的人都应该知道他的大名,那篇被选入中学语文课本的文章——《中国石拱桥》,正是出自他老人家之手。茅以升主持设计的钱塘江大桥,是我国第一座由中国人自己设计建造的铁路公路两用桥。茅以升立刻派袁德熙、胡达和、李颖霖3位专家赴临颍实地调查。袁德熙当年已是76岁的高龄了,如果不是特别重要的任务,恐怕也不会派老先生出马。临行前,茅以升对考察工作作了具体指示,并给当时河南省科协的负责人写了封亲笔信,希望他们配合这次重要的考察工作。20多年前的这趟临颍之行注定要为中国的桥梁史掀开厚重的一页。5天的考察工作结束后,3位桥梁专家向茅以升提交了一份考察报告:小商桥是隋代石拱桥,年代早于河北赵县的赵州桥。这可是个天大的发现!

因为我国古代建筑的高度成就，主要表现在木结构方面，是东方建筑体系的代表，在世界建筑史上独树一帜，举世公认，然而在砖石结构建筑方面的成就却鲜为人知。西方建筑以砖石结构为主，其数量之多、体量之宏大、雕刻艺术之富丽远远超过东方。但在我国古代，也有一种砖石建筑在结构的独创以及技术和造型的先进等方面曾经处于遥遥领先的地位，那就是古桥，就是像小商桥这样的石拱桥。小商桥被发现之前，世界公认的石拱桥的杰出代表是赵州桥，它当时是世界上最早的石拱桥，从时间上说，它比欧洲这种形式的桥早出现了1000多年，并且它的结构科学、造型优美、艺术精湛，堪称世界建筑史上的奇迹。但像赵州桥这种类型的石拱桥在我国古桥中数量并不多，桥梁专家们一直希望能有更多的发现。新中国成立前，梁思成先生在赵县先后发现了小石桥和济美桥，20世纪50年代，桥梁专家在山西和河北又发现了几座，从此这类古桥就“销声匿迹”了，以致许多专家以为它很难再出现了。正因为这样，小商桥的发现立刻引起了国内外学术界的震惊。1982年11月3日，《北京晚报》在第一版显著位置，刊发了题目为《河南发现一座隋代石拱桥》的通讯，数十家媒体纷纷转载，桥梁建筑界由此掀起一股研究小商桥的热潮。1986年，小商桥被河南省政府公布为省级文物保护单位。同年，茅以升主编的《中国古桥技术史》一书出版发行，书中专辟一节对小商桥进行了详细的论述，他认为：小商桥建于隋朝初期，是可以相信的，但现存的桥式，是否是创建时的形式，有待进一步的考证。但由此可以推知敞肩式圆弧石拱桥在隋代赵州桥以前已有相当的发展。这一论断给小商桥戴上了“世界第一”的桂冠！因为茅以升的论断，小商桥得以声名远播。但经过1000多年的风雨剥蚀、战争破坏，经历了无数次的地震和洪水，被发现时小商桥已经破旧不堪，有的地方甚至已经出现了坍塌。1992年元月，国家文物局著名文物权威罗哲文先生亲临考察小商桥，再次确认该桥始建于隋，并盛赞该桥为“世界桥梁史上珍品中的精品”。1994年国家文物局拨款100万元对小商桥进行大修，之后，维修工程于1995年竣工。2001年，小商桥被公布为第五批全国重点文物保护单位。2003年3月29日国家邮政局发行《中国古桥——拱桥》邮票，其中，第二枚为小商桥。

20世纪80年代对于漯河来说具有非凡的意义，因为在漯河在这块土地上发现了两个世界第一：最早的乐器贾湖骨笛、最早的石拱桥小商桥。

四

为什么会在开皇四年(公元 584 年)的时候在小商河上建起世界上第一座石拱桥?“开皇”是隋文帝杨坚在位时的年号,历史上有“开皇之治”的说法,说明隋文帝在位时期,国家统一,天下安定,经济发展。出现开皇之治的盛况也不是偶然的。东汉至隋南北分裂达 400 多年之久,民生困苦,国库空虚,开皇九年(公元 589 年),杨坚统一天下后,即以富国为首要目标,轻徭薄赋以解民困,在确保国家赋税收入之同时,稳定民生。开皇四年,隋文帝刚刚即位,国家还未统一,从可见的历史纪事中可以想见,隋文帝杨坚在定国之初兴修水利、重视交通、发展社会事业的雄心壮志。就在这一年,隋文帝以渭水多沙,深浅不一,影响漕运,诏太子左庶子宇文恺率水工凿渠,引渭水,自大兴城东至潼关 300 余里,名为广通渠,漕运通畅。这是修建大运河的开始,大运河对于中国来说远比长城对于中国更重要。宇文恺凿的广通渠是隋朝著名的建筑标志,也是当时国家的经济实力和科技水平的综合体现。大兴城乃当时的“世界第一城”,它的设计和布局思想,对后世都市建设及日本、朝鲜都市建设都有深刻的影响。

隋文帝主持规划和建设了新都大兴城,之后又营建了东都洛阳等宏伟工程。在中央实行三省六部制,将地方的州、郡、县三级制改为州、县两级制,地方官吏概由中央任免,由此巩固了中央集权。在地方行政方面又进行了一项重要的改革,在开皇三年,尽罢诸郡,实行州、县二级制,使国家地方行政渐上轨道。此前一年,重颁均田令,行租庸调制,这样隋初的赋役便比前代大为减轻。

回顾一下隋初的历史,就会明白在重视水利、重视民生的隋朝初年,在这里建成一个世界最早的石拱桥,使当时历史的雨露下不经意间凝结为虹,静卧在我们身旁。我们不知道这石料来自何处山峦,不知道设计者是谁,但有一点可以明确,隋朝时,这里有一条十分繁忙的官道,需要小商桥沟通南北。

五

中国自古就有“桥的国度”之称,距今 4000 年前的新石器晚期,中国有记载出现了原始的临时性的简单桥梁。有人考证,中国现存的古桥有 300 多座,几乎每座桥都有它的一段历史,或惊心动魄,或凄美感人。中国悠久的历史与桥的有机结合，也形成了内涵丰富的桥文化。广东潮州广济桥、河北赵州桥、福建泉州洛阳桥、北京卢沟桥等中国四大名桥，以及文成公主嫁往西藏时走过的瑜项桥，都曾名噪一时，这些古桥，除了因技术在当时先进之外，更重要的是因历史文化的因素而被后人铭记。遍布在神州大地的桥、编织成四通八达的交通网络，连接着祖国的四面八方。我国古代桥梁的建筑艺术，有不少是世界桥梁史上的创举，充分显示了我国古代劳动人民的非凡智慧。在欧洲，公元十四世纪时，法国泰克河上才出现类似的敞肩形的赛雷桥。

小商桥上有车辙的痕迹，像是人脸上的皱纹，俯下身子，细细地打量、抚摸这皱纹，心中难免悲喜交加。这是一条古道，沟通南北的古道，它建成以后的每个朝代的人，南来北往，在路过它时，或许会拍一拍它的栏杆，会停下脚步静听桥下的流水声。隋炀帝的暴政和唐中晚期安禄山叛兵与大唐将军在此发生的激战，多少对小商桥产生了一定的破坏，紧接着的黄巢农民义军与唐军的交战，以及后来金与宋的对垒使小商桥饱受了战火洗礼。明崇祯六年（公元 1633 年），高迎祥、李自成、张献忠等渡黄河南下进入豫西。崇祯七年，朝廷调集全国兵马企图将农民起义军消灭于中原地区。《临颍县志》中有“数万人至小商桥”的记载。

小商桥如一位长者，内心埋藏着深沉的伤痛，它亲眼看见就在它不远处，宋朝的杨再兴被乱箭射死在小商河中，杨再兴在弥留世界的那一刻一定会再最后望一眼古桥，含恨离世。杨再兴一定看到过它，他在坠入小商河的一瞬间，在金人的箭镞飞入他身体的那一刻，他一定会望望这座古桥，留下对生的留恋和对金人的憎恨。

小商桥建成后，有多少辆不同朝代的车子从桥面上驶过！桥上还一定有马蹄的痕迹，在中国古代漫长的路途上，马成为主要的交通工具，这一条贯通南北的官道，必定响过马蹄的“嗒嗒”声；当然，也少不了人的脚印，人的脚从光脚、草鞋、木屐、布鞋到皮鞋，不同的脚底、鞋底磨光了桥面的石头，它们重重叠叠，成为一本厚重的史书，渐行渐远。路过它的人可有唐代的诗人？可有宋代的词家或者明代的客商？到了近代，小商桥上更是迎来了架子车、三轮车、自行车、摩托车，不同的车轮驶过它的身躯，它心甘情愿地承受着，为人类带来便利。终于，它的附近出现了火车的身影，那标志着一个崭新的时代的来临，它一定惊诧地睁大双眼看着这一切，听着不远处的国道上如水的车流声，感叹着时光的飞逝。

小商桥是建于隋代的，比赵州桥早，在 1983 年中国的桥梁专家到来之前，它默默地立在这里，仅仅是一座古桥而已。当它被冠以“中国最古老的石拱桥”之称谓时，它便成为一座名桥。它承载的如此重大的盛誉仿佛光环，照亮了小商河的水，这村庄也多出几分庄严来。

小商桥作为世界最古老的石拱桥必会在世界桥梁建筑史上永放光辉。

走近召陵

漯河东有古城召陵。千百年来，它在召陵会盟的真实和召陵雪霁的虚幻中笼罩着神秘的面纱，如一座海市蜃楼般带着历史的轻云薄雾轻倚在茫茫平原上滔滔沙河的臂弯。风起了，云散了，日落了，月圆了，古城召陵变了，但蕴含在古城中的历史的轻云薄雾还时常浮现在我们眼前。

带着好奇与向往，沿着新修好的公路向东一路寻觅，终于见到了这座鲜活地存在于史书上的神秘古城。

这里就是两千多年前齐、宋、鲁、陈、卫、郑、曹、许八国诸侯与楚国会盟的地方！

见到古城的时候有些意外，我们驱车从它的身旁走过，又从它的城中心驶出来，可是却全然不知，又向路边一位老人打听它的所在，老人指着我们身后的方向说：那就是。转过身去，仔细辨认，才在郁郁葱葱的树木下隐隐约约地看出城墙的样子，一个古城的轮廓也呈现在眼前。飞快地朝着城墙的方向跑去，好像见到了久别的朋友一般。

这是古城的最北面，城墙内村庄的名字叫老寨。古城方圆六公里，现在依稀可以看到圆形的树林环抱着原古城里的几个村庄，召陵村是它的中心。不论是轻倚在古城墙旁，还是手抚着残存的明代石碑，召陵都给我遥远的感觉，我知道这感觉来自它悠久的历史。

历史给人的感觉永远都是感叹与沉重！

就在这里，在 2662 年前夏天的酷热里，发生了一件惊动当时中国的大事，它就是召陵会盟。从此，召陵会盟这件被载入《春秋》《左传》《史记》的历史事件使“召陵”这个地方声名大振，“召陵”和“召陵会盟”紧紧地联系在一起，在现今召陵村的一明代的石碑上说到了会盟这件事。召陵在历史上属于郾城管辖，清代郾城进士陈金台撰写的《郾城县记》也对此大书特书。关于“郾城八景”，其中之一是召陵雪霁，明代文人谢公翼赋诗一首：“参差壁垒列荒郊，残雪阴云挂竹梢。千载共言齐小白，无人还与问包茅。”此后，许多文人都以此题赋诗，咏史抒怀，至今，召陵会盟依然是漯河历史文化的一个亮点。

其实，在公元前506年春，晋、齐、鲁、宋等十八国也在召陵会盟过，人们在一起也是商议伐楚事宜，但这次会盟远没有齐桓公时的会盟有名，因为齐桓公时的召陵会盟是华夏诸侯第一次联合抗楚，取得了成效，迫使楚国暂时中止向中原扩张，其意义自然非同一般。之后，齐桓公又先后召集了首止会盟、洮城会盟、葵丘会盟等，齐的霸主地位得到了完全的巩固。

齐桓公来到召陵的时候已是齐桓公三十年，他是在齐桓公七年时称的霸，来到召陵时齐桓公称霸已久，对于伐楚，他是充满自信的。齐国之外诸国，一召即来，其中许穆公抱病率师来到蔡国，薨于蔡，其精神可嘉，齐桓公之号召力也可见一斑了。用齐桓公以后的话说，他的号令是诸侯所不敢违抗的。

齐国与周王室的关系是有些特别背景的。当年周文王、周武王刚刚创业时，曾得力于姜太公，所谓天下三分其二归周者，太公之谋居多。太公是周文王在渭水边发现的人才，因有功劳而被封于齐，后来周室给了齐国很大的权力。

周平王东迁至洛邑后，周的统治地位已经动摇，周天子所享有的天下共主的资格也渐有不保之势，只有齐国、楚国、秦国、晋国强盛。当时北方晋国内乱，秦国秦穆公地处偏远，南方楚成王刚刚将荆蛮之地占为己有，认为自己是夷狄之邦。唯独齐国能够召集中原诸侯会盟，而齐桓公任用管仲为相，治国有方，国力昌盛，各国诸侯无不宾服而来会。召陵会盟后几年，齐桓公骄傲地宣称：寡人南伐至召陵，望到了熊耳山；北伐山戎、离支、孤竹国；西伐大夏，远涉流沙；束马悬车，登太行，直达卑耳山而还，诸侯无人敢违抗寡人，寡人召集兵车之会三次，乘车盟会六次，九次会合诸侯，匡正天下于一统。过去三代开国天子，与此有何不同呢？要不是管仲巧妙拦阻，齐桓公就要去封祭泰山了。由此，我们也可以想象得出齐桓公在召陵会盟时的心态了。

最能从中看出齐桓公当时心态的，是在召陵会盟时齐桓公与楚国大夫屈完的一段对话。屈完奉楚成王之命前往齐师，齐师退到召陵驻扎，齐桓公排齐了列国军队，和屈完坐在车上观看。

齐桓公对屈完说：难道这次用兵是为了我自己吗？这是为了继承先代的友好，与我们联盟吧，怎么样？

屈完对齐桓公说：你肯让我们的国家也承受到恩惠，不轻视我们国君，那正是我们国君求之不得的事啊。

齐桓公说：用这么多的兵力来打仗，谁能抵抗得了呢？用这么强的兵力来攻城，什么样的城不可以攻克呢？

屈完说：你若用德安定诸侯，谁敢不服？你若单纯靠武力的话，楚有方城的山作城垒，有汉水可以作壕沟，虽然人多也是没有什么用的。

我想当时齐桓公听了屈完的话，一定是目瞪口呆了。

最后，屈完与诸侯会盟。召陵会盟是一次兵车会盟，齐桓公共有三次这样的会盟，另外两次是平宋乱的北杏会盟和伐郑的新城会盟。盟，是古代诸侯在神前立誓缔约的称呼。先在地上凿一方形的坑，在坑上杀牲，割牲左耳，盛在珠盘中，用一种食器取血盛其中，用血写盟书，再以指蘸血涂于口旁读盟书。屈完与诸侯会盟，大概也是经过这些环节的。

在召陵会盟前是发生过一些特别的事情的。齐桓公的夫人蔡姬喜水，一次，与桓公在船上游玩，忽然兴起，荡起船来，齐桓公害怕，让她停下，她却不听，桓公愤怒，将她送回娘家蔡国。谁知蔡侯却将蔡姬嫁给了楚成王，已为霸主的齐桓公怎能咽得下这口怨气呢？可以想见年轻的蔡姬是如何的活泼可爱而又不惧桓公，并且她很有个性，桓公将她送回娘家，她竟然嫁给了楚成王。

《战国策》说：桓公伐蔡也，号言伐楚，其实袭蔡。蔡为楚与国，是楚争霸中原的前哨。蔡溃后，齐桓公伐楚。关于桓公伐楚的理由，楚国也是不明白的，楚成王派人到军前说：你们处北方，我处南方，风马牛不相及，没有想到你们来到我们的地方，为什么呢？

管仲代为答复说：周召康公命令我的先公太公，说天下诸侯，有罪的可以讨伐他们，东到东海，西到黄河，南到穆陵，北到无棣，你们久已不贡苞茅，使王的祭祀没有可以缩酒的东西。昭王南征不复，这是为什么呢？

楚人回答说：没有进贡贡品，是我们的错，怎敢不供给？昭王南征没有回来，请你们向水旁的国家去查究吧。

当年周昭王南征，人们痛恨他腐败，给他乘一只胶粘的船，船行到江心，沉没了。此事与齐桓公伐楚相隔几百年，齐不过找一个借口罢了。

齐国伐楚，联合了八国诸侯，可谓人多势众，又为何来了蔡国却同意与楚国会盟呢？这与楚国的实力不无关系，楚国国都原在丹阳（今天的河南淅川），楚文王元年（公元前689年）迁都到郢（今天的湖北江陵县纪南城），这是自己称的王，楚人积蓄了雄厚的力量向淮水流域和汉水以北发展，一些周朝封的小国如申、吕、邓、息被楚国灭了，楚国又攻入曹国，伐黄和郑，逐渐向黄河流域扩张。由于齐国开始强大，一向臣属于楚的江、黄等小国转向齐国怀抱，楚国就连年伐齐，这对齐桓公的霸业构成了威胁，齐、楚之间必然相互争战。此外，会盟的原因还在于当时华夏和四夷的矛盾才是最大的问题，管仲认为，只有华夏一统，才能更好地抵御异族的入侵。楚国承认了不尊王的错误，并在此后带着苞茅等贡品去洛阳进贡，周天子也对楚以前的错误不予追究。再说，齐国的目的是称霸，楚国承认齐桓公的地位，齐国的目的已经达到。无论是齐还是楚，都心照不宣，达到了各自的目的。总纂《永乐大典》的明三才子之一的解缙评价召陵会盟是“春秋第一义举”。

在召陵村的普照寺内，我们看到了一段大明成化十五年的石碑上的记载：召陵城在县治东三十里许，远近岗峦迭起，雄视四方，春秋诸侯会盟之所……是不是在明代的时候这里还是岗峦迭起呢？《说文解字》说：陵，大阜也。阜，大陆山无石者。这种地形在中原是极其罕见的，史载盛夏之夜，有时会见到白雪笼盖在召陵岗四野，直与天际相连，转瞬即逝，给人以仙境般的感觉。

在召陵古城西北不远处的许庄，诞生了一位世界级的名人许慎，他所著的《说文解字》至今还对汉文化产生着深刻的影响。许慎也一定关注过这发生于他故乡附近的召陵会盟，会盟的诸侯却不会想到在21世纪初以召陵命名的新区成立了，古老的土地披上了青春的盛装，成为招商引资的热土。

以前也曾坐车从召陵经过，好奇地看着高耸的烟囱和码放整齐的土坯，看着土坯旁忙碌的人们，内心却从来没有像现在这样感到痛惜，如今的召陵岗已不是齐桓公眼中的召陵岗了，它的春秋诸国军队的车马踏过的泥土在高温下变成了块块红砖，隐匿在城市的喧嚣中了。

古城墙上居住着许多人家，初次听到这个消息的时候有些遗憾，转念一想，是不是要感谢这世代居住在城墙上的人们呢，也许正是因为他们的居住才使得我们有幸能看到残存的古墙。

站在城墙下，一眼便可以看出其古老的不同于其他土地的泛黄的色泽，很容易使人想到发黄的古书，而千百年来风雨侵蚀而成的皱褶，又使人想到老人脸上的皱纹。它太古老了，走近它的时候，你想抚摸它的手忍不住会停在空中，你担心惊醒它千年的古梦，你弄不清时空带给它的到底是坚强还是柔弱，生怕一伸手就伤到了它。

拔开古老城墙脚下丛生的野草，走近它有几许艰难，我看清了千百年来陪伴它的野草、小树，它们的枝叶不算繁茂，但却透出倔强，一年年，它们荣了枯，枯了荣，我相信它们也一定是一代代地传下来的，如人类一样一代代地走到今天。岁岁年年，古城墙睁大古老的眼睛，无奈地望着眼前发生的一切，一个老人走过来了，一个孩子在他的身边长大成人……看着眼前发生的变化，它是不是感动得热泪盈眶？它目睹过一代霸主的雄风，谛听过两千多年来的风声，它存在于我们之前，又将消失在我们之后。在它的身旁，我们又似乎清晰地看到春秋诸侯军队排着整齐的战阵走过来了，车轮滚滚，战马嘶鸣，满目尘烟……

汉魏王朝的交替

一想到在被逼无奈情况下下诏退位还要强颜欢笑成就对方美名，将400多年大汉江山拱手让于曹丕，我就十分同情汉献帝，真的不愿意去想他当时的心情。这个曾经身为汉朝皇帝的他面对皇位也许早已麻木，他木偶地听从着别人的摆布，迈着沉重的步子，朝受禅台走去，中原冬季凛冽的风打在他的脸颊上，他一点也不觉得冷，因为心中早已冷却成冰。他跪拜在曹丕脚下，双手举起玉玺奉上，四周是大臣们充满期待与紧张的如锐刺一样的目光，布置在受禅台四面的大军让他感到窒息，玉玺被接走了，一切都没有了，汉朝，在这里彻底画上了句号。

公元220年冬，曹丕在今天的漯河临颍繁城的受禅台迫使汉献帝让位于他。受禅台至今还静卧在繁城。1000多年来，这个人工堆成的土堆历经风雨剥蚀而没有消失实在是一个奇迹，这说明历朝历代的人对这段悲壮的历史都怀有深情，他们都不愿意忘记这段历史，不愿意破坏这段历史的见证地。一个王朝消失了，成为永远的背影，又一个王朝来临了，开始了新的征程。

每当路过受禅台的时候，总是忍不住朝它望了又望，这是一个极其普通的土堆，如果不知道它的历史，你会从它的面前一掠而过，你甚至不会把目光投向它，但是，这个普通的土堆却是汉魏两个王朝交替的见证者，它是汉朝的终点，又是曹魏王朝的起点。对于汉献帝来说，在这里经历了耻辱的瞬间，经历了悲壮的时刻，而曹丕在这里遮掩不住的兴奋之情至今仍能感觉得到。悲喜在这里交集，成功和失败在这里相逢。

曹丕代汉称帝，结束了两汉400多年的统治。当曹丕代汉的消息于第二年传到成都时，刘备在西南方一定是怀着痛楚的心情遥望中原，当即宣称他继承刘协的帝位，建立蜀汉帝国，第三年孙权也宣布建立吴帝国，中国历史真正开始了魏、蜀、吴三国鼎立的时代。

受禅台距离许昌十几公里，这里本无台，是中原一带典型的平原景色，四面是一望无际的大平原。许昌不远便有山，曹丕为何选中这里并且用人工堆成高台作为受禅的地方？当时，曹丕调来十万大军，由司马将军带领，在繁城周围摆开阵势，用传土布袋的方法运土筑台，一夜工夫就修成了雄伟壮观的受禅台，受禅台在紧张忙碌的夜间仓促建成，但它见证的历史却成为永恒，从一夜修成这一事实便可想见曹丕怀着怎样急切的心情，真不知道他一次次假装推让之后的日子是如何备受煎熬的，一方是唾手可得的天下，一方还要受传统思想的束缚，不想在历史上留下骂名，好为难啊。

汉献帝在一次次被迫让位的威胁下，应该早已经把皇权当成了负担，他举起玉玺的那一刻，一定会想起高祖刘邦打天下的不易，想起汉武帝的威风，400多年的汉朝天下在他手中葬送，怎么能不感到悲伤？但他的眼前一定还会出现一幕幕残忍的画面，他看到了未见过面的母亲在他没有满月时被何皇后毒害死前无助的眼神，他想到哥哥少帝被废后，他被董卓如何迎立为帝。董卓被王允和吕布刺死后，董卓部将李傕等攻入长安，再次挟持了他。后来他逃出长安，落到了曹操手中，被“挟天子以令诸侯”。是他胆小无能吗？不是的，十常侍之乱的时候，他和哥哥少帝逃出宫外，迎面遇上董卓率领的三千陇西铁骑。哥哥见到这样的情形，吓得浑身哆嗦，口不能言。其他人也都不敢吱声，只有他挺身而出，质问董卓：“你是来劫驾，还是来救驾?”董卓见是一个小孩,不由得一愣道:“当然是来救驾!”他高声道:“既然是来救驾,为何见了圣上不跪!”遂朝少帝指了指说:“这就是当今天子,你还不下跪!”要知道,那时的他仅仅 9 岁,9 岁的他能面对这么大的阵仗而毫不慌乱,显出几分威风,说明他也有一定的胆识的,但是在他的命运中为什么事事总是处于被动中呢?他想到了那次抗争,建安五年(公元 200 年),他不满曹操大权独揽,不甘心作为傀儡,暗下衣带诏,令董贵人的父亲车骑将军董承设法诛杀曹操。董承遂与左将军刘备、长水校尉种辑、将军吴子兰、王子服等一起密谋,结果事情败露,董承等人都被曹操诛杀,怀孕的董贵人也被绞杀。他想起了可怜的伏皇后在建安十九年(公元 214 年)要求其父伏完诛杀曹操的密谋败露,曹操要挟他废黜伏皇后,并代写好了废黜伏皇后的诏书,接着派御史大夫郗虑拿着诏书,同尚书令华歆一起带兵包围皇宫搜捕皇后,伏皇后藏到宫中的夹墙里,被华歆拖出。伏皇后披头散发赤脚走出,向他哭诉求救,但他却无可奈何,身为丈夫的他,不但不能救皇后,而且连自己的性命也不能保,伏皇后被幽闭而死,他们的两位皇子也被毒杀,伏氏宗族百余人被处死。一桩桩,一件件,都是如此血腥。他将不幸的根源归结于这一方玉玺,他恨它,他厌倦了这样担惊受怕的日子,交出玉玺的那一刻,他感到了轻松,只是觉得对不起列祖列宗,对不起大汉江山。

曹丕早想代汉称帝,只是怕留下骂名,费尽苦心,授意相国华歆等 46 位大臣搞联名上书,请求他上尊号称帝,并经多次假惺惺地推让之后,才在繁阳亭登上受禅坛,接受玉玺,即皇帝位。随即进入许都,改建康元年为黄初元年,国号为魏,追尊曹操为武皇帝,庙号太祖,封逊帝刘协为山阳公,曹丕还同时给刘协留了句客气话:“天下之珍,吾与山阳共之。”

对于曹丕而言,这是天大的喜事,他的父亲曹操不敢做的事,在他这里变成了现实,令人又想到他的兄弟曹植的“煮豆燃豆萁,豆在釜中泣。本是同根生,相煎何太急!”的诗,为了帝位的获取与稳固,曹丕费尽心机,其间的算计只有他能说得清。在接受汉献帝禅位之后,曹丕立即下诏:于繁城受禅台北面正子午线上建立魏文帝祠堂,祠门口立碑石记载受禅壮举。这两通碑分别是《公卿将军上尊号奏》碑和《受禅表》碑,两碑并称“三绝碑”。两碑见证了汉魏政权交替这一历史事实。

《公卿将军上尊号奏》碑,内容为文武大臣奏请曹丕代汉称帝,说汉献帝让位、曹丕代汉乃天命所归,故又名“劝进碑”。奏章前,列“相国安乐乡侯臣歆、太尉都亭侯臣诩、御史大夫安亭侯臣朗”等 46 人的名字,奏章称道

“汉帝奉天命以固禅,群臣敞天命以固请”。《受禅表》碑,首先阐明禅让乃自古之美德,接着颂扬曹丕“齐光日月,材兼三级”,有“尧舜之姿”“伯禹之劳”“殷汤之略”“周武文明”“洪恩洽于区夏,仁声播于八荒”。在公卿将军固请下,他“回恩千虑,至于再,至于三”,才在繁阳筑灵坛举行受禅大典。两碑并称“三绝碑”。所谓“三绝”,一曰文表绝,由司空王朗撰文。从尧舜禅德,史有前列,到魏王德高望重,远近臣服;由汉室气数已尽,理当代汉,到献帝主动让贤,曹丕谦逊再三,文辞婉转巧妙,论述深刻有力,气势磅礴雄健,层次井然严密,而且语言简洁流畅,详略得宜,不枝不蔓,无懈可击,可以说是添一字则余,去一字则损。二曰书法绝,由尚书梁鹄书丹,两碑并称,同出一手,字体均甚方正,渐开唐隶之门,笔法遒劲,如斩钉截铁,实为我国书法宝库中的珍品,也是研究隶书发展的重要资料。三曰镌刻绝,由侍中钟繇刻字,钟繇和梁鹄一样,同为东汉著名书法家,他精于汉隶八分之妙,形成由隶入楷的新貌,因此被后人称为“楷书鼻祖”,史书称他“秦汉以来,一人而已”。由他镌字,更是锦上添花,以《受禅表》为例,全篇 899 字,字字一格,毫厘不差,中规入矩,不犯不离,相互映衬,韵趣无限。

从汉朝灭亡的忧伤中走出来,认识一下魏文帝曹丕,他是三国时期著名的政治家、文学家,少有逸才,广泛阅读古今经传、诸子百家之书。年仅 8 岁,即能为文。

延康元年(公元 220 年),魏武帝曹操去世,曹丕运用各种计谋,在司马懿、吴质等大臣帮助下,在继承权的争夺中战胜了弟弟曹植,继位为魏王、丞相、冀州牧,他对外平定叛乱,从刘备集团手里收复上庸三郡;对内积极调节曹氏与士族之间的矛盾,果断采纳陈群的意见,确立九品中正制,成功缓和了曹氏与士族的关系,取得了他们的支持,为称帝奠定基础。九品中正制上承两汉察举制,下启隋唐之科举,在中国古代政治制度史上占有十分重要的地位,乃中国封建社会三大选官制度之一,从曹魏始至隋唐科举的确立,其间约存在了 400 年之久。逼迫汉献帝禅位登上皇帝宝座后,定国号为大魏,改元黄初,改雒阳为洛阳,定都于此。曹丕坚持大权独揽,设立中书省,其官员改由士人充任,原由尚书郎担任的诏令文书起草之责转由中书省官员担任,机要之权渐移于中书省。限制宦官的权力,提倡节俭、薄葬。

曹丕的一些措施体现了他在政治上的才能,然而在军事才华上他远不能和父亲曹操相比,三次率大军南下伐吴没有取得太大的效果,但他的文学有相当高的成就,是中国三国时代第一位杰出的伟大诗人。在位 26 年期间，由于文学方面的成就而与其父曹操、其弟曹植并称为“三曹”。其《燕歌行》是中国现存最早的文人七言诗；他的五言和乐府清绮动人；所著《典论·论文》，在中国文学批评史上占有重要地位，是我国文学批评史上第一篇专题论文。

总体来说，曹丕在位6年，统治期间，曹魏国力进一步增强，版图得以扩大，多次击败羌胡、鲜卑等族的进犯。公元226年，曹丕回到洛阳后一病不起，临终前托付曹叡于陈群、曹真司马懿等人，终年40岁，按其生前的文告，不树不坟，葬于首阳陵。

曹丕为登上皇位费尽心机，没想到只在位6年时间，他不会想到，几十年后，历史再次重演。曹丕死后的魏政权，很快完全被司马氏父子掌控，他们对待曹氏子孙就像当年曹氏父子对待刘家子孙一样，先是废掉了不听话的皇帝曹芳，接着杀了公开发动政变的皇帝曹髦，然后司马昭效仿曹操为儿子扫平道路，准备将帝位让给司马炎，便立了个傀儡皇帝曹奂。公元265年，司马昭之子司马炎逼迫曹操的孙子曹奂向他禅位，夺得了帝位，建立晋朝。司马炎也像曹丕对待汉献帝那样给了曹奂“继续用皇帝的仪仗出入，向他上书时也可以不用称臣”的待遇。历史真让人感叹，当年曹操、曹丕父子如猫戏鼠般玩弄汉献帝，未想到自己的子孙转眼便被司马氏以相同方式对待。

刘协为什么扮演了一个令人同情的末代皇帝的角色呢？宋元之际的史学家胡三省是这样评价汉献帝的：汉献帝并不是一个昏庸无能之辈，之所以在他手里终结东汉一朝，是因为他只不过是一空头皇帝而已，“威权去已”。汉献帝悲剧的命运在临颍留下永久的印记，“三绝碑”是曹魏政权的新生与荣耀，同时又是汉朝的覆灭与耻辱，它就这样肩负两种对立默默地立于临颍这块土地上。在封建正统思想的影响下，它一直不被重视，更多的人都对汉朝怀有同情与惋惜，都不愿意曾经辉煌的汉朝就这样湮灭，但历史不是以个人的意志为转移的，新旧交替从来没有停息过。既然它在我们这块土地上，就让我们更多地思考汉朝为何会走向衰亡，魏又以怎样的实力取代汉朝，在对汉献帝的同情里，牢记拥有实力的重要性。

尽管曹丕很有文才，在治理国家上也有成绩，他的代汉在历史上也起了一定的作用，中国历史上轰轰烈烈的三国时代从这里起步，我也明白历史的车轮无法阻挡的道理，但我仍然不喜欢他，不喜欢为了争权完全不顾及亲兄弟生死，不喜欢他为了代汉而假惺惺所做的一切，不喜欢他为了帝位使用血腥的狠毒的手段，那两通见证曹魏代汉的“三绝碑”，让我想到世间除了存在权利外，还有道义的存在。曹丕可以代汉，但不可以不择手段；如果没有不择手段，曹丕未必能够顺利代汉成为皇帝，历史上没有争斗的帝位有几何呢？汉魏王朝交替，所喜没有在我们这块土地上发生战争和流血冲突，成为了我国封建社会的一次和平过渡式的政权交替。

韩愈的诗意晚秋

公元817年阴历八月底，是中原的晚秋季节，唐朝大诗人韩愈随宰相裴度来到郾城，开始了为期4个月的平淮西吴元济之战。

我们对韩愈这个唐朝有名的文学家不会陌生，他在中国几乎是家喻户晓，他与柳宗元是当时古文运动的倡导者，苏轼称赞他"文起八代之衰，道济天下之溺"。韩愈曾为国子博士、监察御史，平定淮西后升为刑部侍郎。韩愈平定淮西时驻在漯河郾城，从这点意义上说，在郾城的4个月时光对韩愈来说具有特殊的意义。后因上表谏迎佛骨而触怒宪宗，险些被宪宗处死，幸得裴度等大臣挽救，才免于一死，被贬为潮州刺史。在潮州8个月，宦官杀宪宗，立穆宗，韩愈被召回朝，后为兵部侍郎、吏部侍郎。长庆四年（公元824年）病逝于长安，终年57岁。有《昌黎先生集》。

从公元783年淮西节度使李希烈叛唐开始到吴元济，这些叛唐之将占据蔡州已经50年了，事实上形成了国中之国。当时吴元济手握重兵，据地千里，对大唐威胁甚重。为了平定淮西，唐宪宗下令讨伐叛贼。韩愈痛感于割据称雄的藩镇荼毒人民、危害国家的统一，急切希望朝廷讨伐。元和十二年（公元817年），裴度力排众议，主张讨伐淮西吴元济。韩愈不畏宰相李逢吉的反对，积极支持裴度进兵淮西，被任为行军司马，襄赞军务。韩愈随裴度来到郾城讨贼，意气风发，这期间韩愈写了十多首诗，抒发自己平叛的豪情壮志。如《送张侍郎》：司徒东镇驰书谒，丞相西来走马迎。两府元臣今转密，一方逋寇不难平。韩愈认为以镇定一方、威望素著的韩弘为都统，以不平淮西誓不还朝的裴度为宣慰处置使，将士用命，淮西之地是不难平定的，表现出强烈的必胜信念。又如：旗穿晓日云霞杂，山倚秋空剑戟明。敢请相公平贼后，暂携诸吏上峥嵘。（《奉和裴相公东征途经女几山下作》），这首诗前半即景，写出了平淮西的军旅，在秋高气爽的季节中行军，军容整肃、威武；后半抒情，表现了淮西必平的坚定信念。这首诗贯注着诗人的亲身感受和平定叛乱使国家统一的思想感情，全诗明朗轻快，积极乐观。韩愈50岁还有如此诗情，真的很让人叹服。从长安出发、在郾城、回程过程中，都可以见到他的诗作，在诗人眼里，即便是战争，也会寻出诗意来。

在韩愈与平淮西有关的诗篇中，题中有“郾城”的有两篇：《郾城晚饮奉赠副使马侍郎及冯、李二员外》《晚秋郾城夜会联句》。《郾城晚饮奉赠副使马侍郎及冯、李二员外》反映出韩愈胜利喜悦的豪情，韩愈到达淮西前线后，捷报频传，吴元济势穷力孤，龟缩一隅，眼看胜利在望，凯旋指日可待，诗人欢欣鼓舞：“城上赤云呈胜气，眉间黄色见归期。幕中无事惟须饮，即是连镳向阙时。”冯、李二员外，指冯宿、李宗闵。宿，字拱之，与韩愈同年进士，累迁都官员外郎。宗闵，字损之，时官礼部员外郎。二人随裴度东征，并为幕府判官。

郾城县记载：《韩昌黎集》载元和十二年，韩愈与李正封联句诗刻于寺壁即今之西寺也。《晚秋郾城夜会联句》二百韵，一千言，是韩愈与李正封在郾城的对诗。为何韩愈会在郾城与李正封夜会联句？元和十二年，制以裴度守门下侍郎同平章事，充淮西宣慰处置史，太子右庶子韩愈兼御史中丞，充行军司马，以司勋员外郎李正封兼侍御史，为判官书记，从度出征，诏以郾城为行蔡州治所。韩愈与李正封一起随裴度来郾城平定淮西，肩负如此重任，身在异乡的诗人难免会在郾城的某个深秋之夜诗情大发。

从军古云乐，谈笑青油幕。灯明夜观棋，月暗秋城柝。

——李正封

羁客方寂历，惊乌时落泊。语阑壮气衰，酒醒寒砧作。

——韩　愈

遇主贵陈力，夷凶匪兼弱。百牢犒舆师，千户购首恶。

——李正封

平生耻论兵，末暮不轻诺。徒然感恩义，谁复论勋爵。

——韩　愈

……

《晚秋郾城夜会联句》既有朴实无华的现实主义风格，又具意境深邃的浪漫主义情韵。开篇八句是引子，自“夷凶匪兼弱”领前半部分写实，写平蔡战事及其他，均有事可据，“且待献俘囚”领下半部分虚写，是对战事发展趋势的展望与判断。诗的大意是：出征行军自古便是乐事，在大军帐中，青油幕下，欣赏着汉楚厮杀的棋艺，郾城古城更夫的打梆声在秋天朦胧的月色中不时传来。身居他乡，感到寂寞，参差错落的话语仍显豪壮之气，酒宴之气更增添了几分情趣。想起出征平蔡的情景，宪宗命梁守谦宣慰诸军，授以名号并赐以金帛等军用钱物。说实话平时耻于言兵，到了晚年更不能轻许，但是心存感恩，还讲什么功名利禄啊。吴元济的党羽迷途于元济，竟然干出伤裴度、杀武元衡这样的事来，盼望能早日得胜回还。想起历史上有名的战争场景，骏马奔如云飞腾，旌旗飘扬如火闪烁，王师非常勇猛，又加上用兵灵活，文武兼备，以敌攻敌，唐军所向披靡。韩愈虽为行军司马，主管军旅刑罚，但还是仰慕山川、田野、河流，一旦平息乱军，最终还是要解甲归田。等到天下统一，风调雨顺，宪宗会怜悯因内乱而满目疮痍的大地与苍生，将军会禁止军队骚扰百姓，论功行赏，对百姓归马放牛。一旦平叛胜利，要安天下，兴农桑，让民安乐。遥想胜利班师回朝之日，皇上带领百官在皇阙迎候庆贺，民众欢腾。

韩愈因为这段特殊的经历，战事过后，宪宗皇帝点名让韩愈撰文立碑，写下著名的《平淮西碑》。碑文1800字，如行云流水，如大江出峡，汪洋恣意，一挥而就。文章之华美，可谓“下笔烟飞云动，落纸鸾回凤惊”。勒碑之时，国人视为奇文争相诵之。

想到韩愈在潮州也不过7个月时间，潮州不仅将笔架山改名为韩山，还将鳄溪改名为韩江以纪念韩愈，韩愈来郾城几个月时间，有多少漯河人知道唐朝大文豪韩愈曾经在郾城呆过4个多月？而且他是作为行军司马而来的，因为在平定淮西中表现出处理军国大事的才能，升为刑部侍郎，进入朝廷上层统治集团。在来郾城的过程中他不仅写了大量的诗篇，而且在平淮西上也有突出的成绩。在平淮西激烈的争论中，他坚定地站在裴度一边，头脑清醒地认定淮西必须要铲平。他与裴度有着深厚的交情，裴度在郾城期间，他一定不离左右，亲眼看到裴度指挥这场平淮西之战。他的《平淮西碑》也正因为他在郾城亲历了这一切，才会写得如此荡气回肠。

我们要知道韩愈在公元817年写下的以我们的地名命名的诗，并以此为骄傲;要知道唐朝大文豪在他 57 岁的生命里,有几个月是为了国家兴衰在我们这里度过的。他一定掬过沙河的水,在漯河郾城的晚秋里沐着清冷的月色想念不远处的家乡孟县。每当路过郾城,就会想到韩愈写诗的情景,仿佛看到酒杯中的月色,看到韩愈和李正封渴盼胜利的痛饮的豪情,紧张的军旅生活并没有遏制住诗人的豪情。

吴元济被擒,淮西平定,诗人随裴度凯旋,一路上写了《酬别留后侍郎》《同李二十八夜次襄城》《过襄城》《次硖石》《桃林夜贺晋公》《次潼关先寄张十二阁老使君》等诗,“数诗皆可作凯歌”。

一方是战场,一方是杯酒下的诗情,这情景本身就蕴含着最大的诗意,广阔、大气,真正的壮怀激烈。

唐朝那个雪夜

中学时读《李愬雪夜入蔡州》,只觉得荡气回肠,那个静谧但却发生令人震惊事件的唐朝的雪夜一直铺展在记忆的幕布上,没有注意到的是,那个载入史书的闻名 1000 多年的唐朝的雪夜是与漯河有着紧密联系的。

《李愬雪夜入蔡州》取之于司马光的《资治通鉴》,记述的是唐朝李愬雪夜袭取蔡州,擒获淮西吴元济之战,这是历史上成功的奇袭战的典型战例。

这个神奇的雪夜究竟是哪一天?《旧唐书》给出了答案:

十月,将袭蔡州。十日夜,阴晦雨雪,以李祐率突将三千为先锋,愬自帅中军而行。贼恃吴房、朗山之固,晏然无一人知者。

以上记载说明李愬袭击蔡州的准确时间在元和十二年(公元 817 年)十月初十。读当时行军时的情景,不寒而栗。

时大风雪,旌旗裂,人马冻死者相望。天阴黑,自张柴村以东道路皆官军所未尝行,人人自以为必死,然畏愬,莫敢违。夜半,雪愈甚,行七十里,至州城。

李愬命李祐等率训练有素的敢死队 3000 人为前锋,自己与监军将

3000 人为中军，命李进城率 3000 人殿后。军队的行动十分秘密，除个别将领外，全军上下谁也不知道行军的目的地和部队的任务。李愬只下令说向东。东行 30 公里后，唐军在夜间抵达张柴村，乘守军不备，全歼包括负责烽燧报警士卒在内的守军。时大风雪，旌旗裂，人马冻死者相望，《旧唐书》以简洁之笔给我们描绘出了雪夜场景。

李愬雪夜入蔡州的出发地距漯河不远，1000 多年前的冬夜，唐朝大军冒着严寒，向着吴元济的治所悄悄进发，我看到了那雪夜行进的军队，嗅到了苍茫的夜空中弥漫着的生与死的紧张气息。

驻扎在郾城的唐朝宰相裴度一定也在这个大雪纷飞的夜晚彻夜难眠。事前，李愬将袭击蔡州的计划告诉裴度，认为“蔡之精兵皆在洄曲及四境拒守，守州城者皆羸老之卒，可以乘虚直抵其城”。裴度认为这是个很好的计划，给以大力支持，正是裴度指挥了这次奇袭。他一定会久久地伫立窗前，望着漆黑夜色中飘舞的雪花，既充满胜利的信心，又心系前方将士的安危。来到郾城几个月了，淮西叛军尚未平定，他手抚出发时宪宗送他的通天御带，想起临行前的铮铮誓言，更对这场战役充满期待。

这一个雪夜，能安然入眠的是吴元济的叛军，吴元济把大批的兵力都布置在洄曲，也就是漯河一带，在这样一个大雪纷飞奇冷无比的夜晚，他们怎么也不会想到在他们附近的李愬大军正悄悄往蔡州进发，李愬大军踏在雪地上的脚步声，成为他们的催眠曲。

李愬直接指挥了这场雪夜的战斗。《新唐书》《旧唐书》都有《李愬传》。李愬，字符直，有谋略，擅长骑马射箭。唐宪宗讨伐吴元济，唐邓节度使高霞寓失败以后，用袁滋代替他做了统帅，又没有取胜。李愬主动请求一试，宰相李逢吉也认为李愬可以任用，于是任命他担任隋唐邓节度使。

李愬雪夜入蔡州前，漯河一带早已陷入战乱，吴元济将重兵驻扎在洄曲，也就是沙河和澧河相汇处的下游一带，唐朝多次派兵平定，四年之间，没有取胜，物资转运使人们疲惫不堪，以至于有些百姓只好用驴来耕种田地，百姓深受其害。淮西战区的唐军因主帅韩弘养寇自重，只能各自为战，其中西路唐军先败淮西军于朗山（今河南确山），但随即大败于铁城（今河南遂平西南），中外为之震惊。但宪宗决意继续用兵，并以名将李晟之子太子詹事李愬为西路唐军统帅。元和十二年（817 年），讨伐淮西的战事进入了关键的一年。五月，宪宗下令停止对成德用兵，决心集中力量，先平定淮西。这时，北路李光颜率河阳、宣武、魏博、河东、忠武诸镇唐军渡过溵水，进至郾城,击败淮西兵3万,歼灭十之二三。郾城令董昌龄、守将邓怀金举城降唐。吴元济得知郾城不守,十分恐慌,将亲兵及蔡州守军全部调往北线,以增援董重质防守的洄曲。淮西军的主力和精锐都被吸引到了北线。这就为西路唐军奇袭蔡州创造了条件。这一年六月,吴元济见部下多降唐,兵势不振,上表请罪,声称愿束身归朝。宪宗派中使赐诏,允许免其死罪。但吴被其左右及大将董重质挟制,无法归朝。淮西已到了穷途末路、指日可下的地步。七月,唐宪宗因对淮西用兵四年,馈运疲弊,民力困乏,深以为患,遂任命主战最力的裴度兼领彰义军节度使、淮西宣慰招讨使,赴前线督战。

李愬雪夜入蔡州的幕后总指挥是唐朝宰相裴度。裴度,河东闻喜人。漯河人对裴度一定不会陌生,因为他来漯河一带几个月时间,裴城因为他在此筑城而闻名。在唐代,裴度完全可以与唐初的名相魏征等人相提并论。其最大功绩就是竭尽毕生精力去一次次地削平藩镇割据势力,特别是在平定淮西藩镇吴元济叛乱中,立场坚定,力挽狂澜,功绩卓著,使唐朝又一度取得了统一,出现了“元和中兴”的政治局面。此一战不仅结束了长达5年之久的平叛,结束了蔡州长达52年的割据局面,稳定了大唐基业,也让裴度、李愬一战成名,为万民仰望。

李愬雪夜入蔡州后,唐朝出现了以因此而引起的大事件。平淮西后,唐宪宗授意撰文立碑,以示后人。参加了平淮西之战的唐朝大文学家韩愈撰写《平淮西碑》记述裴度平定淮西吴元济的战事。但是,让人料想不到的是,这通立于汝南城北门外的“碑高三丈字如斗,负以灵鳌蟠以螭”的平淮西碑,在立好后不久便被李愬的部将石忠孝拽倒砸断。石忠孝认为《平淮西碑》将裴度的作用说得太重,对李愬的功劳说得太轻。李愬本人,其实还是很谦虚的。打下蔡州后,他迎接裴度进城,拜谒道旁。裴度不好意思接受,李愬很诚恳地说:“蔡人顽悖,不识上下之尊,数十年矣,愿公因而示之,使知朝廷之尊。”而且他的奇袭所以能够成功,也是因为韩公武、李光颜和乌重胤自北面猛攻,迫使吴元济的主力沿汝水布防,以致西面门户洞开。但是李愬的妻子是唐安公主(宪宗姑母)的女儿,可以在皇宫出入。在她的撺掇下,宪宗下令磨去韩愈的碑文,让翰林学士段文昌重新撰写。到了宋代,又有好事者把“颠倒的历史再颠倒过来”,磨去段文,重刻韩文,但是已经不是韩愈的手迹了。

淮西平定后,各藩镇恐惧不安。横海节度使程权奏请入朝为官,朝廷收复沧、景(治今河北景县东北)二州。幽州(今北京)镇刘总上表请归顺。成德镇亦上表求自新，献德、棣（治今山东惠民东南）二州，并请朝廷任命其余诸州录事以下官吏。王承宗病死后，其弟王承元上表归降。朝廷又挟平定淮西之声威，讨平淄青李师道，收复淄（治今山东淄博南）、青（今山东青州）等十二州。藩镇割据的局面因之暂告结束，唐朝又恢复了统一。

唐朝那个雪夜，如此惊心动魄，它改写了唐朝的历史。唐朝那个雪夜，以其奇妙的雪光，永远辉映在历史的天空，雪夜之后发生的一切，又无时不在提醒我们如何对待功名利禄。

壮哉，樊哙

樊哙脚踏汉代竹简、身披岁月风尘以叱咤风云之势走进我们的视野，在鸿门宴惊心动魄的场景中，樊哙的形象呼之欲出。“力拔山兮气盖世”的项羽称樊哙为壮士，许多史学家也感叹道，如果不是樊哙在鸿门宴上保护了刘邦，大汉的江山还真不知道是什么样子。看来，说樊哙决定了汉朝的历史，进而影响到中国的历史一点也不为过。

樊哙是江苏沛县人，以屠狗为业。曾经和刘邦一起隐于芒砀山泽间。后来，他与萧何、曹参共同拥戴刘邦起兵反秦。跟随刘邦征战，以勇著称。刘邦称帝后，封樊哙为舞阳侯，又因樊哙战襄国，破柏人有功，迁为左丞相，定食舞阳五千四百户。孝惠帝六年（公元前189年）樊哙薨，谥武侯。

公元前206年冬，刘邦率军队先于其他诸侯到达霸上，欲依楚怀王“先入定关中者王之”的约定，称王关中。项羽后至，大怒，发誓要击破刘邦军队。当时，项羽拥兵四十万，驻扎在新丰鸿门，刘邦拥兵十万，驻扎在霸上。情况紧急，在项伯的帮助下，刘邦带一百多名侍从来到鸿门向项王赔罪。项王当日让刘邦留下一起饮酒。

樊哙随刘邦前往，守在军门外，他担心和项羽一起饮酒的刘邦面临危险，万分焦急，果然见张良神色紧张地从军门内走出，樊哙急问情况，当得知“项庄舞剑，意在沛公”时，便不顾一切，要与刘邦共生死，只见他带剑拥盾闯入军门,交叉持戟的卫士不让他进,他便侧过盾牌往前撞去,卫士们仆倒在地,樊哙挑开帷帐,面朝西站定,他的对面是项王、项伯,樊哙怒视着项王,头发上指,目眦尽裂,项王大吃一惊,赶快握住宝剑,直起身子。中学时背诵"目眦尽裂"这个成语的意思时,樊哙的形象总是清晰地浮现在眼前,那个愤怒到将眼眶都瞪裂的樊哙是何等血性的一个人物啊,当听到有见危不救的消息时,总会想起樊哙挺身而出救刘邦的故事。樊哙的忠诚和尽职尽责都是令人敬佩的,这种品格在任何年代都是值得称道的。

樊哙在鸿门宴上的机智也很令人佩服,项羽号称英雄,而樊哙在杀机四伏的鸿门却能坦然地在他面前喝酒吃肉,先从气势上压倒了项羽,须知项羽非一般人物,破秦军后,项羽召见诸侯将,入营门时,只见一个个诸侯将膝行前往,不敢仰视。韩信说"项王喑恶叱咤,千人皆废",意思是说项羽厉声怒斥的时候,上千人都吓得不敢动。但樊哙面对项羽不仅面无惧色,还有条理地陈述刘邦入关后的无奈:"沛公先破秦入咸阳,毫毛不敢有所近,封闭宫室,还军霸上,以待大王来。故遣将守关者,备他盗出入与非常也。劳苦而功高如此,未有封侯之赏,而听细说,欲诛有功之人。此亡秦之续耳,窃为大王不取也!"听上去,刘邦倒有不少被误解的委屈呢。樊哙怒斥项王后,刘邦借故去厕所,把樊哙召去,刘邦独骑一匹马,樊哙等四人步行护驾,从山下小路偷偷回到霸上营中了。此前,刘邦以为不辞而别对项王有所不恭,樊哙劝他:大行不顾细谨,大礼不辞小让,人为刀俎,我为鱼肉,还讲何礼仪啊。在关键时刻,樊哙表现出了超人的智慧。正是智勇双全的樊哙在关键时刻救了刘邦性命。

想象刘邦在两千多年前的冬夜仓皇逃命的情景,步行护驾的壮士樊哙,必定会给寒风中的刘邦不少的精神安慰吧。

樊哙死后究竟葬于何处,有几种说法,我却认为最有可能的是葬在舞阳。樊哙为舞阳侯,他的儿子、孙子也被封为舞阳侯。听村民说附近有两个村子就是因为樊哙射箭而得名的,遗憾的是,我没有查到相关史料。舞阳县马村乡郭庄村至今保存有樊哙墓。郭庄村在舞阳县城北 17 公里,村子北部,曾为樊哙后裔所居,原名樊村,明初计姓自山西洪洞县迁此南部定居,曾名计庄,郭氏兄弟三人由山西洪洞县迁到樊村定居,两村渐渐联为一体,后因郭姓居多,樊姓逐渐绝嗣而演称今名。明、清《舞阳县志》载:古时墓地,建有陵园围墙,园内松柏翠绿,井泉花卉全备。

2006 年冬,似乎经历了千辛万苦,我们终于来到郭庄村,怀着对汉代开国功臣樊哙的崇敬心情,我走近了樊哙墓,没有想到的是,如今墓被农户住宅包围着,其墓上、碑上堆满了柴草。墓高一米多,听村民说,以前樊哙墓有房顶那样高,大概在上世纪七十年代初“破四旧”时几乎被推平了,以后才慢慢大点,成了现在的样子。此前,已从其他文章中知道了樊哙墓的荒凉,但在我眼里,不管樊哙墓是什么样子的,它都会因为是樊哙沉睡的地方而显得神圣。想必樊哙也不会感到寂寞,生前,他听惯了战马的嘶鸣;身后,却在村子的炊烟里享受大平原的宁静和热闹。

樊哙墓西几百米的华店学校是樊侯祠的旧址,在旧舞阳城即樊哙封邑内,明嘉靖十五年为祀舞阳侯樊哙而建,明末曾废,清嘉庆八年重修。据《舞阳县地名志》载:樊哙祠坐北朝南,有正偏两个大门,正门匾额上书“汉樊侯祠”四个大字,院内甬道两旁植柏两行,正中大殿五间,居中三间为正殿,紧依殿前建有抱厦三间,两端各有配殿一间,大殿前两侧尚有厢房、厨房数间,正殿内塑有樊哙骑马塑像,“樊侯马鬣”在明清时为舞阳八景之一。民国十九年以后,古建筑逐渐拆除。村民们说,樊哙祠在“破四旧”时被扒掉了,樊哙祠东山上画有樊哙磨骨救主保刘邦的画,画上的樊哙驾着车,从疾驶的马车上掉下来,只见他一只手紧紧抓着车轴,另一只手挥鞭赶着马车,腿拉在地上磨破了,鲜血淋漓,露出了骨头,我不知这传说是否真实,但这个故事又一次昭示了樊哙对刘邦的耿耿忠心。华店学校如今只有一棵三围粗的古老的大槐树在追忆着汉代的故事,谛听着学生们朗朗的读书声。在学校教学楼北面的菜地,意外发现了几块石碑,想必这就是《舞阳县志》中所记目前还保留的石碑了,在学校院子的其他地面,我们又发现了几块石碑,所好的是有些是反着放的,假如有一天有人想到挖掘樊哙这个历史名人的价值的话,也许还能看到碑上的文字。

清道光《舞阳县志·艺文》樊侯陵祠碑记说,明代嘉靖乙未年(1535年),樊哙墓曾被居民掘开,取其藏器,县令张颖封其墓。1536年重修,在墓前树碑,镌班固铭文于碑上:赳赳将军,威盖不当,操盾千钧,拔主项堂,兴汉破楚,矫矫忠良,卒为丞相,帝室以康。清雍正七年(1729年),县令刘蓟植勘墓址,立界石,护以城垣,并荫以松柏。

曾有日本留学生来到樊哙墓前,那时,樊哙的墓碑倒在地上,日本留学生将墓碑刷洗干净,制作了拓片。真不知他是如何找到樊哙墓的,也不知道他在刷洗墓碑时会作何感想,我从2006年6月的《重建樊侯碑楼记》里读出了凄凉:樊墓原冢高大,有陵园,存樊侯铭碑及碑楼,后碑楼被毁,石碑扑地,幸有樊氏后裔河南华县籍哙七十四代孙樊恒发寻宗至此……也许是汉代离我们太久远了吧,不然,汉室元勋樊哙何以被我们遗忘若此?

看到墓碑上“汉室元勋”几个字,忍不住问:汉室元勋樊哙真的沉睡于此吗?当刘邦先入咸阳后,是你和张良一起力劝刘邦不要贪图秦宫的奢丽享受还军霸上吗?当刘邦做了皇帝,英布造反,刘邦病重不见任何人时,是你带领群臣径直闯进宫中哭劝刘邦振作吗?那在战场上纵横驰骋,跟随刘邦南征北战,斩首一百七十六个级,俘获二百八十八人;自己单独领兵作战,打败七支军队,攻下五个城邑,平定六个郡,五十二个县,俘获丞相一人,将军十二人,将官十一人的将领是你吗?说出“大行不顾细谨,大礼不辞小让”的名言,果断让刘邦不辞而别项王从而保住刘邦性命的也是你吗?

壮哉,樊哙!站立在汉室元勋樊哙墓前,我又看到了汉朝如画的江山,汉室元勋樊哙在漯河市舞阳县的一个小村庄里沉睡,一梦跨越两千多年……

裴度来了

漯河西约25公里处,有一个村庄叫裴城,裴城村和中原其他乡村并无二致,但当对这个村子有所了解后就会发现它的特别之处,1000多年前,唐朝宰相裴度率大军在此驻扎过,裴城的名字也是因此而来。

在齐桓公来过的地方,在孔子来过的地方,裴度来了!

我们有必要来认识一下这个1000多年前向着今天的漯河市郾城区而来的唐朝宰相裴度,他是唐“元和中兴”名臣,字中立,公元765年生于山西闻喜县礼元镇裴柏村,这个村子产生过59位宰相,是著名的宰相村。裴度为唐宪宗、穆宗、敬宗、文宗四朝重臣,出将入相,爵封晋国公,以“身系国家之安危,时势轻重三十年”。裴度还带的故事广为流传,关汉卿写了《裴度还带》的剧本,大意是唐代裴度拾宝不昧因而救人性命,最终得中状元的故事,说明裴度除了具有军事才能外还有高尚的品格,让我们从另一个角度认识了裴度此人。

裴度从都城长安出发的时间是公元 817 年八月初三，也就是元和十二年八月初三，“元和”是唐宪宗李纯的年号，唐宪宗是唐朝第十一个皇帝，他做了十几年皇帝，建立了非凡的业绩，这段时期史称“元和中兴”。我读这段历史的时候，对唐宪宗还是很赞赏的，面对藩镇割据的局面，他一点也不软弱，这种局面不是因他而起，他即位的 100 多年前就已存在。100 多年间，从唐玄宗开始藩镇割据局面，经肃宗、代宗、德宗、顺宗，都没有改变这种局面。宪宗继位后，先后派兵讨平了占据成都进行叛乱的刘辟，在镇江一带叛乱的李琦，并直接派出了节度使，改变了地方上拥立主帅的旧例。但淮西这带吴元济的乱一直难以平定，成了宪宗的心腹大患。

八月初三这一天一定很热，裴度奉唐宪宗之命，率领大军从都城长安浩浩荡荡向着中原而来，他的目的地是郾城，他此行的任务是平淮西吴元济叛乱。裴度受命，以门下侍郎、同平章事、蔡州刺史，充彰义军节度，申、光、蔡观察等使，仍充淮西宣慰招讨处置使，前往淮西。行前，裴度誓师，“主忧臣辱，义在必死。贼灭，则朝天有日；贼在，则归阙无期。”唐宪宗送裴度到通化门，并赐予裴度通天御带，发神策骑三百为护卫。此时的场面一定十分庄严肃穆。唐宪宗对裴度寄予厚望，裴度也感到责任重大，将生死置之度外，战马嘶鸣，战旗飘飘，他们出发的脚步声永远响彻在唐朝的历史天空上。

裴度当政期间最显著的功劳是督率大军十四万平定淮西吴元济叛乱，这个显著的功劳就是在郾城一带完成的。郾城之行无论是对唐朝还是对裴度个人而言都是至关重要的。

吴元济对漯河一带是有巨大影响的，裴度要平定的正是此人。吴元济是彰义节度使。彰义节度使领有申州（治所在今河南信阳）、光州（治所在今河南潢川）、蔡州（治所在今天河南汝南）三州，尤其是汝南，距漯河几十公里，吴元济活动的地方自然殃及漯河郾城一带。吴元济的父亲叫吴少阳，原为彰义节度，元和九年（公元 814 年），吴少阳死，吴元济秘不发丧，未经奏报朝廷，便自领军务，并“发兵四出，屠舞阳，焚叶，掠鲁山、襄城”，在如何对待吴元济的问题上，多数朝臣是主和派，只有裴度等主战派认为必除。宪宗支持主战派的意见。

宪宗不满安史之乱后藩镇割据的局面，立志削平藩镇，而平定淮西彰义节度使吴元济，则是削藩成败的关键之战。宪宗曾削去吴元济的官爵，并调集大军前去讨伐，因统帅不力，战事进行得很不顺利。

吴元济十分嚣张，郾城之行前，裴度经历的生死攸关的大事正与吴元济有关。在平定淮西的问题上，裴度面临的难度是很大的，朝廷中，罢兵、阻兵的势力很强大。而藩镇割据势力也千方百计加以抗拒。元和十年（公元815年）三月，吴元济因连遭败迹，派遣使者向承德王承宗和淄青李师道请求援救，王承宗和李师道屡次上表请求赦免吴元济，宪宗不肯听从。当时，朝廷征调各道兵马讨伐吴元济，还没有讨伐淄青，李师道便让大将率领2000人奔赴寿春，声称帮助官军讨伐吴元济，实际却是打算去援助吴元济。王、李二人表面上支持宪宗讨伐淮西，暗中却支持吴元济，派人焚烧各路军储，阴谋援救蔡兵。五月，派人刺杀坚决主张讨平淮西的宰相武元衡和熟悉淮西战况的裴度。武元衡被刺身死，裴度伤首，坠入沟中，幸免于难。事发后，有人向宪宗献计罢去裴度的官职，幸亏宪宗态度明朗，他怒不可遏，不但不同意，反而更加倚重裴度，拜他为门下侍郎、同中书门下平章事。"平章"意为评议辨别，引申为断决处理。受此衔者，即有在中书门下处理政事的职责。同中书门下平章事是唐朝宰相的称号。裴度伤好后，与宪宗计议，"淮西，腹心之疾，不得不除。且朝廷业已讨之，两河藩镇跋扈者，将视此为高下，不可中止。"

元和十一年（公元816年）六月，蔡州行营唐邓节度使高霞寓自萧陂进至文城栅，遇伏而败，仅以身免。这次败仗，给京城上下的震动很大。朝臣多认为还是罢兵赦罪为上策，宪宗坚决削藩。

从元和九年十月至元和十二年，朝廷已聚兵淮右四年，度支供饷，不胜其弊。物资转运使人们疲惫不堪，以至于有些百姓只好用驴来耕种田地。宪宗也为此忧虑。宪宗先以严绶为讨吴诸军督军，严绶到军后，将累年之积，一朝而尽，他又厚赂宦官，以结声援，拥兵自重而无尺寸之功。又以韩弘为淮西诸军都统，韩弘想依赖吴元济的力量自重，不愿速平淮西。因此，虽用兵多年，淮西不得平定。宪宗也为此忧虑询问宰相，宰相李逢吉、王涯等人争着说军中士气低落，财物消耗已尽，意思是打算停止用兵。唯独裴度一言不发，宪宗征求他的意见，他回答说：臣请身自督战。第二天，延英殿议政后，宪宗将裴度单独留下，问他：你真能为我走一趟吗？裴度流着泪说：臣誓不与此贼偕全。裴度分析了淮西的形势，认为吴元济送来乞降表，料此逆贼，势实窘蹙。但因诸将心不齐，又没有统一指挥，因此未能逼其投降。"若臣自赴行营，则诸将各欲立功以固恩宠，破贼必矣！"在生死威胁面前裴度没有低头，他主动请命平淮西，在平定淮西的问题上，宪宗一直主张平与裴度一直不变的强硬态度是有关的，在许多大臣反对、让步、畏惧的情况下，裴度一直态度强硬，让宪宗的主张得以实施。

裴度一定关注过他所要到达的郾城。郾城，古郾子国。汉代置郾县，属颍川郡。晋朝沿袭。后魏置颍川郡。北齐改置临颍郡。隋朝时郡废，改县曰郾城。开皇十六年，置道州，不久又废道州，为许州的一个县。唐初复置道州。贞观初，州废，属豫州的一个县。建中二年，曾经设置过溵州，不久废除，还是许州的一个县。郾城本治溵水（沙河）南。元和十一年（公元816年），也就是在裴度来的前一年，因为大水，移治溵水（沙河）北。裴度在郾城县城西筑城。

漯河一带淮西吴元济的活动十分猖獗，那时还没有漯河这个地名，漯河这一带应该叫洄曲，一说洄曲是指裴城，但《资治通鉴》在描述李愬雪夜入蔡州时有这样的记载：有人向吴元济报告说城被攻下了，吴元济说“这一定是驻守洄曲的士兵到我这里来要棉衣的”。当时裴度在现在的裴城驻扎，所以，从吴元济这句话看，洄曲就不会是裴城这个地方。史料载，洄曲，在郾城县东30里。唐元和中讨吴元济，降将李祐言于李愬曰：蔡之精兵皆在洄曲。洄曲者，县有蔡水，在城东南五里，即汝水也。源自汝州鲁山县来，亦曰汝河。又有澧河，从裕州舞阳县来，经县南境，至县东螺湾渡，北流合汝河，又东南流，其处谓之洄曲也。吴元济以重兵委董重质守，拒郾城之兵，即此。洄曲也就是今天沙河、澧河两河相汇处下游一带。

裴度经过襄城南面的白草原时，淮西军派出骁勇的骑兵700人前来截击他。镇将楚丘人曹华事先得到消息，做好了准备，便将他们击退了。虽然裴度辞去了招讨的名称，实际上是行使元帅的职事，他选定郾城作为自己的官署。甲申（二十七日），裴度来到郾城。

裴度到达郾城前，郾城县城发生了一件大事。这里实为叛军控制，元和十二年（公元817年），吴元济任命蔡州人董昌龄为郾城县令，而将他的母亲杨氏当作人质。杨氏告诉董昌龄说：“顺承朝廷而死胜于叛逆朝廷而生。你摆脱叛逆，就是我死了，你也是我孝顺的儿子；你随从叛逆，就是我活着，也等于你杀死了我。”适值官军包围青陵，切断了郾城的退路，郾城守将邓怀金去找董昌龄商议，董昌龄便规劝他归顺朝廷。于是，邓怀金向李光颜请求投降说：“郾城将士的父母、妻子、儿女都住在蔡州，请您前来攻打郾城，我点燃烽火向蔡州请求援救，等援救的兵马来到郾城时，您便迎击他们，蔡州兵马必定失败。此后我再归降，郾城将士的父母、妻子、儿女大约便能够幸免于死了。”李光颜听从了他的主张。乙未(初六),董昌龄与邓怀金率领全城归降,李光颜带领兵马占领了郾城。吴元济得知郾城失守,非常恐惧。当时,董重质率领骡军在洄曲防守,吴元济将亲信将士以及守城士兵全部派往董重质处,以便抵御李光颜。

裴度到达郾城后,立即巡抚诸军,宣达圣旨,士气倍增。在此之前,诸道都有中使监督战阵,军队的行动不能由主将做主。打了胜仗,中使率先使人向朝廷报捷;作战失利了,中使便对将帅百般凌辱。裴度奏请将各处监督战阵的中使全部罢除,裴度罢中使监军,归兵权于将帅,各将领这才得以专力办理军中事务,在作战中经常取胜,颇得军心。由于裴度军法严肃,号令划一,因此捷报连传。

裴度在沱口观看修筑城墙时十分惊险。沱口,在郾城县东南 20 里。再往南 7 里是五沟,与洄曲接境。元和十二年,裴度率僚佐在沱口观看修筑城墙,叛军董重质率领骑兵从五沟出发,前来拦击裴度,大声呼喊着向前进军,搭着弓弩,拔出兵器,兵锋将要危及裴度。李光颜与田布尽力作战,抵御董重质,裴度才得以进入沱口城中。敌军撤退时,田布扼守敌军在沟中的退路,敌人下马翻越沟堑,摔死压死的有 1000 多人。

元和十一年(公元 816 年),唐朝设置淮颍转运使,扬子院米自淮阴溯淮入颍,至项城入溵(沙河),输于郾城,以馈讨淮西诸军。由此可见,唐宪宗是多么重视平淮西之战,也可以想见郾城在当时的平淮西之战中处于十分重要的地位。

裴度曾派使者入蔡州劝降,吴元济拒降。裴度在郾城指挥了李愬雪夜入蔡州擒吴元济的战斗。李愬雪夜入蔡州已成为中国历史上著名的出奇制胜的战例。李愬是唐邓节度使,驻守西线。李愬听降将李祐说蔡州的精锐兵马全都被派往洄曲及四周的边境上,在那里防御守备,防守蔡州城的都是老弱残兵,可以乘蔡州空虚,直接抵达蔡州城,及至敌军将领得知消息时,吴元济已经就擒了。李愬认为言之有理。冬季,元和十二年(公元 817 年)十月初八,李愬派人前往郾城,秘密禀报裴度。裴度说:“用兵打仗,不出奇兵,不能取胜,李常侍提出了一个很好的计划啊。”唐邓节度使李愬雪夜入蔡州,破悬瓠城,擒吴元济。裴度让马总担任彰义留后。

裴度来到郾城时,遇到了梁守谦。唐宪宗曾经将两把宝剑赐给梁守谦,让他去诛杀吴元济往日的将领。他与梁守谦一起进入蔡州,并酌量罪情,施以刑罚,并没有完全执行诏书的旨意,还进献奏疏陈述自己的处理意见。

其实裴度来郾城不是第一次了。元和十年(公元815年)五月,裴度以中丞的身份赴蔡州行营宣慰,了解军情,回朝后,向宪宗细说了淮西现状,裴度受宪宗之命巡视诸军,此番巡视,掌握了双方大量的信息。毛泽东在读《裴度传》时写下批语,赞赏裴度深入前线了解情况,由此提倡搞调查研究要“出以亲身”。

裴度曾推荐忠武节度使李光颜为统兵,说他“勇而知义,必能立功”。李光颜兵不久便在战场上有出色的表现,宪宗赞叹裴度知人善任。

平定淮西叛乱后,唐宪宗赐给裴度晋国公的爵位,让他再入朝执掌朝廷政务。

唐元和十二年(公元817年),郾城,裴度来了,对唐宪宗是至关重要的,平定淮西,去除唐宪宗心头大患。

裴度来了,对整个唐朝都至关重要,结束了安史之乱以来一百多年间藩镇割据的局面,使唐朝又一度取得了统一,出现了“元和中兴”的政治局面。

裴度来了,对裴度个人至关重要,他一生重要的政绩便是平定淮西吴元济叛乱,成为与魏征齐名的唐朝著名宰相。裴度来了,对于漯河和郾城至关重要,漯河人津津乐道在唐朝元和年间著名宰相曾经来过,唐宪宗以来的历代漯河人,都以裴度来过郾、漯为荣。

是的,公元817年的郾城,唐朝宰相裴度来过。

台北知府陈星聚

“纯儒循吏”

1869年(清同治八年)3月的福建闽县,阴雨绵绵,英法要在穿石乡海口强筑炮台的消息撕扯着知县陈星聚的心,他毅然拒绝洋人建立炮台的要求。然而,陈星聚却因此被免去闽县知县的职务。历经两次鸦片战争的清朝政府已经不敢违抗外国侵略者的意思了,当时,西北边疆、西南边疆面临严重危机,东南海疆也已经敞开在外国侵略者的面前。

此前一年的5月14日,陈星聚调任闽县知县,于10月1日到任。这个地处福建省东部、福州市西南侧,呈月牙形拱卫省城福州的闽县有着悠久的历史,素有"八闽首邑"之称。任闽县知县后,陈星聚首先清理词讼,使积案冤狱得到及时处理,不但人民称颂,也受到省督抚沈文萧、王文蕙二公的称赞,称他为"纯儒循吏"。

就在陈星聚去职闽县知县3个月后,福州船政局制成了质量接近当时世界造船先进水平的中国第一艘木质运输轮船"万年青"号。福州机器局也设立,制造军火。这对于正处在危机中的东南海疆来说,无疑是两个振奋人心的好消息。此时,陈星聚到任仙游知县。北望中原,已经53岁的陈星聚难免感慨万千。他似乎看到了那个位于颍水河畔的故乡陈村,从儿时的苦读,想到道光二十九年中举人的喜悦;从练乡团数百人,征剿捻军,以军功被保举知县,想到1864年(清同治三年)2月任福建省顺昌县知县,从中原到福建,千里迢迢,一路上有数不尽的艰辛。到任后,正遇到地方江右之乱,百姓田产被掠夺,民不聊生,他不靠武力,设法厘清,平定匪乱,还人民以安谧的生活环境。那时县辖九龙山集聚了很多匪寇,他们依仗地势险要不断地出来掠夺,二十余年间远近不得安宁,百姓以此为患,官府对此也束手无策。当时闽浙总督左宗棠督促福建发兵围剿匪寇,他主动要求先用劝导的办法,然后,轻装简从,入山面见匪寇,与匪寇斗智斗勇,获送匪首数名,其余的也都归顺,人们给他建立生祠,表示悦服。左宗棠对他大加赏识,1866年(清同治五年)10月,以其"听断绢捕,矢慎矢勤,宽猛协宜,舆情悦服"报请清政府军机处留名升用。第二年,陈星聚任福建省建安县知县,当地人与外来人冲突不断,他悉心调剂,使大家和睦相处,又捐献除正俸之外的养廉银,增建仕子应试的考场,创立书院义塾,使文风也蒸蒸日上……

陈星聚到仙游县后,了解到县俗素好打官司,动不动就发生械斗,就亲赴各乡委婉劝导,所到乡的父老子弟围着他问寒问暖,亲如家人,陈星聚苦口婆心劝谕他们要以读书、耕田为乐,特编写了《八戒十劝歌》,要他们相互传诵,有的百姓感激得痛哭流涕。这时,陈星聚因陕甘军务捐饷有功,奏请赏戴花翎。

1871年(清同治十年),陈星聚任福建古田县知县。古田县大东乡地处僻远,乡风蛮悍,抗税习以为常,陈星聚先抑强扶弱,审结词讼,再为诸生讲论文字,劝诫善恶,乡俗大变,主动交纳赋税,无一滞欠。水口乡面水背山,土地贫瘠,百姓生活非常艰苦,居民平常靠接上游木植为生,但却被邻邑势绅强夺,陈星聚不避嫌怨力为争复。县民感激他,在古田水口乡又为他建生祠。《古田县志》记载,他“甫至,厘剔粮胥,积弊豁然清。试童子军,关防严密,无敢作奸”。获闽浙总督、福建巡抚的表彰,称他“洁己爱民,实心任事,会荐卓异”。

陈星聚在赴台之前,已经在福建顺昌、建安、闽县、仙游、古田等县任知县,历时8年多。所到之处政声卓著,百姓称颂。这些政绩使他以后被清政府委以重任,跨越台湾海峡,到台湾任职,一去就是十几年。

2008年,在顺昌县郑坊乡郑坊村张昌培家发现了陈星聚在顺昌任知县期间的题字寿匾。该匾宽2.6米,高0.85米,高悬于大堂正中之上,匾上书写着“极婺双辉”四个鎏金大字,匾额左上方署为“特授顺昌县正堂加十一级纪录十二次陈为”,右下方落款为“六十岁太学生张根旺立,大清同治四年岁次乙丑冬月吉旦”。福建省美术家协会会员、顺昌县文化馆馆长说“大字行楷字形美,粗犷,厚重,富有张力;小字行楷严谨,颇见功力”。对顺昌传统文化颇有研究的饶文英认为:题匾者陈星聚十分谦虚,只写自己的官职、功名和姓,却不落名字。陈星聚研究专家临颍县政协副主席晁国顺说:这是发现的第一块由陈星聚题写的匾额,从中我们也似乎看到了100多年前陈星聚在福建任知县时具体而生动的生活场景。

赴任台湾

1872年(清同治十一年),陈星聚以“守洁才优,实心任事,在闽年久,熟悉海疆”被闽浙总督、福建巡抚奏请荐为台湾府淡水厅同知,清代设立的淡水同知是派设于淡水、为了掌管海防所设立的官职,正五品,该淡水海防同知所驻办事处,称淡水厅。陈星聚于第二年8月赴任淡水同知。就在此时,日本谋侵台湾,桦山资纪由福州转入淡水登陆,探知台情。

淡水厅辖横亘七百里,溪流交错,山险林深,古代是投放罪人的地方。南有铜锣湾,北有三角涌、大嵙嵌等皆逼近内山,为盗贼渊薮,劫杀案件频繁发生,前任同知多次被弹劾而去。陈星聚到任后先厉兵秣马,增固营垒,严加防御。部署好后,亲率精锐入山,十日才到达匪巢,盗匪没有想到陈星聚会前来,乱作一团,著名盗首吴阿来被捕获,陈星聚又率众往北乡捉获数犯,盗风为之一清。淡北教民恃势横行,陈星聚找准时机诛戮一二,渐渐敛迹,百姓才得以安宁。

就在陈星聚赴任淡水同知的前一年,在台湾南部与台北相隔数百公里的地方发生的一件事影响到陈星聚的命运,这件事也是促使台北建城的原因。琉球船民因风漂流到台湾,其中 54 人被台湾土著杀害,其余 12 人由清政府护送回国。当时的琉球是清朝的附属国,日本却找借口攻打台湾。1874 年(清同治十三年)5 月,日本派陆军中将西乡从道率兵侵犯台湾,劫掠焚杀,当地居民据险反击。福建巡抚沈葆桢以钦差大臣身份处理事件后,根据当时只有一个台湾府属福建管辖,地方行政机构下设四个县两个厅鞭长莫及的情况,奏禀皇廷,要改革地方组织加强防务,发展经济,当时,台湾外销的大宗靛青、煤、茶、樟脑"皆出于淡北",而当时的艋舺与大稻埕也早已成为北台的经济中心。清政府终于明白,台湾是遏止日本侵略中国的前哨,于 1875 年(清光绪元年)批准了沈葆桢的《台北拟建一府三县》奏折。1878 年(清光绪四年)正式设立台北府,这是行政制度上"台北"一词首度出现。

台北府设立后,林达泉出任台北知府,为求防务需求,实地探勘,初步决定于艋舺与大稻埕之间的未开垦荒地构筑台北城。他上任后约半年,即因积劳弃世于任。陈星聚继任,还暂以淡水厅署为府署,也就是说府治设于新竹。1879 年(清光绪五年)闰三月,淡水、新竹分治,他才开始移治台北,积极筹建台北府城,他是首任"开府台北"的知府,也是与府城的建筑相始相终而"劳瘁不辞"的知府。

台北城位于大稻埕东南、艋舺以东,台北设府以后,将这三区合成台北,称为"台北三市街",当时三者实未相连,遍见稻田、沼泽,池塘与墓地横亘其间,居民无几,一片荒凉。1878 年(清光绪四年),艋舺人洪祥云、李清林等向该地豪商业户吴源昌租地,在府后街建店肆,大稻埕人张梦星、王庆寿等继而在府直街建屋,府前街也续建商店,街衢渐成。陈星聚任台北府知府兼淡水县知县后,出示广招人民在城内建街的告示,要求每座民屋应深二十四丈,宽一丈八尺,现备现销地基银十五圆,每年仍交地租两圆,一经交足,听其立时起盖。台北府城也开始筹建,但因台北基地松软,为改善土质松软,陈星聚在预定的城墙线上植竹以培土。直到两年后岑毓英任福建巡抚巡视台湾防务后,还奏称台北府"尚无城垣……不足以资捍卫",他曾二度来台督修城池,升任云贵总督后,台湾的建设由台湾道刘璈主持。中法战争的威胁,使筑城工作得以加速推行。1881 年(清光绪七年),台北建城之议虽决,但尚未施行,陈星聚不辞劳瘁,躬任其难,集士绅耆老林维源、陈霞林、李清琳、潘成清、叶逢春等筹募银 20 万两以建城,其中林维源成为清代台湾当到最高的官，官至二品。接着又禀准勘定街道，奖建店铺，使得几年后，台北城“碧瓦连云，朱檐栉比，俨然巨邑矣”。1882 年（清光绪八年）元月二十四日兴工，招募粤籍工匠兴筑，两年后完工。城周 1500 余丈，开辟五门。其中北门名承恩门，城郭额铭“岩疆锁钥”四字。城垣多以坚石堆砌为墙，中层为砂土，全城略作长方形，壁垛合高一丈八尺，宽一丈二尺。面积达 1.4 平方公里，是当时中国最具新气象的海疆城市，因为是台北府所在，所以又称为台北府城。

中法战争爆发后，慈禧作了重大的人事变动，罢黜奕䜣，军机处的权利掌握在奕譞和孙毓汶手中，执行的仍是奕䜣的对外妥协政策，完全寄希望于和谈，不顾法军猖狂挑衅的严重局势，严令沿海各省静以待之，不可先发开衅。作为台北知府的陈星聚忧心如焚，他竭尽全力筹集款项，购置武器弹药，招募青壮年，扩充军队，准备一旦战争扩大到台湾时，坚守台北。台北府城刚刚完工，法军在谅山战败后加紧向中国海面调动军队。法海军中将孤拔率领法国舰队驶抵闽江口，要求入福建水师基地马尾军港停泊，向台湾的基隆发动进攻，并登陆占领基隆炮台。督办台湾防务刘铭传的部队进行抵抗，击退了法军。接着发生的马尾海战，使福建水师的军舰和运兵船在很短的时间内几乎全被击沉、击毁，清朝当局不得不对法宣战。9 月中旬，孤拔率主力舰队再次进犯台湾，占领了基隆炮台，刘铭传被迫率部退守淡水，认真布防。在袭击淡水失败后，孤拔宣布对台湾进行封锁，台湾与大陆海运交通被隔绝，形势十分危险。面对法舰封锁，刘铭传电请李鸿章派北洋舰队前来解围，李鸿章按兵不动。危急关头，年已 68 岁的陈星聚义愤填膺，无所畏惧，决心与台北共存亡。他让妻子、儿女坐守在后花园水井旁边，准备城破后即全家投井殉国，他本人则日夜守在海防前线，激励士气，督战指挥，英勇抗击法国侵略军。台湾军民在全国人民的声援下严守淡水，并几次击退自基隆向台北进犯的法军，保住了台北。但是，清朝政府却在镇南关大捷之后，签订了丧权辱国的《中法新约》，这使他十分气愤，同时，他由于劳累过度，背部毒痈发作，遂气愤而死，终年 69 岁。廖仲麟著《中法战争史》中说与刘璈关系较深的台北知府与刘璈一起不计饷项军械之有无，违背刘铭传的意思，胡乱添募士勇，以致闹饷鼓噪，差点酿成大乱，最后在多次禀请刘铭传进攻基隆遭拒之后，暗地里又去怂恿曹志忠孤军作战。对此，史学界有不同看法，“二刘”（刘铭传、刘璈）之争，对清朝政局产生了一定的影响，对刘璈的评价直接影响到对陈星聚的评价，台湾史学家连横称刘璈也是“有经国之才”的能吏,只可惜刘铭传不能包容他。台湾史学家许雪姬撰文《“二刘之争”与晚清台湾政局》,对刘璈的评价极高。

陈星聚去世当年,台湾发生了变化。1885 年 10 月(清光绪十一年),清政府将台湾改为行省,任刘铭传为第一任巡抚。

铁血柔情

无论是果断围剿匪寇还是英勇抗击侵略者,都可以从中看出陈星聚堪称“铁血知府”,但他同时又十分体恤民情。陈星聚洁己爱民,实心任事。每断死刑,必为涕泣。“性笃厚,宽以接物,人有欺之者,从不记其过,然行事多奇气。”曾有一美而知礼的孀妇,被豪者劫持,陈星聚听说后,走十余里到富豪家劝说其要有仁义之心,终于救出孀妇。

淡新档案是清代台湾淡水厅与新竹县的官方档案,也是前清时代台湾府县档案之唯一幸存者,从中有幸看到了陈星聚在任时的来往文书。他爱民如子,嫉恶如仇;俸禄虽薄但见义必为,添设义塾,增加书院,创建养济院,还捐廉银二千圆存放生息作为乡试诸生的盘费。三举厅试所得士都是当时优秀的人才,众人都夸奖他,佩服他,认为他很有远见。淡水任内,政绩颇多,在考核中因为“诚恳笃实、洁己爱民”和“志坚守洁、慈惠爱民”受到表彰。

陈星聚从清同治三年走出临颍,在外做官 20 多年,但一直心系家乡人民。在他任台北知府的前一年,河南大旱,加上蝗灾,“道谨相望,星聚捐谷千石,又赈本乡数百石”。因此,临颍家乡的人民亲切称呼他为“陈官”,“陈官”的美名至今在民间盛传不息。因他在台北为官,又追封为“道台”,为了纪念他,就把他的家乡陈村改为“台陈”,即现台陈镇所在地。

陈星聚到台湾后,外出巡视,发现当地有收“埋葬税”的陋规,就是人死以后,都得交重税才能安葬,否则罚款判罪。很多人由于交不起“埋葬税”,只好让尸体在家里存放多年,腐烂发臭;有些穷苦人家,甚至放几具尸体都不能埋葬。陈星聚查明之后,下令废除“埋葬税”,并规定:凡家中存放尸骨者,限三天之内一律运出埋葬,不交“埋葬税”,过期不埋者,加重罚款;以后死人埋葬,一律不交“埋葬税”。这种为民造福的措施,得到了台北人民的拥戴。上任第一年,就建立了艋舺养济院,建淡水县儒学于府治艋舺街学海书院内。

1880 年(清光绪六年),夏疫秋霖,民不聊生。陈星聚看到这种情况,果断地说:“吾但活吾民,罔顾利害也。”自作主张发仓谷赈灾。陈星聚建台北儒学于大南门内,又捐养廉银八百圆,购旧屋建新竹县养济院,容纳贫废疾穷民。

黄氏节孝坊是台北市难得一见的百年历史以上的古迹。这是 1882 年(清光绪八年)陈星聚在东门街所立,旨在旌表王妈黄氏守志抚孤之劲节。他挥笔为黄氏节孝坊题写对联:清节历冰霜,辛檗半生,幸有遗徽型海上;湛恩深雨露,贞珉一片,长流明德在人间。

身后故事

陈星聚的女儿在台北长大成人后嫁给商水县邓城镇的叶百渊(海容)。叶氏先祖叶绍颐,在明朝移民时从山西洪洞县大槐树迁居商水。当时沙河航运发达,行旅商贾多在邓城码头留宿中转,叶绍颐在码头开小饭店维持生计。后因拾金不昧,与遗失珠宝包裹的珠宝商结为异性兄弟。珠宝商多次赠巨款为叶氏置田,并资助其他经营,加之叶绍颐勤劳持家,成为当地巨富。

建于明末的叶宅,仿故宫明清建筑,后规模扩大,至清乾隆年间达到鼎盛。叶氏庄园的后堂楼是叶海荣与叶陈氏的洞房。

陈星聚不会想到,在他离世 80 多年后,他女儿的曾孙叶魁会因为他曾在台湾做官被打成右派。叶魁曾在西华一高任教,是我的语文老师兼班主任,他曾写信告诉我当时审问他时的情景:

“你有什么海外关系?”

“没有。”

“台湾。”他们提示道。

“那叫海内关系,台湾属海内。”

“你与姓陈的官僚政治家什么关系?”

“现在我搞不清楚,将来我一定会搞清楚,再回答不迟。”

我给叶老师寄去了陈星聚的有关资料,叶老师在《西华文史资料》上曾撰文纪念陈星聚。漯河有线电视台拍摄《“大槐树寻根”漯河十大姓历史名人》系列节目时,和有线电视台工作人员一起到台陈陈星聚的墓园进行拍摄。据叶魁老师回忆:曾祖母知书达理,言谈举止既有别于大家闺秀,又有别于小家碧玉。儿时曾祖母曾让他们观赏从台湾带回的楠木家具、竹席、阿里山草帽等陪嫁品。

陈星聚逝后其遗体由海运转入运河,到西华县逍遥镇,又陆转运至故里安葬。清政府追封他为三品道台并为墓园树立"御赐祭葬如例"蛟龙碑一通,供过往官民拜谒。明清时把墓碑的形制作为体现墓主身份的标志,规定细致:一品为螭首龟趺,二品为麒麟首龟趺,三品为天禄、辟邪(传说中的两种神兽)首龟趺。对不同品官和庶人墓地的大小也有具体的规定,清三品为七十方,坟高也尊卑有别,清三品为十二尺。明清两代规定:二品以上置石人、石马、石羊、石虎、石望柱各二件;三品置石虎、石羊、石马、石望柱各二件。从这些规定中可以想见陈星聚墓园初建时的大致样式。

陈星聚墓园在"文化大革命"期间遭到破坏,1982 年,临颍县政府对墓园进行了修葺。台北各界人士敬仰陈星聚抗法功绩,在当地为他建造了一座陈公祠,年年追悼祭祀。近年来,台湾部分陈姓人还到临颍县拜谒陈星聚墓园。2005 年 7 月,台北新竹市原副市长蔡仁坚专程到临颍县收集有关陈星聚的资料。

台北知府陈星聚纪念馆于 2009 年 3 月 31 日在陈星聚故乡——河南省临颍县台陈村隆重开馆,豫台两地社会各界人士和陈星聚后人参加了开馆仪式。在陈星聚纪念馆落成典礼上,台湾亲民党主席宋楚瑜做了热情洋溢的讲话,他期望陈星聚爱国的精神成为增进两岸关系的纽带,让两岸和平发展结出的果实更加丰硕。

两岸骨肉同胞在对台北知府陈星聚的共同缅怀中,思索着,也共同期盼着……

钟繇与许慎在漯河的相遇

在漯河这块土地上,有两位古人对中国的文字发展起到了至关重要的作用,一个是有"楷书鼻祖"之称的三国时的大政治家、书法家钟繇,他曾被封为定陵侯,定陵就是今天的舞阳县北舞渡镇;另一个是许慎,许多人都知道他,生于今天的漯河市召陵区姬石乡许庄村,著有世界上第一部字典《说文解字》。

许慎在家乡居住很多年，死后也葬在家乡，2010 年，家乡漯河为了纪念他，在他长眠的地方建起许慎文化园，2005 年以来已成功举办了两届许慎文化国际研讨会。许慎的影响越来越大。钟繇是长葛人，长葛距漯河不算远，钟繇死后也葬在长葛。据说也有纪念他的文化园，没有去过，当注意到钟繇在书法上的成就后，很想去拜谒。钟繇虽然不是漯河人，但无论在政治方面还是在书法方面都与漯河这块土地有着密切的联系。

许慎毕生致力于古汉字的全面整理和阐释，东汉和帝永元十二年（公元 100 年）草成《说文解字》，这是我国第一部系统说解文字的经典，经修订，于安帝建光元年（公元 121 年）献给朝廷。《说文解字》问世以后，我国传统汉字学的研究，便以其为主要对象。许慎对经学也有精深的研究，撰写了《五经异义》《孝经孔氏古文说》《淮南鸿烈间诂》等书。由此，许慎在中华文字学史及经学史上都占有十分崇高的地位，被誉为“五经无双”“字学宗师”，成为我国历史上最杰出的汉文字学家和经学家。

《说文解字》问世以后，很快就引起当时学者的重视，在注释经典时常常引证《说文解字》。唐代科举考试规定要考《说文解字》。自唐代以后，一切字书、韵书及注释书中的字义训诂都依据《说文解字》。

《说文解字》是中国语言学史上第一部分析字形、说解字义、辨识声读的字典，它对传统语言学的形成和发展有巨大影响，后世所说的文字、音韵、训诂之字，大体不出《说文解字》所涉及的范围，而《说文解字》本身则形成一个专门学科。《说文解字》完整而系统地保存了小篆和部分籀文，是国人认识更古文字——甲骨文和金文的桥梁；《说文解字》的训解更是国人今天注释古书、整理古籍的重要依据。

许慎曾担任太尉府祭酒，后来为了潜心修订《说文解字》，拒绝到安徽任职。与许慎不同，钟繇是个大政治家，汉末的时候就官至尚书仆射，后被曹操委以重任，魏国建立后，任大理，又升为相国。曹丕称帝，为廷尉，进封崇高乡侯。后迁太尉，转封平阳乡侯。曹丕曾对左右大臣称赞钟繇及司徒华歆、司空王朗说：“此三公者，乃一代之伟人也，后世殆难继矣！”明帝继位，迁太傅，进封定陵侯。增其食邑人口达到一千八百户。太和四年（公元 230 年），死，谥为成侯。传三世。公元 265 年，晋代魏。定陵侯国被废。北舞渡是个古镇。我们应该多么庆幸这个大书法家曾封侯于此，那时，钟繇还不知道距此不远有个贾湖遗址，在这里发现了世界上最早的文字，好像冥冥之中是文字将他召唤于此。

汉朝末年天下大乱，曹操挟汉献帝到许昌，临颍的繁城距许昌很近，留下了许多汉魏政权交替的遗迹，钟繇的一些活动在临颍，比如大家都熟知的“临颍三绝碑”，“三绝碑”即《受禅表》碑和《公卿将军上尊号奏》碑两碑，“三绝碑”到底是梁鹄书还是钟繇书，有争议，现在多采用“三绝碑”是王朗撰文、梁鹄书丹、钟繇刻字的说法。

回顾一下中国书法的发展历史，就会更加认识到钟繇的贡献。从中国文字发展史来看，从刻在龟甲兽骨上的甲骨文，到刻于鼎上的金文、散氏盘再到秦小篆，然后到将小篆线条的圆转变为方折而产生的汉隶，为楷书的出现奠定了基础。汉字演变经过这一段漫长的历史过程，到楷书阶段终于定型。楷书，又称正楷、正书、真书等，是从隶书演变而来的一种书体。“楷”即楷模、法式，也就是说楷书可以作为标准字体来练习。楷书体式方正、笔画平直、应规入矩、法度谨严，便于书写，故而历来被作为学书入门的不二法门。初期“楷书”，仍残留极少的隶笔，结体略宽，横画长而直画短。关于楷书的起源，史书相传应归功于王次仲。但是王次仲的楷书作品，今人已无从看到，有关记载又有太多的神话色彩。我们今天能够看到的最早的楷书作品则是三国魏时钟繇所作。所以，从时间上来说，汉代只是楷书的准备阶段，三国时期才是楷书的真正创造阶段，而钟繇也才是楷书的真正创始人之一。

钟繇在书法上的突出贡献正是创立了楷书，他被后世尊为“楷书鼻祖”，钟繇的字结构朴实严谨，笔势自然，茂密幽深，开创由隶书到楷书的新貌。他与汉末张芝，东晋王羲之、王献之父子合称“书中四贤”。钟繇对后世书法影响深远，王羲之等后世书法家都曾经潜心钻研学习钟繇书法。他与东晋书法家王羲之并称为“钟王”。南朝庾肩吾将钟繇的书法列为“上品之上”，唐代张怀瓘《书断》称：“其真书绝妙，乃过于师，刚柔备焉。点画之间，多有异趣，可谓幽深无际，古雅有余，秦汉以来，一人而已！”钟繇之后，许多书法家竞相学习钟体，如王羲之父子就有多种钟体临本。后张昶、怀素、颜真卿、黄庭坚等在书体创作上都从各方面吸收了钟体之长、钟论之要。传说钟繇在当时书家韦诞住所，见蔡邕真迹，苦求不得，心急槌胸，因而呕血，太祖曹操拿五灵丹救活了他。至于说韦诞死后钟繇密使人盗发其冢终获蔡邕手迹的说法，虽不合历史事实，但从一个侧面反映出钟繇学书的痴迷。

另据《书苑菁华》记载，钟繇临死时把儿子钟会叫到身边，交给他一部书法秘术，而且把自己刻苦用功的故事告诉钟会。他说，自己一生有三十余年时间集中精力学习书法，主要从蔡邕的书法技巧中掌握了写字要领。在学习过程中，不分白天黑夜，不论场合地点，有空就写，有机会就练。与人坐在一起谈天，就在周围地上练习。晚上休息，就以被子作纸张，结果时间长了被子划了个大窟窿。见到花草树木、虫鱼鸟兽等自然景物，就会与笔法联系起来，有时去厕所中，竟忘记了回来。这说明了钟繇的书法艺术确实是自己勤学苦练的结果。在苦练的同时，钟繇还十分注意向同时代的人学习，如经常与曹操等人讨论用笔方法的问题。钟繇不但自我要求严格，对于弟子门生也同样以严要求，儿子钟会最后也取得了巨大成就，钟繇、钟会父子被人们称为“大小钟”，钟繇的书法真迹到东晋时已亡佚，宋代以来法帖中所刻的小楷《宣示表》《荐季直表》等都是晋、唐人临摹本。

王羲之被称为“书圣”，据唐代张彦远《法书要录·笔法传授人名》说：蔡邕受于神人，而传之崔瑗及女文姬，文姬传之钟繇，钟繇传之卫夫人，卫夫人传之王羲之，王羲之传之王献之。可见钟繇对王羲之的影响有多么大。没有卫夫人的书法启蒙教育，就没有后来的王羲之，卫夫人书法学钟，钟的书法以圆润秀雅为基本面貌，钟书法“纤如丝毫，轻如云雾，去者若鸣凤之游云汉，来者若游女之入花林”。

钟繇与许慎跨越时空同聚漯河。钟繇作为楷书的创始人，在漯河生活这么久，一定希望更多的漯河人熟悉他、了解他，了解“三绝碑”背后汉魏政权更替的故事，对书法尤其是对楷书给以关注，并有越来越多的人在书法上有所建树。许慎作为世界上第一部字典的作者，在漯河这块土地上潜心著述很多年，一定希望更多的人能够关注他所苦心收集的篆书，希望更多的家乡人成为识读、书写篆书的行家，让漯河传统文化的特色更加突出并以此打造独特的旅游资源。

唐朝名将李光颜在郾城

漯河人应该对唐朝名将李光颜有所了解，并熟悉他在漯河郾城期间驰骋沙场的英姿及感人的故事。

李光颜,字光远。从小跟随葛旃学习骑射,天资聪慧,敏捷矫健,长大后光颜跟从河东军担任副将,讨伐李怀光、杨惠琳,立下战功。跟从高崇文平定剑南,屡次出入敌营,拔取旗帜,神出鬼没,名声更响。被提拔兼任御史大夫,历任代、洛、陈州三州刺史。

安史之乱后的唐朝陷入藩镇割据的局面,到唐宪宗时已一百多年了,尤其是淮西吴元济叛军活动猖獗,竟然刺杀宰相,宪宗立志平叛,但是唐军屡屡受挫。

元和九年(公元 814 年)唐宪宗讨伐蔡州,李光颜凭借陈州刺史的身份充任忠武军都知兵马使。刚刚过了一个月,就被提升为本军节度使,皇帝诏令用他的部队独当一面。李光颜就在溵水边构筑营垒驻守。第二年,在时曲大败敌军。起初,敌军凌晨就用阵势压制住他的阵营,部队不能冲出去,李光颜就毁掉营垒的栅栏,率领几个骑兵突入敌军之中,往返冲突,敌人认识光颜,弓箭像刺猬毛一样密集地射往他的身上。他的儿子拉住他的马缰绳苦谏他不要深入敌阵,李光颜挺着大刀斥退他,于是全军将士奋勇争先,敌军才溃败了。正当这个时候,各路藩镇的部队环绕蔡州十多处,都相互顾忌,不敢向前,只有李光颜先打败敌军。每读及此,都对这个在郾城出生入死的唐朝名将倍加崇敬。裴度于元和十年(公元 815 年)五月来郾城宣谕抚慰各路藩镇的部队回朝复命,回朝后,向唐宪宗举荐李光颜,认为李光颜勇而知义,必能立功。后来,李光颜果然在平淮西战斗中取得许多胜利,唐宪宗也因此夸奖裴度有识人的眼光。

元和十年(公元 815 年)十一月,李光颜又与怀汝节度使乌重胤在小溵河共同击败吴元济军,削平其营垒栅墙。起初,都统韩弘命诸军齐攻贼城,贼兵又径直攻打乌重胤营垒。乌重胤抵挡贼人,身中数枪,快骑向李光颜求救。李光颜断定小溵桥是贼人堡垒,乘其无备,派田颖、宋朝隐攻取该处,将城墙拆毁、壕堑填平,乌重胤于是获救。韩弘认为李光颜违反军令,要抓田颖及宋朝隐准备处死。田颖及宋朝隐均勇敢而有才干,军中皆为之惋惜。李光颜畏惧韩弘不敢将二人留下。恰值中使景忠信到来,闻知情由,便假托诏令以刑械将二人就地囚禁。迅即驰马回朝谒见皇上,将事情本末一一禀奏。宪宗赦免景忠信矫诏之罪,命他立即前往军中释放田颖及宋朝隐。韩弘与李光颜相继上表论说此事,宪宗对韩弘之使者道:“田颖等人违反都统之令,本当处死。但李光颜认为他们袭贼有功,也可宽赦。军队固然有三令五申，亦应放过这两人以收来日之效。”及至以诏宣谕韩弘，韩弘不悦。元和十一年(公元816年)，李光颜连连击败吴元济军，攻取贼人之凌云栅。宪宗大悦，赐给告捷者以奴婢银锦。李光颜升迁检校尚书左仆射。

元和十一年(公元816年)四月，李光颜、乌重胤奏败淮西兵于凌云栅，凌云栅，在溵水西南，郾城东北，斩首三千级。五月，李光颜、乌重胤奏败淮西兵于凌云栅，又斩首两千余级。九月，奏拔吴元济凌云栅及石、越二栅。

唐宪宗元和十二年(公元817年)四月，李光颜在郾城击败敌军，打死百分之三十的敌军，估计他们的铠甲共有三万，全部画上雷公符、斗星，署名：“破城北军。”郾城守军邓怀金非常恐惧，郾城县令董昌龄趁着这种形势劝邓怀金投降，并且前来请求说：“城中士兵的父母妻子儿女都抵押在贼人手里，如有不经战斗就投降的，将诛灭全族。请您攻打城池，我举火求援，求援到了，您打败他们，我就把城池献出来。”李光颜答应了他。贼兵已被击败，董昌龄奉献伪县印玺，邓怀金率领所有将领穿着平时的衣服开门待降。

还有一段李光颜在郾城坚拒美色诱惑的故事，实在应该让更多的人知道并深思。元和十二年(公元817年)九月，以韩弘为淮西诸军统帅，韩弘想倚贼自重，不愿意速平淮西，而李光颜在诸将中最忠勇有力，便想结其欢心。举大梁城得一美妇人，教之歌舞竹丝，饰以珠玉金翠，值数百万钱，派使者把她送给李光颜，李光颜大飨将士，使者带着侍奉的美女到了，果然容色绝世，全军将士都吃惊地看着。李光颜说：“我离开家室已久，是为国家分忧，实在没有什么报答皇上的大恩大德。但是，我们的将士都抛妻别子，上刀山，下火海，怎么唯独把女色作为快乐？替我感谢韩公，光颜以身许国，誓不与逆贼同戴日月，即使死了也忠贞不贰。”于是呜咽泪下，几万将士都感激流涕，于是厚赏使者，让他将美女带回去。于是李光颜部队士气更加高涨。李光颜秉性忠义，善于安抚士卒，他的士兵都乐意被他任用。也许因为军队强劲勇悍，常常担任各路军队的先锋，所以多次建立功勋。

元和十二年(公元817年)，裴度来到行营，率幕僚在方城沱口察看修筑城墙，五沟之贼人突至，搭弓举刃，形势危及裴度性命，李光颜与田布力战，打退了敌人。当时李光颜估计贼人可能前来，先派田布带领二百骑兵潜伏沟中，出其不意地袭击贼人，裴度才幸免于难。田布又预先扼守沟中贼人归路，贼人多弃骑越沟而逃，结果互相牵掣坠沟压死者千余人。这天若非李光颜相救，裴度几乎陷入贼手。当月，贼人了解到李光颜勇冠诸将，便派出全部兵力抵挡李光颜的军队。此时李愬乘其无备，火速率兵袭击蔡州，一举攻取,生俘吴元济。董重质抛弃洄曲之军,入城向李愬投降。李光颜闻知,跃马入贼营,大呼贼兵投降。贼兵万余人,皆解甲投戈等候发落。叛贼平定,李光颜加授检校司空。

裴度平定淮西,李光颜与叛军久战于漯河一带,起到了至关重要的作用,他在漯河一带尽忠尽职、不顾安危冲锋陷阵及拒绝诱惑的故事,永存史册,给后人以启迪。

画满舞阳

当一幅幅栩栩如生、色彩艳丽、富于浓郁生活情趣的舞阳农民画闯进你的视野时,你一定也会惊叹它们竟然出自农民之手,那千百年来面朝黄土背朝天的农民兄弟,怀着一种什么样的情愫在农忙之余握起了文雅的画笔呢?疑问从知道舞阳农民画《东河湾 · 西河湾》《柿乡》《左邻右舍》等作品被国家博物馆收藏之时起。

终于在阳光明媚的春天来到舞阳专访农民画,此时的舞阳农民画已是第一批河南省非物质文化遗产,20 世纪 90 年代末,舞阳农民画被正式定名为“中国现代民间绘画”,在文化部首批命名舞阳为“中国现代民间绘画画乡”后,舞阳又成立了全国首家农民画院——舞阳农民画院。

舞阳农民画起源于“大跃进”年代,在那个处处充满夸张、充满激情与想象的特殊时期,出现了新壁画运动,政治的狂热与艺术的夸张结合在一起,大批专业画家投入到城乡的新壁画创作之中,以从民间年画发展而来的单线平涂画法作为主要形式。“大跃进”的狂热点燃了农民心中的激情,他们张开想象的翅膀,在画作的天地里自由飞翔。翻开一卷卷“大跃进”时期的漯河档案,试图寻找到舞阳最先成为全省壁画县的原因,壁画这种外在的形式必定真实地反映舞阳“大跃进”的现实,是因为舞阳距离放出丰产“大卫星”的西平县较近,还是因为在“以钢为纲”的年代恰与产钢的舞钢相邻?当“大跃进”的狂热在全国冷却之后,壁画历经风雨日渐剥落,却又为何能够从墙上走到纸上，摇身一变而成为独具风格的农民画呢？当我问到这个问题时，农民画家们沉思一阵，把之归功于领导的重视。他们坚定的眼神告诉我，这是他们的肺腑之言。如果没有具有远见卓识的领导的重视，没有文化馆人员不失时机地指导他们将目光投向现实生活，就不会有今天的舞阳农民画吧。

正如濮阳的特产麦秆画能从6500年前的由蚌壳摆塑而成的"中华第一龙"找到渊源一样，舞阳悠久的历史文化对农民画的影响也不容忽视。从贾湖遗址8000年前的甲骨锲刻符号和骨笛到汉画，从壁绘到门神画，无不反映出居住在这里的人们曾经创造出了璀璨的文化艺术。舞阳县相继涌现出了一批书画家，舞阳县政协学习文史委编纂的《舞阳百年书画》收录了清代以来的160多名书法家、画家的简历和作品。

在舞阳县城一书画室看到胡岗村农民创作的农民画，便决定拜访几位农民画家。胡岗村距县城约40里地，时值三月，路两边是一望无际的麦田和金黄的油菜花，想象着农民画家们骑着自行车或摩托车从这里把他们的画作带出村庄，心中就有种莫名的感动。

进入胡岗村，看到一棵大槐树，据说是明代先祖从山西移民到此时种植的，昭示着这个村庄悠久的历史。农民作画的场地是普普通通的农家院落，院子的西面种植着一棵石榴树。在堂屋中间是支在家具上的画板，上面陈放着画纸和画笔，一张张完成不久的画作平铺在地上，或沙发上，或平台上，一幅幅代表中原农村风情富有时代气息的画作就是在这样的环境下创作出来的。据说这里有十几个人从事农民画创作，九街乡有几十个人，虽然这是个不大的数字，但对于一个村庄而言，对于一个乡镇而言，我还是看到了数字背后蕴含的农民画的力量，那些涌动的创作激情，那种对生活的纯真热爱是农民画生生不息的创作源泉。农民画为什么在这一带如此集中呢？当我说出这个疑问时，农民画家指着前面的房子说，抗战时范文澜先生就在这里居住过。那是1937年12月，中共河南省委领导的规模较大的抗日救亡团体河南大学抗敌训练班农村服务团成立，胡岗万寿寺小学校长屈勋亭得知消息，派人学习并邀服务团到舞阳来。第二年元月，范文澜一行90多人踏雪到达万寿寺小学，受到群众的欢迎，团员们连夜组织漫画组，画宣传画、写标语，胡岗一带的农村到处能听到抗日救亡的歌声，看到宣传壁报和宣传画。战教团的成员是来自平津和开封的青年学生，多才多艺，他们演街头剧，教唱救亡歌曲，出时事壁报，画宣传画，办农民夜校和识字班。著名画家王铸九、李新雨等也都曾在这里定居作画，村民们常常看他们作画，对村民们产生了很大的影响。

舞阳农民画的创作题材不仅仅局限于农村生活，即便是城市生活，农民画家们也会画出不同来，城市人眼中的城市和农村人眼中的城市必定是不同的，农民画不在于它一定要反映农村生活，而在于它鲜明的创作特点，让人一眼看出农民心中的梦想，看出新时代农民的情怀，看看农民画中那摩托车轮下的祥云，那结在一棵果树上的不同果实，那长着翅膀向北京飞去的福娃……让人不能不佩服农民画家们丰富的想象力。在美丽的画面上，着色越是艳丽，他们心中的梦想越是强烈。农民眼中的朴实生活让居住在高楼大厦里的人们羡慕，城市生活已让人厌倦，田园就成为人们心灵的栖息地，与其说农民画是画，不如说是盛开在我们心中的花园；与其说农民画是画，不如说是农民心中的童话。它是农民的梦想，是城市人的精神家园。许多人喜欢舞阳农民画，正是喜欢它那种固守的纯朴，看着它们，浮躁的心会慢慢变得沉静，蕴含在热闹画面中的力量是如此奇特！

从农民画中我们可以想象得到农民眼中的世界也该是一个既浪漫又美好的世界，农民画家们除了具有绘画天赋外，一定会有一颗纯朴的心，他们也必定是热爱生活的、富于幻想的，他们敏感地捕捉蕴藏在农民平凡生活中的美。农民画多反映幸福生活，农民们放大幸福、夸张幸福，可以让人感知他们对生活的感恩，眼中无美、心中无善的人又如何能发现美？农民画家们无一例外地盛赞今天的幸福生活，农民画的意义不仅仅在于画而在于热爱生活的态度，是对生活的感谢与憧憬，是改革开放三十年来农民对幸福生活的描画。我们是不是也要用这种态度来对待生活，对待人生，时刻放大我们的幸福呢？

尽管看到农民画家们对舞阳农民画的前景充满信心，但还是感觉有些遗憾，多么希望农民画有一个扎根于农村的创作基地，农民画家们不脱离农村的实际，同时也无生活之忧；有一个高规格的农民画交流展示基地，对外推介农民画……眼前出现了这样一幅画面：舞阳农民画已经遍布舞阳，并轰轰烈烈地走出舞阳。看来我是受了农民画风格的影响，也把农民画的前景放大了，这幅想象中的画面的名字就叫“画满舞阳”。

河 上 街

熟悉漯河的人大多是知道河上街的，尤其是年长些的漯河人，对河上街是再熟悉不过的，提起“河上街”几个字，心中便会升腾起一种亲切感，忍不住回味起河上街的人和事。河上街已成为热爱漯河的人们的一种美好情愫，这种情愫带着回忆的美好和深愁浅闷，长久地萦绕在他们心田。

我最早知道漯河是从“河上”二字始，小时候听大人们说“去漯河”不是这样说，而是说“上河上”，“上河上”就是“去漯河”的意思，家距漯河不过30里地，但听大人们说起河上，便觉得如海市蜃楼般可望而不可即，心向往之多少年才成就了“河上”之行。漯河及附近地区的人们把漯河叫“河上”是很普遍的，假如你只知道漯河而不知道“河上”，一听便知是对漯河不大了解的。每每在听到“河上”这两个字时，脑海中首先浮现的不是关于城市的想象，而是沙河之上的帆船，那时候沙河是通航的，以为漯河被称作“河上”与沙河的行船有关。

漯河人更习惯于把漯河叫“河上街”，不像周围的人那样把“街”字省去。河上街本身只是一条街道，这条街道本名叫顺河街。顺河街名字的来历是因为其濒临沙河南岸，与自西向东流的沙河并列。它呈东西走向，西至北大街（今天的泰山路）与河堤交汇处，东至东大街，全长200多米，总体上是西高东低的，略起伏不平，中段最高点海拔64.14米，是全市地理位置最高点，又因其街面与河堤高低相等，周围县镇民众便将其称为河上街。

河上街的形成与沙河有关，确切地说是与水运有关的。沙河的水运历史悠久，《旧唐书》《资治通鉴》中都有关于沙河水运的记载，早在公元816年的时候就设置了淮颍水运使，从扬州运米、绫经淮河、颍河入沙河，至郾城以馈讨淮西诸军，那时唐朝宰相裴度正驻扎郾城指挥作战。宋金两军交战时，溵水镇与周家口是淮、颍河流域最大的两个码头。从南方运往两淮地区大批军粮和草料，因码头拆粮速度快、数量多受到高宗嘉奖，并钦定为“上口镇”。元世祖至元年间，为了利用沙河往京城运粮，截唐河入澧河，截洄曲引汝水东南流汇入沙河，因沙、澧河水交汇形成海螺湾形，取名螺湾河渡口，并更名为螺湾河镇。南宋末年的战争和水患，给这里的人们带来了极大的灾难，明朝初期，螺湾河渡口只有6户人家，不足50口人。明洪武年间，大量佃农从山西洪洞县移往河南各地，螺湾河渡口正居许、禹、陈、蔡、汝诸州的交通要冲，位置优越。至明永乐年间已形成“江淮百货萃，此处星辰罗”的繁华景象。当时，螺湾河渡口人口已达数千，在唐、金废镇的基础上建立了新镇，即螺湾河镇，后改名为漯湾河镇。清末至民国年间，河上街是通往大北门渡口的必经要道，1906年京汉铁路通车后，水陆交通便利，河段上有三处码头，大北门除运粮食外，还装卸来自汝州禹县、神后等地的陶瓷器具，小西门装卸来自密县、舞阳、叶县等地的石料及石器具等货物，周转量大，所停放的船桅如林，货物堆积如山，时建有4个脚行班，有脚夫100余人，装卸货物日夜不停。河上街成为最繁华的商业大街，有数十家花布行、绸缎庄、钱庄、酒作坊。而且漯河镇公所、基督教内地会等都在该街的两侧。

河上街也指一个镇。1920年北京政府颁布县自治条例规定，一般有集市规定的村、镇(500户以上)称为某街，河上街是郾城县的大镇。我家紧邻黑龙潭，去黑龙潭不说去黑龙潭，而说到街上，河上街也大抵是这个意思。民国时，漯湾河镇简称漯河镇，它是一个镇，属郾城县管，是郾城县最著名的镇。1930年，曾将漯河镇分为两个镇，寨内和牛行街定为漯河镇，火车站东西的街道定为五权镇，后两镇合并统称漯河镇。漯河镇镇公所设在顺河街，即河上街，周围有丰富的农副产品原料和优越的水陆交通条件，迅速成为豫中重要的工商业城镇。大量的工业产品和农副产品在此集散。布行、粮行、油行、盐行林立，钱庄、当铺到处可见，绸布、京广杂货、土特产品布满大街小巷，各地客商纷至沓来，达官显贵接踵而至。尤以山西、陕西来者最多，为联络乡谊制定行规，建有陕西会馆。时有河南腹地最大河港之说，有专赖航运为生的船户700多家，大小船只800余条，运载能力达14000吨。

河上街发生过很多难忘的事。抗战时期，由于豫北和两湖战乱，漯河镇成为豫南的政治、经济、军事、文化中心，豫西警备司令部曾设于漯河镇寨内。1947年12月，漯河首次解放后，于1948年8月豫西二地委(漯河人民办事处)设于该街。1949年2月，第二野战军四兵团在漯河组建，陈赓任司令员兼政委，二野四军团司令部设在顺河街附近的寨内福音堂，在寨内广场举办的第四兵团南下誓师大会，在这里，陈赓司令员命令部队踏上了渡江作战的征途。

不知道是因为河上街作为一条临河的繁华街道太闻名，还是因为河上街是郾城最著名的镇，渐渐地人们把河上街作为漯河的俗称。是谁是何年何月叫响它的，我们已无法考证，只知道它的名字从一条街延伸出去，扩大为一个城市的代名词，可见这条街的影响力。漯河俗称“河上”足以说明漯河人对于“河”的深厚感情，我也体会到了一种对河的感恩，正是因为河才使世世代代的人们得以生息繁衍。

1986 年经国务院批准，漯河升格为省辖市，实行市带县体制，将原市辖区域正式设置为一个区，命名为源汇区。区划调整，漯河升格为地级市。原老漯河变成源汇区，河上街的名字渐行渐远，年轻的一代未必了解它。如今，漯河的名声越来越响亮，食品名城全国闻名，贾湖文化、许慎文化影响世界。但漯河人的“河上街”情结依然在内心深处涌动，那河面的华灯，那水中的彩船，那沙河岸边响起的船工号子，永远令人回味。

正当河上街渐行渐远，让人生出一番怀旧的忧伤时，在漯河南，开源森林公园旁，建起了河上街，起初并未在意，直到走进去才发现，依湖的青石栏杆上雕刻着漯河历史。河上街的建成将为这块地方增强人气和文化气息，其对漯河历史文化的推介与宣传更是不可估量。凝聚漯河文化氛围，让更多的人了解漯河历史的厚重，也让老漯河人在河上街里找到曾有的回忆的温馨。红柱飞檐青瓦，雕栏小溪古塔，客栈茶社酒吧，开源河上街古镇营造了古朴温馨的氛围，更有漯河特色产品、各民族工艺品的汇集。漯河的民俗风情在这里重现，漯河自古就是商贾重地，商业文化浓厚，民俗风情浓郁。园区发掘、排演了小磨香油坊、石磨坊、烧酒坊等的场景展示，还有河上街庙会民俗表演、印象河上街实景演出、栖凤表演等节目。

河上街，一个如此温情脉脉、古色古香的名字。

城 中 城

漯河城居豫中南大平原上，它在京广铁路和京深高铁的东西护卫下，在沙河、澧河于城中相会的欢歌里，淡然静立，中国食品名城、中国品牌城市、中国最佳生态旅游城市等殊荣早已使漯河城扬名。

城中有城。漯河城中的一个城叫源汇区，1986 年，国务院批准漯河市升格为省辖市，实行市带县体制，将原市辖区域正式设置为一个区，名为源汇区。源汇区的名字是承载着历史的厚重的，早在清咸丰二年，即 1852 年，就修建了源汇寨，“源汇”二字也体现出两河相会的地理特点。漯河是县级市的时候属于许昌管辖，漯河是一个镇时候，是属于郾城县管辖的，当时漯河镇是郾城县有名的大镇，再往前追溯，漯（螺）湾店、螺湾渡等称呼出现在明代以来不同版本的地方志书中，也正表明漯河市是从津渡逐步发展起来的。它的交通便利首先体现在沙河航运上，繁忙的沙河航运画面已深深植入漯河人的记忆深处，那夕阳西下时沙河纤夫披一身霞光拉着纤绳吃力前行的身影，成为漯河永不消失的精神风景。1906 年京汉铁路通车以后，漯河交通便利的优势更加明显，大量的工业产品和农副产品在此集散。如今的源汇区除了承接老漯河时交通的便利及商业的繁荣特征外，又提出了打造豫中南商贸物流中心和建设生态宜居城区两大历史定位。2004 年新的区划调整以来，郾城区、召陵区、漯河西区、国家级漯河经济技术开发区等，也以不同的特色，在漯河城中各显风采。

湘江路以南、南环路以北、107 国道以东、京广铁路以西 6.3 平方公里的区域，正在建设开源新城。新城瞄准了休闲文化这个时尚元素，在休闲旅游、休闲购物上大做文章，力争打造豫中南休闲、旅游、购物中心。在“河南百亿经济强村”“河南省特色商业区”的桂冠之外，“河南旅游第一村”的定位将会使越来越多的人将关注的目光投向这里，生态、文明、宜居的开源新城新姿会完美展现在漯河城的南部，相信英国 UK. LA 太平洋远景国际设计机构的精心设计会给我们带来越来越多的惊喜。

在开源新城森林公园东侧古色古香的建筑群处看到“河上街”几个充满古韵的大字时,有些震惊,因为知道老漯河人是如何的对河上街充满深情。河上街是因为沙河航运的兴盛而逐步繁华起来的,它有一个正式的名字叫顺河街,是通往大北门码头的必经要道,大概是因为此街最能体现漯河的繁华与地理特点,“河上街”便渐渐地成为老漯河的俗称。随着时代的发展,河上街渐行渐远,让人生出一番怀旧的忧伤,想不到在这里可以看到河上街,仿佛看到了进漯河历史中所记载的河上街的繁华。这是按 AAAA 级景区标准复建的具有浓郁中原特色的河上街古镇,建筑面积达3.6万平方米,按室内步行街的构思兴建,全国泥塑、年画剪纸、绣染、陶瓷等 20 多个民俗风情浓郁的工艺品如流水般在这里汇集,形成新的河上街景观。漯河地方民俗风情也会在这里得到充分展示,园区发掘、排演了小磨香油坊、石磨坊、烧酒坊等的场景展示,还有印象河上街实景演出、栖凤表演等节目。复建的河上街不仅能增加这里的人气,更重要的是,会使这里充盈厚重的文化气息,是推介、宣传漯河历史文化的窗口,越来越多的人会从这里了解漯河历史的厚重,老漯河人会在“河上街”里找到旧时的温馨。复建的河上街对面是刚落成的开源集团的办公大楼,办公大楼的北面正在兴建全国村长论坛会议中心,2014 年第十四届全国村长论坛会议的主会场就设在这里。开源森林公园、金凤凰鸟文化园、中华名吃休闲娱乐城……每一处都体现出精美的设计理念,每一处都恰到好处地与历史文化联结在一起,它们让开源新城散发出诱人的魅力。

忽然觉得层层叠叠的城中城,正像盛开的花朵,它们位于花朵的不同层次,城中的每一处都如花瓣一样美丽,生活在这里的人们可以有幸时时嗅到幸福生活的馨香,这是何等美丽又浪漫的地方！除美丽的花瓣外,城中心还有别致的花蕊,这是花的核心,而这花蕊、这核心正是我们这个城市中所蕴含的深厚历史文化底蕴和城市精神。如一个人腹有诗书才会气自华一样,历史文化底蕴和城市精神才是我们这个城市独具魅力的根本,这正是一代又一代热爱漯河的人们对这块土地倾注了爱与深情所形成的,除了坚守,还要让它延续下去,漯河城这个花朵一样美丽的城市一定会在这爱与深情里开得更加娇艳动人。

北舞渡胡辣汤

漯河东、西方向不远处，有两种很有名的胡辣汤，东面的是西华县逍遥镇的逍遥胡辣汤，西面的是舞阳县北舞渡镇的北舞渡胡辣汤，两种胡辣汤都以所处的镇命名，而两种胡辣汤所处的镇都是河南历史文化名镇。

这两种胡辣汤在漯河市区卖得很火，因为北舞渡属于漯河管辖的原因吧，漯河人对北舞渡胡辣汤自然怀着一种别样的深情，包容开放的漯河也没有因此冷落逍遥胡辣汤，两种胡辣汤店在漯河越办越多，成为这个全国食品名城的一景。

身处漯河，很想了解为什么在漯河的舞阳县北舞渡镇这个地方会形成胡辣汤这种名吃。北舞渡镇是历史文化名镇，有着两千多年的历史，春秋时属楚地，最早的名称是定陵，为一个单独的封邑和行政区域，曾设立过县、郡等治所，古定陵就是北舞渡镇。北舞渡古城镇古城址城基还在，出土的文物证明了它悠久的历史。闻名世界的贾湖遗址距离北舞渡镇仅三公里，北舞渡镇附近早在八九千年前就出现了相当高的人类文明。

汉成帝元延三年(公元前 10 年)，封外戚侍中卫尉淳于长为定陵侯，定陵侯国即在北舞渡镇。以后定陵侯国被废，到了三国魏时，曾为曹操统一北方起了很大作用的钟繇在曹睿继位后，晋封为定陵侯，食邑人口达到一千八百户。这个定陵也在今天的北舞渡镇。由此可见，北舞渡镇地位曾经多么显赫。尤其是三国大政治家、书法家钟繇曾被封为定陵侯，实在让人感到骄傲和自豪，可惜我们对此宣传不多。还有其他历史名人与北舞渡有关联，比如西汉末年，刘秀部将王常以郾城、定陵为根据地，辅助刘秀击败王莽，建立东汉王朝，明末李自成也亲临北舞渡作战。1941 年 8 月，在北舞渡镇还发生过一件大事，近万名中老年妇女拥向定陵镇，捣毁国民党区政府机关，杖打区长，开仓分粮，抗征抗暴。喝着北舞渡胡辣汤的人们在品尝美味的同时也会回味起北舞渡镇诱人的古韵。

北舞渡镇的繁华得益于它便利的交通,西通汝洛,东下江淮,南连荆楚,北通郑汴,数条官道经过此地。古代的大宗运输主要依靠水路,镇临沙河,处在明清中原水运网络沙颍河河道的中间位置,西为赊旗店,东为周口镇。明清时期,商业经济达到鼎盛,山西和陕西的商人都在这里聚集,曾有"北舞渡日进斗金""九门九关小北京""拉不完的赊旗店(社旗县),填不满的北舞渡"等赞誉,是当时豫中重要的商业集散地。想起距北舞渡几十公里的西华县逍遥镇,也是紧临沙河,在北舞渡以东沙河的下游,也是有名的古镇,大凡名吃的形成也是需要深厚的历史文化底蕴作支撑的。

北舞渡胡辣汤店的名字一般不直接叫北舞渡胡辣汤,而是在胡辣汤前加个姓氏,姓李的开的店叫北舞渡李记胡辣汤,姓张的开的店叫北舞渡张记胡辣汤,依此类推,此种格式的名字十分普遍。据说闪记是最有名的。也有在姓氏后加上"家"字或"氏"字而命名的,近年,名字打破这种格局,出现了一些新颖的叫法。

关于北舞渡胡辣汤的形成,据说起源于清道光五年(公元 1825 年),它与山陕会馆有着密切的联系,山陕会馆建成时大宴宾客,太原府的一名大厨做了一道汤,深受名流绅士称赞,这道汤便是胡辣汤。我们应该感谢这位太原府的大厨,在北舞渡做成了这道美味的汤,他也不会想到以后这道汤会成为中原名吃。山陕会馆的兴建,又与晋商有关,明清时期,晋商崛起,足迹遍布大江南北,山陕两省与湖广地区商货往来频繁,北舞渡作为周口与赊旗两大商镇之间的水陆过载码头,商品往来范围十分广阔,在此经商的山陕商人在此捐资修建,山陕会馆是北舞渡商业发达的产物,也是这个地方工商繁荣的标志。

胡辣汤的用料最常见的有牛(羊)肉、面筋、海带丝、粉丝、千张丝、花生米、香菜、姜末、榨菜、胡椒粉等。根据节令和地域的不同,还会有黄豆、木耳、黄花菜、菠菜、萝卜条、葱花等。做的时候,要先揉出面筋,把盐掺入小麦面粉中,加少许水搅揉成团,然后不断加水,不停地揉,直到面团分离成了两部分,一部分是黏稠而有弹性的面筋,一部分是面与水融合在一起的面水。当然,现在有了面筋加工机,就不用这么费事地洗面筋了,但人们还是很喜欢手工做成的面筋,一如人们对手工面条的喜爱。北舞渡胡辣汤据说是三十几种中草药加上炖肉、胡椒、辣椒、花椒、八角等熬制的。做胡辣汤,胡椒、辣椒是不可少的,这是汤的主要调料,但到底放多少,何时放,可能各家各有绝招。

胡辣汤分牛肉、羊肉两种,牛肉胡辣汤用牛肉汤做,汤中肉用牛肉;羊肉的胡辣汤用羊肉汤做,汤中肉用羊肉。不管是牛肉胡辣汤还是羊肉胡辣汤,都要用鲜牛羊肉煮成新鲜的肉汤,煮时应该加有牛羊骨,这样汤味才会更加鲜美。将洗面筋的面水倒入滚开的牛肉或羊肉汤中,汤自然就滑爽可口了,用小麦面加水搅开即倒入滚开的牛羊肉汤中是不会有这种口感的。加入淀粉糊前是要把面筋先加入锅中煮熟的,小火烧至汤汁黏稠,再放入香菜、菠菜、粉条、海带丝、葱、姜末、精盐、胡椒粉,旺火烧沸即成。这些做法,说到底只是听说与想象,实际做起来,肯定有不为外界所知的秘方,美食也会被冠以"祖传秘制"几个字,既然是秘制,是不会随便说与人的。

胡辣汤盛到碗里后,还要加入一些菜和调料,比如可以加点榨菜,然后淋上香油、香醋等,起到锦上添花的作用。

胡辣汤还有另外一种吃法,把半碗胡辣汤和半碗豆腐脑儿掺在一起,叫做"两掺儿"。白玉一般的豆腐脑儿卧在浅咖啡色的胡辣汤中,十分有美感,既有豆腐脑儿的滑腻、微苦,又有胡辣汤的黏稠、酸辣、鲜香,真不知道这主意是谁想出来的,想出这结合的人一定是个善于创新的美食家。

喝胡辣汤的时候一般不会单喝一碗汤,包子、油馍是最佳搭配。包子是水煎包,和胡辣汤搭配最多的一种面食,分素馅、肉馅两种,先把和好的面分成一个个小块,擀成饺子皮大小的圆形面片,放入馅包好,再放入烧热的淋上油的大的平底锅内,盖好,中间加入稀面糊,几乎无一例外地卖胡辣汤的地方都同时做这种水煎包。

从汤色上看,北舞渡的胡辣汤呈浅一点的咖啡色,显得十分凝重,十分有古意,仿佛承载着北舞渡镇厚重的历史。从味道上讲,由于用了较多的胡椒,辣味十足。辣是它的主要特征,但这是一种温和而有情调的辣,各种年龄段的人都能承受。辣、香、润、滑、绵是其味道特色。

胡辣汤的名字为什么以"胡"开头呢?传说胡辣汤曾治好了明代著名清官于谦的伤风。于谦做河南、山西两省巡抚,驻节开封。有一年他过生日时,正好在郑州视察,便按节俭惯例,找到了一家胡记饭铺,喝了一碗热辣辣的汤,度过了生辰。这别具风味的生日食品,使于谦深深地记住了它的佳美滋味。有一次,于谦出巡山西归来,路过郑州,染上伤风,病了好几天也不见好。一天晚上,他突然想起了胡记的汤,就派人去买。胡记的掌柜一听是尊敬的于巡抚要吃,就放足佐料,精心制作,于谦吃过之后出了一身大汗,第二天身轻体健,伤风竟不知不觉地痊愈了。于谦就封了白银十两,答谢胡掌柜的治病之恩,并建议该汤以胡姓命名,从此这个汤就变成了"胡辣汤"。清朝以后，郑州卖胡辣汤的多了。但由于清朝是满人建立的，民间不敢多说“胡”字，汤看上去又呈糊状，“胡”“糊”同音，所以“胡辣汤”后来又改成了“糊辣汤”，并一直沿用。现在，“糊辣汤”已经习惯地被称为“胡辣汤”，又美名曰：“宫廷御锦汤。”不管是北舞渡胡辣汤还是逍遥胡辣汤，都说胡辣汤的名字来自于谦的这个故事，我未考究，有些怀疑，从胡辣汤的用料上看，它用得最妙的当是胡椒，所以，喝起来才不会直辣，胡辣汤名字的来历是不是和它所用的主要调料胡椒和辣椒有关呢？

说起来都知道胡辣汤所用原料及做法，但自己做起来，很难做出像北舞渡胡辣汤那样的味道来。同样的原料，不同的人，不同的做法会做出不同的味道来，饮食其实是含有很多令人好奇的成分的，一如探险，给人带来一个又一个惊喜，这正是饮食的魅力，胡辣汤也大抵如此。

中国食品名城的漯河，很需要一批名优小吃点缀在城市的大街小巷，吸引更多的人来此休闲，来此品评小吃。但同时，也很需要漯河的名优小吃能够走向全国，甚至走向世界。有着“中原名优小吃”之美誉的北舞渡胡辣汤，作为在漯河本土成长起来的名优小吃明星，更要着力精进，拿出距北舞渡八千年前贾湖先人创造出将人类文明史向前推进三千年的勇气与创新意识，将已负盛名的北舞渡胡辣汤的影响力扩大到更远的地方，让更多的人知道在漯河这块地方有北舞渡胡辣汤诱人的食香。

汉字之源

东汉的文字学家、经学家、训诂学家许慎在潜心撰著《说文解字》时，是否与一千多年后出土的贾湖锲刻文字符号早已心有灵犀？

这是一种距今约八千至九千年的文字符号，20 世纪 80 年代出土于漯河舞阳贾湖新石器时代早期文化遗址，贾湖锲刻符号比安阳殷墟甲骨文早四千年，比素称世界产生文字最早的文明古国埃及的象形文字还早一千多年，是世界已发现的最早的文字雏形。贾湖遗址距许慎故里仅百里之遥。

许慎倾注数十年心血撰著《说文解字》，成为汉语文字学的开山祖师。《说文解字》既是我国第一部系统解释古代汉字的重要字典，又是一部总结自春秋战国以来有关经学、小学的研究成果，进而探究汉字字源，并根据汉字的构形特征从理论上加以阐发的经典性文字学著作。中国文字学学会会长黄德宽认为，《说文解字》在中国文字学研究领域一直处于绝对崇高的地位，一千九百多年来没有一部文字学著作能够真正超越它。《说文解字》不仅是中国第一部字典，也是世界上第一部字典。

越来越多的人认识到汉字对于中国这样一个多民族国家的统一稳定所起的作用，五十六个民族能够冲破不同方言的束缚长期和睦相处，正是得益于汉字这一大家都认识的共同的字。秦代实行“书同文”使官府文字大体统一，《汉石经》和《说文解字》分别从官方和民间的角度真正对文字进行了规范与统一。《说文解字》让后人能够认识秦汉的小篆，并进而辨认商代的甲骨文、商周的金文与战国的古文。可以说，许慎用他的《说文解字》架起了连接古今的桥梁，“盖文字者，经艺之本，王政之始，前人所以垂后，后人所以识古”。许慎用他的《说文解字》很好地诠释了文字的作用，从文字规范与统一的角度讲，许慎又通过《说文解字》编织了一条纽带，把中华各民族紧紧联结在一起，让我们千百年来依然心相通，情相连。

汉字，这一世界文明史上唯一持续数千年使用至今的文字，随着中国综合国力的提升，散发出更加迷人的魅力。越来越多的人认识到了汉字文化的重要性，全球学汉语热潮势不可当。文化学者余秋雨认为，中华文明代代相传的原因，正是有一个完备的文字系统。

“弘扬汉字文化，传承许慎精神”，这是第二届许慎文化国际研讨会的主题，更是我们应该孜孜以求的目标。汉字文化，博大精深；许慎精神，更需要一代代传承下去。

已发现的最早的文字符号和世界上第一部字典都诞生在漯河，审视漯河在汉字发展进程中的卓越贡献，我们为漯河作为名副其实的汉字之源深感骄傲和自豪，这是古圣先贤留给我们的独一无二的宝贵财富。在骄傲与自豪的同时也深知，还有许多弘扬汉字文化，传承许慎精神的精彩文章等待我们去书写。

身处汉字之源的漯河，面对历史文化的深厚积淀，我们诚惶诚恐，唯有更加珍惜，不断地继承与发展，让汉字文化的长河永远奔腾不息，让许慎精神的光芒更加璀璨夺目。

五年之约

当首届许慎文化国际研讨会的帷幕在2005年金秋的中国漯河徐徐拉开时，许慎文化研究与开发的美景便携着汉代的明月清风扑面而来，来自国内、国（境）外的许学专家、学者和许氏宗亲代表齐聚漯河，共同研讨许慎文化，近三千人参加了开幕式。

“如此规模的国际研讨会的开幕式，我是第一次参加，由此可见河南人的气魄胆识，可见河南人民对这块热土上的文化的珍惜与热爱。”第十届全国人大常委会副委员长许嘉璐热情的鼓励令人热血沸腾，漯河人以及热爱许慎文化的各方人士对开发许慎文化资源所付出的心血与汗水初见成效。

“能不能今后就以农历九月二十日为二届、三届、四届许慎文化国际研讨会开会的日子？”怎能忘记许委员长话音刚落便在体育馆开幕式上响起的那雷鸣般的掌声？掌声代表了赞许，掌声更充盈着希望！

农历九月二十日，是个特别的日子，许慎之子许冲奉父亲之命在汉安帝建光元年（公元121年）的这一天将凝结了许慎数十年心血的《说文解字》呈给朝廷。《说文解字》的问世，开创了汉字文化的新里程。

五年来，漯河人民从来没有忘记许副委员长的嘱托，没有忘记那雷鸣般掌声背后的期盼。作为汉字之乡、许慎文化的发源地，漯河市委、市政府高度重视许慎文化建设开发工作，在弘扬许慎文化、光大许慎精神方面采取了一系列重大举措，谋划了许慎文化保护开发的宏伟蓝图。校园内，中华文化经典诵读书声阵阵；机关、团体、企业事业单位，“读经典、写好字、增才干”活动蔚然成风。“中小学生古诗文诵读演唱比赛”“党政干部古诗词朗诵表演会”“经典文化进家庭展演”等丰富多彩的活动汇聚成了漯河市别具一格的时代律动。“许慎文化周”活动，推动了许学知识的宣传普及，许慎文化园建设着力打造传世工程……把漯河打造成国内外知名的许慎文化研究中心、许慎文化资料中心和许慎文化旅游中心，这是漯河人的希望和梦想！

许慎,这位诞生在漯河土地上的圣人,成为漯河永恒的骄傲。漯河市委、市政府倾力打造的“中国食品名城”和“许慎文化”这两张牌在一定程度上决定着漯河是否拥有更加灿烂的未来。

文化是软实力,是综合实力的重要组成部分。漯河人看到了许慎文化给漯河带来的不仅仅是深厚的文化底蕴,更是漯河独具的魅力和竞争力之本。

2010 年 3 月,河南省人民政府批准漯河市举办第二届许慎文化国际研讨会。漯河人的郑重承诺将变成现实,农历九月二十日,即阳历十月二十七日,第二届许慎文化国际研讨会在中国漯河隆重开幕,许慎文化国际研讨会也会因此延续下去!

第二届许慎文化国际研讨会承前启后,责任重大,意义深远!国家语言文字工作委员会、中国文字学会、中国训诂学研究会、河南省人民政府将联合主办这次盛会;河南省语言文字工作委员会、河南省文字学会、中共漯河市委、漯河市人民政府共同承办,研讨会的盛况将展示在世人面前。

这是五年之约,又不仅仅是五年之约!

只缘身在“字圣”乡

在中国历史人物中,被称为“圣”的有“诗圣”杜甫、“画圣”吴道子、“医圣”张仲景和“字圣”许慎。所谓“字圣”,就是把许慎视为汉字学的鼻祖。

“天下文字二斗半,圣人认识三斗三。”代代相传的口述档案如是赞美许慎。

漯河很早就意识到了开发许慎文化资源的重要性,1985 年郾城县完成了许慎墓与许南阁祠的修复工程,建成许慎纪念馆,全国第一次纪念许慎学术研讨会也在这一年召开。我国第一个专门研究许学的群众性团体许慎研究会在四年后成立,并召开了第二次纪念许慎学术研讨会;20 世纪 90 年代初,河南省社会科学院郾城许慎研究所的成立及许慎与《说文》学国际学术研究会在漯河市的举办，扩大了许慎与《说文》学的影响。而把许慎文化的研究与宣传推向高潮的当属2005年举办的首届许慎文化国际研讨会。

历代对《说文解字》的研究，涉及传统语言学、文字、音韵、训诂的各个门类。到了清代形成了一个专门的学科——“许学”或者“《说文》学”。在“字圣”故里之外，有一支庞大的热衷于许慎文化研究的专家、学者队伍，他们遍布五湖四海，但却共同关注着“字圣”许慎，关注着许慎故里，对许慎心怀敬仰之情，由衷地热爱许慎文化资源的开发与研究。随着世界文化的交流，国外也开始了对“许学”的研究，日本、韩国、菲律宾、法国、俄罗斯等都有许多汉学家在研究“许学”。

早在20世纪80年代，第十届全国人大常委会副委员长许嘉璐就曾到漯河探寻过许慎墓，他在首届许慎文化国际研讨会上说：许慎这样一个学术伟人，用中华文化的尺度来衡量，难道还不可以称为“圣”吗？我们今天纪念许慎，可以唤起更多人的记忆，可以培育更多的人对汉字、对中华文化的挚爱，可以激发更多的人建设先进文化的热情。这也正是我们举办许慎文化国际研讨会的初衷所在！

邀请知名专家、学者时，他们一听说我们是从许慎故里而来，对我们热情有加，对许慎的崇拜敬仰之情溢于言表，异口同声称赞许慎很了不起。作为许慎故里人，我们的内心受到强烈的震撼，越发感到漯河打“许慎文化”牌决策的正确性，我们应该坚持不懈地打好“许慎文化”这张牌，这是扩大漯河知名度之牌，这是促进漯河大发展之牌。从这个意义上说，打造一支我们的许学研究专家队伍，培养一批我们的许学研究人才，刻不容缓。我们要相信当社会发展到一定程度时，文化必将彰显不可替代的力量，它以润物无声的姿态影响着我们的生活。

也曾想象许慎撰著《说文解字》时的艰辛，要耐得住怎样的寂寞与诱惑才能坚守几十年完成《说文解字》这一开创性的著作？是一种什么样的力量在激励着许慎呢？也许我们能读懂《说文解字》这本书，但却难以读懂《说文解字》之外的东西，唯有从中不断地寻求力量，不断地得到启示。许慎留给后人的不仅仅是巨著，还有许慎精神。许慎精神是指华夏同胞热爱汉字、学习研治汉字的传统人文精神，河南省文字学学会会长王蕴智对许慎精神作如是概括。

许慎的贡献不仅仅在文字学方面。有专家认为：许慎首先是经学家，许慎追求的是道，现代人利用的是气。汉代，董仲舒罢黜百家，独尊儒术，使儒学处于独尊地位，儒家思想体系是以经学为载体的。汉代的儒学，又分为今文经学和古文经学，两派主张不同，对立严重，斗争激烈，正是在斗争中，许慎写成《说文解字》，每一个文字，都有一定的文化内涵，不仅对汉代经学有重要影响，而且对发展中华民族文化也有重要贡献。第二届许慎文化国际研讨会突出许慎在经学、在中华文化方面的卓越贡献。著名学者彭林、黄德宽、单周尧、叶国良等也在漯河接受了凤凰卫视主持人的专访。

许慎的故里召陵许庄村一带，正是齐桓公会盟诸侯的地方，从村子向东不远处就是召陵古城的遗址所在，许慎必定无数次地漫步召陵岗，回味那春秋时代的战场古韵。

宋代大文豪苏东坡诗云："横看成岭侧成峰，远近高低各不同，不识庐山真面目，只缘身在此山中。"拜见知名专家，听他们盛赞许慎后，脑海中不断回响这首诗，感觉我们正身处许慎这一漯河历史名人带给我们的历史文化美景中。漯河市对许慎文化的研究开发是重视的，但跳出许慎故里看许慎，看许慎文化资源的开发，感觉还有许多工作等待我们去做。我们似乎还没有真正用心去品味、去创造、去欣赏许慎文化的美景，也许正是只缘身在"字圣"乡吧。

身在"字圣"乡，要多一份弘扬汉字文化的重任。

身在"字圣"乡，要多一份传承许慎精神的使命。

南街记忆

最了解南街村的是南街村档案。

在四月的微风里和河南知名作家南丁、郑彦英等走进南街村文化园，在著名作家魏巍题写的"南街村档案馆"几个大字前驻足，再次感觉档案恰如一位智慧老人，不管外面的世界如何风起云涌，始终笑看古今，俯仰今昔。

历史的嬗变和现实的变迁从来没有停止过，谁也逃不过历史的大浪淘沙。胜败这兵家常事，会让我们更明白世态炎凉。

只有到档案馆走一走,才可以让一颗曾经躁动的心慢慢地安静下来,理性地审视眼前的世界,让目光渐渐具有穿透力。时间在这里被小心地折叠存放,是非功过在一卷卷档案中轻声细语,一幅照片就是一个难忘的瞬间,一张图纸就是一个美丽的画卷。成功时,让我们在档案面前留下一个轻松的微笑;失意时,让我们在档案面前尽情地流下委屈的泪水。也许,有时候能与我们心灵相通的只有历史,只有档案;能与我们甘苦与共、不离不弃的也只有历史,只有档案。

常常惊异于南街村人的远见,他们最早建起了全国一流的村级档案馆。1.78 平方千米的南街村,用几十年的努力在中原大地留下了坚实的足迹,这个建于 1999 年 8 月总占地面积 4500 多平方米,建设总投资 300 多万元的村级档案馆,至今还是全国最好的村级档案馆。它不仅向人们展示了南街村人重视档案的意识,更重要的是,它还向世人展示了南街村人的文化自觉,让人们窥见了南街村人执着的精神世界。

南街村档案早已从历史中走出来,走到南街旅游业的前台。每年,会有几十万人通过参观南街村档案陈列室,了解南街村的过去、现在和未来,把南街村的精神传播到各地,也把各地对南街村的关怀留存下来。那一句句动人的留言,那一幅幅醉人的书画,无不表达着世人对南街村的热爱和期盼之情。

南街村档案馆被誉为中国“村级建档的一颗明珠”。不管是在南街村档案馆明净的办公室,还是在标准化、规范化的档案库房;不管是在气势恢弘的档案陈列室,还是在文化厚重的书画档案室,你都会被南街村人在不同历史阶段所付出的努力折服,这里的刻录机、扫描仪、具有遥控功能档案密集架等现代化设施装置,向我们说明南街村人是把档案当作最宝贵的东西来保存的。是的,就是这个村级档案馆,不仅有全国一流的档案馆库,还专门成立档案机构,聘用档案管理专业人才主抓馆内业务、到省内外学习,聘请同行业专家、学者到南街村举办培训班,南街村几十名专兼职档案人员都参加过档案培训。全国许多档案专家都慕名前来参观,他们想读懂神奇的南街村,并领略南街村的风光。

这里就像是一块净土,到过南街村的人,都会被他们的精神感动,南街村人几十年如一日坚守着信仰,任凭风吹雨打,从来没有动摇过,这坚守与努力都记载在档案里。即便全世界都抛弃你,档案依然会默默关心你,档案对任何人都是公正的。南街村人在时代之外又在时代之中,也许他们目前所拥有的正是人类追求的至美之境,正如陶渊明笔下的世外桃源,令多少人心向往之。

因为南街村是独一无二的,所以南街村档案馆保存的档案也是独一无二的,因为独特所以才显得弥足珍贵。档案真实地记录了南街村发展的历史足迹,具有鲜明的南街村特色,被誉为“精品库”,南街村档案馆以优质的服务接待中外参观者近200万人次,其中不乏党和国家领导人、社会各界著名人士。中央及有关省市电视台、《中国档案报》、《农民日报》、《求实》等报纸杂志及时地报道了南街村档案馆的事迹,来自法国、美国、日本、俄罗斯等地的记者也通过各种新闻媒体介绍南街村档案馆,“南街月影三生梦,兰台光涵万里情”,南街村档案馆工作人员的辛勤劳动也赢得了参观者的赞赏。

省文学院副院长、作家马新朝先生在南街村档案馆书画院写下了“历史档案,南街之魂”8个大字,是的,南街档案,当之无愧。

“人生到处知何似,应似飞鸿踏雪泥;泥上偶然留指爪,鸿飞那复计东西。”人生短暂,往事历历在目却终将远去,唯有档案承担起时间载体的重任。南街村,它延续的是一代人的梦想,从这点意义上说,南街村本身就是一座档案馆,它让美好的记忆在这里凝固,让美丽的梦想在这里成为现实。

沙北沙南

漯河有一条穿城而过的沙河,沙北、沙南的称谓便产生了,沙北是沙河以北区域的简称,沙南是沙河以南区域的简称。不过,1986年漯河区划调整为省辖市的沙北沙南并不像现在这样叫得响亮,因为此前的沙北仅仅是田地。此后,沙北才成为行政区,逐渐地繁华起来。

沙北、沙南是漯河人对漯河某个具体方位的统称,不管你是在城市的哪一个方位,都可以以沙河为界,称之为沙北或沙南,沙北、沙南一如母亲的两个孩子的小名,一听到这个说法,便知道又是一个漯河人或熟悉漯河的人了,虽然全国也有与沙河重名的河流,沙河也不仅仅从我们的城市穿城而过,但这丝毫没有影响漯河人对于沙河的喜爱,没有影响漯河人充满兴致地称呼沙北、沙南。

“你家在哪住啊?”“沙北”“你呢?”“沙南。”“你去哪里啊?”“沙北。”“你呢?”“沙南。”

漯河人把沙北、沙南运用得如此娴熟,把沙北、沙南作为手中的两只绸缎狮子,在记忆的正月十五里狂舞。

区划前,漯河的城区主要在沙南,漯河城也是在沙南这一带起源的。源汇寨依沙河而建,这便是漯河最早的城市雏形,它以漯河镇的形式逐渐发展下来,在郾城县治下生长。1906 年京广铁路的开通让漯河城重新发展,沙河南岸形成水旱码头,牛行街闻名全国,顺河街店铺林立。沙南的灯红酒绿曾经迷乱了多少人的眼睛,马路街、老街是老漯河著名的街道,它们也无一例外地都在沙河以南。

1986 年又像 1906 年那样对于漯河来说有特殊的历史意义。漯河从许昌的怀抱中脱离,成为地级市,城市面积拓展,沙河以北的田地里建起了一座座高楼,一条条宽阔的道路在地里修成,法国梧桐开始生长。当时人们习惯性地将它称为沙北新区、沙北行政区,它的一切都是新的,老漯河成为源汇区。

如果说沙南古朴,那么沙北可以说是现代;如果说沙南繁华,那么沙北可以说是时尚,漯河的风情更多地隐藏在沙南的老街道里,逐渐地向沙北蔓延,沙北以一种博大的胸怀接纳着这一切。

沙南沙北的人是流动的,在沙南的人可能在沙北居住,或者有一天搬到了沙北,他们会根据沙南、沙北不同的风格选取自己的居住地,漯河人以自己的眼光审视着自己喜欢的地方,漯河人对于沙南、沙北都有浓重的情结,他们拥有共同的财富——沙河。沙河航运曾经繁盛,人们站在沙北或沙南的岸边想象曾经的帆船点点,想象着纤夫在夕阳下拉纤的身影,人们站在沙北或沙南的岸边欣赏着今天的游船。

沙北、沙南,就像漯河的小名,从母亲的口中呼出,倍感亲切。

自在沙澧迎宾朋

第二届许慎文化国际研讨会开幕的日子临近,似乎看到八方宾朋正在整装待发,带着对许慎的敬仰,带着对许慎文化的挚爱,带着对“字圣”故里的深情,齐聚沙澧之滨。

想起首届许慎文化国际研讨会召开时的一件事情,当时,我负责海外学者的接待工作。当晚,一位美国学者要求到茶馆去庆贺生日。经请示相关领导,我们驱车前往。出金都大酒店,过澧河桥,心情开始紧张起来,担心哪里的市容不好,影响到漯河的形象。令我感到为难的是,我所知道的两家茶馆已经关闭,问其他人,也说不上来哪里有茶馆。无奈之下,只好带他们去咖啡店。

顺着泰山路向北过沙河彩虹桥时,忽然听到外国学者用英语说:“这里真安静啊!”透过车窗朝外望,静静的沙河水在夜色中默默地流淌,仿佛不知道此时的漯河正召开一个国际性的研讨会;零星的灯光,在秋风中寂寞地摇曳,也仿佛不知道此时欣赏它们的是来自大洋彼岸的外国朋友。感觉很愧疚,为小城没有茶馆,为他们夸奖小城的安静,此时不过晚上9点多钟,我们的城市已进入休眠状态。彼时的感受,刻骨铭心,那一刻的宁静画面,也定格在记忆里。

5年过去了。今年春天,我们邀请客商来漯河考察,照例是很紧张,以外地人的目光审视着我们的城市,让我高兴的是,目光所及之处,不仅处处堪称美景,而且管理得规范,也没有遇到一件交通违章的事。走到嵩山路沙河桥时,我们放慢车速,在雨中欣赏着沙河美景,又恋恋不舍地来到澧河桥上,但见车窗外的澧河烟波浩淼,一派江南风韵,他们迫不及待地拿出手机拍摄外面的风景,口中不住地夸奖着漯河的美丽,这时,感觉特别高兴与自豪。我相信他们对漯河的赞美是发自内心的。送走客人,心中涌起一种感激之情,感激打造漯河软硬件优美环境的所有人,甚至很感谢中午就餐的那家酒店的管理者和服务员，作为一名热爱漯河的人，从漯河过硬的软硬件环境里感觉到了满足。

想到这里，忽然觉得一阵轻松，这轻松来自一代代漯河的决策者和建设者的辛勤劳动，让我们的城市发生了沧桑巨变。如今，茶楼作为一种休闲文化符号不经意地点缀在这美景中，在物质富裕的今天，漯河人更注重文化品位与内涵。

漯河历史上就有“小香港”“小上海”之称，这得益于漯河独特的交通优势，交通优势也使我们有开放的思想和创新的意识，较易接受新事物。来自近20个国家和地区的专家学者、许氏宗亲将给漯河带来开放的观念，给许慎文化资源的开发带来新的思路。“水旱码头”漯河，因河得名的漯河，因为沙、澧两条河在城中交汇而更加美丽，更加独具魅力和吸引力。

5年前，沙澧河水是否如我一样紧张过？如今，坐拥美丽风光，我们完全可以以一种轻松的、自在的、从容的心态迎接远方的朋友，自在沙澧将会笑迎八方宾朋，向海内外专家学者展示其动人的风韵，为第二届许慎文化国际研讨会增光添彩！

沙澧千秋画

中原城市，不乏城中有河者，但像漯河这样沙河、澧河在市中心交汇的却没有，两河在市区交汇成为漯河人的骄傲，向外地人介绍漯河的时候一定会提到在市区交汇的沙河和澧河。在漯河人眼中，沙河和澧河正如一对分别已久的恋人，彼此寻觅，终于在中原漯河相遇，澧河如温柔的小女人一般一头扑进沙河宽大的怀抱，浩荡东去，为漯河这独特北方水城增添了几许浪漫色彩。

沙河、澧河形成的确切时间我没有去考证过，只注意到贾湖遗址是在沙河不远处的，想到世界上几大文明发祥地都是在河边，也许八千年前沙河已经形成了，所以贾湖先人在这里安居下来，创造出最早的贾湖文明。贾湖遗址的发掘使世界震惊,在这里发掘出的七音骨笛被认为是世界上最早的乐器,将人类文明史、音乐史都向前推进了三千年,这实在是一个太了不起的发现,令发掘它的专家们都激动不已。由此,我一直固执地认为在这块土地上一定会有贾湖先人的艺术基因存在和影响着我们,想到这块土地的人是世界上最浪漫、最快乐的人,真的很想走进贾湖先人的内心,了解他们的喜怒哀乐。他们快乐的生活还体现在酒上,这里发现了世界上最早的酒,劳动之余,品美酒,赏音乐,贾湖先人过着一种怎样快乐的生活!这里发现的文字锲刻符号、家畜驯养等都是世界上最早的,难怪贾湖遗址发掘,被评为“20世纪中国100项考古大发现”之一,被镌刻在北京“中华世纪坛”青铜甬道的显著位置。我常常感受到那来自远古时代的亚热带湿润气候的温情,看到成群的丹顶鹤在想象的天空下起舞,为贾湖先民浪漫的情怀和开拓的精神所折服。

召陵古城带着历史的轻云薄雾轻倚在滔滔沙河的臂弯,这里曾经岗峦迭起、雄视四方。春秋时期,这里来了一个著名的人物,他就是齐桓公,齐桓公率齐、鲁、宋、陈、卫、郑、许、曹八个诸侯国联军曾在郾城县南驻军,又在召陵会盟,齐桓公怎么会从齐国跑到漯河来呢?要知道当时的路并不好走。当然,那时齐桓公来的地方不叫漯河,叫召陵,召陵历史非常悠久,至今召陵的地名不仅保留着,而且成为漯河的一个新兴的区,区政府大楼就建在召陵古城附近。齐桓公率领八国浩浩荡荡地来只为伐楚,伐楚的原因说是楚国不向周朝进贡苞茅,其实,我觉得有一个重要的原因。蔡国的一个女子,也就是齐桓公的妻子,她比齐桓公小得多,在蔡国玩水时,齐桓公在船上,活泼好动的她使劲摇晃船,齐桓公吓得胆战心惊,一怒之下,将她送回蔡国的娘家,谁知她却一怒之下嫁给了楚成王。齐桓公知道了自然恼怒,但是这样的原因怎能明说呢,所以只好说是楚国不纳贡才来讨伐。结果是大军浩浩荡荡来,以和解而告终,从蔡姬敢嫁到楚国这个事实也可以看出当时蔡国与楚国并不怎么怕齐国,更不用说周朝。在这里,楚国屈完在齐桓公炫耀了强大兵力后说的话很有深意:你若用德服抚慰诸侯,谁敢不服从?你若用武力,楚国用方城作城,用汉水作护城河,你的军队虽众多,也没有用处。可见那时,古人已十分注重以德治国的道理了。这样一件事在《左传》《史记》上都有记述,漯河这块土地上的历代文人都会以此抒发情怀,更成为漯河历史文化厚重的见证。

汉朝的时候,我们这块土地上又出了位闻名世界的名人许慎,许慎的家乡召陵区姬石乡许庄村就在沙河边上，这段沙河突然改了方向，由以前的东西向改为南北向，然后又改为东西向，而县河道很直，民间传说是要出圣人的，果不其然，出了个“字圣”许慎。许慎的主要贡献是在文字学及经学上，他是中国最杰出的汉文字学家和经学家，被誉为“五经无双”、“字学宗师”、中国的“字圣”，《说文解字》是中国乃至世界上第一部字典，它保存了先秦字体以及汉代和以前的不少文字，以其独特的文字方式滋养着华夏文明。家乡漯河越来越意识到许慎对于家乡的文化引领作用，在许慎文化的传承与宣传上做了很多事，比如许慎文化国际研讨会的成功举办使许慎文化得到弘扬，还有依托全国重点文物保护单位许慎墓规划建设的国家AAA级文化旅游景区——许慎文化园，集文物保护、名人凭吊、经典教育、汉字文化观光于一体，致力于打造许慎文化研究中心、许学文献资料中心、汉字文化旅游中心和青少年思想道德教育基地。我们在组织第二届许慎文化国际研讨会时拜见过一批文字学方面的大家，他们一提到许慎，就会流露出景仰之情，海内外研究许慎《说文解字》的人还真不少，深受感动，认为家乡漯河也应该在许学研究上有规划地培养一批人才，并继续以许慎文化为依托，不断提升漯河的文化软实力。

汉朝四百年的历史在漯河临颍走向终结，而著名的三国时期也在临颍这块土地上开始。公元220年，曹丕在临颍繁城调十万大军一夜间修成受禅台，举行了受禅仪式，46位大臣要求曹丕接受禅让，可怜的汉献帝在经历许多生命的安危后不得不将玉玺奉上，不仅让出了大汉江山，还要成就对方“洪恩洽于区夏，仁声播于八荒”的美名。在接受汉献帝禅位之后，曹丕立即下诏：于繁城受禅台北面正子午线上建立魏文帝祠堂，祠门口立碑石记载受禅壮举。这两通碑分别是《公卿将军上尊号奏》碑和《受禅表》碑，两碑并称“三绝碑”。这两通碑至今还在，所谓“三绝”，一曰文表绝，由司空王朗撰文。从尧舜禅德，史有前例，到魏王德高望重，远近臣服；由汉室气数已尽，理当代汉，到献帝主动让贤，曹丕谦逊再三，文辞婉转巧妙，论述深刻有力，气势磅礴雄健，层次井然严密，而且语言简洁流畅，详略得宜，不枝不蔓，无懈可击。二曰书法绝，由尚书梁鹄书丹，两碑并称，同出一手，字体均甚方正，渐开唐隶之门，笔法遒劲，如斩钉截铁，实为我国书法宝库中的珍品，也是研究隶书发展的重要资料。三曰镌刻绝，由侍中钟繇刻字，钟繇和梁鹄一样，同为东汉著名书法家，他精于汉隶八分之妙，形成由隶入楷的新貌，因此被后人称为“楷书鼻祖”，史书称他“秦汉以来，一人而已”。由他镌字，更是锦上添花，以《受禅表》为例，全篇 899 字，字字一格，毫厘不差，中规入矩，不犯不离，相互映衬，韵趣无限。“楷书鼻祖”钟繇虽没有生在漯河，但他被封为定陵侯，定陵就是今天的舞阳县北舞渡镇，而且他有许多活动是在临颍一带，我们应当多铭记这位与漯河关系密切的“楷书鼻祖”钟繇对后世书法影响深远，王羲之等后世书法家都曾经潜心钻研学习钟繇书法。

到了隋初，漯河又创造了一个世界第一，那就是隋开皇四年（公元 584 年）建的小商桥，在 1000 多年后被誉为“天下第一桥”。小商桥建于小商河上，桥不大，为何有如此高的美誉？因为它是比赵州桥都要早的石拱桥，我们对赵州桥很熟悉，赵州桥是世界上最早的石拱桥的印象早已形成，没想到漯河又发现了比赵州桥更早的石拱桥。小商桥把以往桥梁建筑中采用的实肩拱改为敞肩拱，在大拱两端各设两个小拱，小拱卧于大拱的肩膀上，既可以节省石料减轻桥的自重，又可以在河水暴涨的时候增加桥洞的过水量，减轻洪水对桥身的冲击。同时，拱上加拱，桥身也更美观，是真正的“虹桥卧波”。小商桥的大拱，并不是普通的半圆形，而是像一张弓，采用了小于半圆的弧段，作为拱桥的承重结构。在相同跨度的情况下，这种小于半圆的拱与半圆拱相比大大降低了桥梁的高度；反之，在桥梁高度一定的时候，可以得到比半圆拱更宽的跨度。两者结合，使拱桥的技术得到了发展。

唐朝末期，漯河这一带来了许多名人，都是为平淮西吴元济叛乱，吴元济的大本营在汝南，在那里盘踞了 50 多年，漯河本来离汝南并不远，加之，唐朝宰相裴度奉命驻扎郾城平淮西叛乱，很多战事便发生在漯河一带。裴度在郾城安营扎寨的地方改名为裴城，裴城也因此成为有名的历史文化村落。裴度在郾城指挥了著名的李愬雪夜入蔡州之战，他在大风雪夜，在漯河郾城从容淡定，胜券在握。毛泽东在看到裴度来郾城查看的文字时夸奖裴度调查研究“出以亲身”。大文豪韩愈作为行军司马也与裴度一起来到郾城，在此期间，他写了十几首诗，最著名的是和李正封在郾城写的《晚秋郾城夜会联句》，竟然长达一千言。李光颜在郾城拒绝美色诱惑的故事也值得今天的人们好好地读读，他在漯河忠烈勇敢的形象永远闪耀在漯河史册上。平定吴元济叛乱，结束了安史之乱以来藩镇割据的局面，出现了“元和中兴”的政治局面。

唐末五代的时候，漯河还出了位平民皇帝王建，他是漯河舞阳人，《新五代史》说他少无赖，他参加了本地的唐忠武军，因护驾有功，被任命为禁军的将领，以后组建了义儿军，义儿们在王建称霸天下的争战中各领一支军队，独当一面，为前蜀国立下了汗马功劳。公元907年，王建在成都称帝为蜀王。经过数年的发展，蜀国国安民富，兵广粮足，人文荟萃，文化繁荣。他称帝期间勤于政事，发展生产，容纳直方，提倡廉政，尊重知识，生活朴素，堪称唐末五代一位杰出的封建统治者。

沙澧两岸孕育的灿烂的历史文化勾皴点染出一幅古朴厚重的水墨画。齐桓公率八国诸侯会盟来了，裴度平淮西叛乱在郾城安营扎寨了，大文豪韩愈和李正封在郾城的晚秋举杯对诗呢，岳飞抗击金兵来了，杨再兴横刀马上，樊哙怒目军中，孔子漫步乡间，陈星聚从家乡台陈出发赴台……或静或动，或明或暗，或虚或实，墨色千里，绵延不息。

这是一幅明亮的水彩画，散发着漯河这个中原城市的时尚、宜居气息。楼房如船帆在碧绿的林海中高耸，森林进了漯河城，森林围绕漯河城，冬天，黄河路的法国梧桐上麻雀云集，沙澧长堤上金黄的银杏叶铺地；春天，沙北的桃花此伏彼起，嵩山路的梨花一路雪白让人想起召陵雪霁，道不尽河岸的海棠粉红娇柔，说不完的紫荆铺天盖地。想安静吗？那就在五月闻闻淮河路的广玉兰清香；想淡然吗？不妨在八月的桂香中沉思细想。走到哪里，哪里就有绿意，偶然打开一扇窗，说不定会看到满眼翠竹；无意游到郊外，更有龙城镇的桃林等你。沙河、澧河清澈的水依然是画面的主体，它们用千百年坚守着自己的清澈，带着大山的嘱托奔腾而来，在漯河铺展开水的温柔。漯河人民读懂了它的语言，便在两河四岸用花草树木装点，鹅卵石小路与河并行，以实木栈道接近河水，沙滩浴场吸引四方游人戏水，沙澧河水更是从早到晚吸引热爱生活的人们在它的眼前舒展筋骨，他们或跳起热情奔放的广场舞，或打起柔中有刚的太极拳，音乐响起来了，有二胡的悠远，有笛子的欢快，有豫剧的高亢，有对着河面喊的豪放，为这幅水彩画增添了活力与情韵。

这是一幅反映漯河人民幸福生活的工笔画。漯河区位优越、交通发达，自古就是商埠重镇、水旱码头，明朝永乐年间已是“江南百货萃，此处星辰罗”的商品集散地，曾是全国四大骡马牲畜交易市场之一。早在1906年，这里就有京汉铁路，现在更是四通八达，是全省重要的铁路和高速公路“双十字”交通枢纽，高铁的开通使漯河交通又如虎添翼，无论是背起行囊远行还是还乡，都多了份从容。商贸发达，商业繁荣，购物便利。双汇火腿肠系列产品、南街村方便面及调料、3515皮鞋等各具特色的漯河品牌产品，依然是漯河的骄傲。漯河是一个充满活力、和谐文明的开放城市。改革开放取得丰硕成果，综合实力显著增强，各项社会事业繁荣进步，和谐漯河建设成效明显，依法治市、基础教育、群众体育等多个方面的工作走在全国前列。建设经济实力强、体制机制活、城市品位高、人文气息浓、生态环境美、社会秩序好、生活品质优的“实力漯河、活力漯河、时尚漯河、和谐漯河”。

沙澧千秋画，万古留韵！

档案故事

气壮山河沈东平

1938 年 7 月 29 日，豫东睢县马路口村。

如血的夕阳下，西华人民抗日自卫军官兵终于冲进村子，奔向浓烟滚滚的楼房，眼前的情景使他们惊呆了：中共豫东特委书记、西华抗日自卫军参谋长沈东平等 18 人在与日本侵略军激战后壮烈牺牲，他们被烧焦的尸体横躺在楼房内、楼道口、小院里……

河流呜咽，大地动容，哭喊声惊天动地。

“说日本/道日本/日本真是虎狼心/攻辽宁/陷吉林/黑龙江热河顺口吞/占我地/杀我民/堂堂大国受蹂躏/举红旗/拿起枪/坚决打倒小日本。”

西华抗日自卫军的官兵想起了沈东平编写的这首歌，对日本侵略军遏制不住的怒火在胸中燃烧。

第二天，自卫军全体官兵在驻地平岗和当地军民一起安葬了烈士，并为沈东平等举行追悼大会，河南省委组织部长吴芝圃赶来致悼词，号召全体自卫军官兵要化悲痛为力量，擦干身上的血迹，掩埋好战友继续杀敌，为参谋长和战友报仇，为祖国立功！八路军驻晋办事处处长、中共河南省委军事部长彭雪枫闻讯后也赶到西华，慰问沈东平家属，并将噩耗电告了中共中央毛泽东主席。

沈东平，1905 年出生于舞阳县林庄村一个贫苦农民家庭，原姓张，名秉乾，曾用名张子元、张子文等，来豫东前改名为沈东平。1929 年加入中国共产党，历任中共许昌中心县委书记、中共河南省临时工作委员会主要负责人、中共河南省委委员、中共豫东特委书记等职，在他亲自创建的西华人民抗日自卫军中担任参谋长，他为积极配合吉鸿昌的抗日反蒋活动，恢复和发展河南党组织，在河南建立广泛的抗日民族统一战线，发展和推动河南抗日救亡运动，创建西华抗日武装，作出了重大贡献。

沈东平牺牲那年仅 33 岁。

沈东平 7 岁入私塾读书，少年的他，聪明好学，成绩出众，尊敬老师，团结帮助同学，很受师长的器重。但因家境贫寒，早年失学。为了糊口和求学上进，曾进入北舞渡一杂货铺里当学徒。他在两年的学徒生活中，受尽劳苦，忍辱挨骂。后弃商从戎，于 1922 年考入吴佩孚的学兵二团，在洛阳受训两年后分配到西北军某部。在西北军受到我地下党的影响和教育后，于 1929 年加入中国共产党。1933 年，爱国将领冯玉祥、共产党员吉鸿昌举起抗日反蒋大旗，组成察哈尔民众抗日同盟军。沈东平跟随吉鸿昌积极投入抗击日本侵略军的斗争。同盟军失败后，军中中共地下党组织决定党员分散活动，沈东平被派到许昌、西华一带，争取改造那里的地方武装，开辟地方上的抗日新局面。

1935 年，由于中共河南省委派往上海学习的郑州豫丰纱厂党员徐凤山等人的叛变，河南地下党遭到严重破坏，省委机构已不存在，白色恐怖笼罩全省，中共中央北方局决定由沈东平以西华、许昌为依托，恢复和发展中国共产党在河南的地方组织。1936 年 6 月，沈东平主持建立了中共许昌中心县委，领导共产党在豫中地区的工作。7 月，沈东平在许昌主持成立了中共河南省临时工作委员会，沈东平为主要负责人，这标志着全省党的组织建设有了新的发展。10 月，沈东平在西华组建了中共豫东特委，担任特委书记，直属中共中央北方局。在以刘少奇为书记的中共中央北方局的领导下，经过沈东平半年多艰苦的努力，河南全省统一的党组织在一度中断后再度崛起。1937 年 4 月，北方局决定成立中共河南省工作委员会，由刘子久、沈东平、吴芝圃 3 人组成，在省工委的领导下，河南抗日救亡运动出现新的形势，为迎接全国抗日战争的到来创造了条件。

沈东平经常奔走于西华、扶沟、鄢陵、许昌、漯河、郾城、商水、项城、淮阳、沈丘、鹿邑、睢县、太康等地，领导西华和豫东一带贫苦农民开展夺粮斗争，宣传党的政策，恢复和发展党的组织。在西华三岗，他成功地团结和争取了当地很有影响的人物胡晓初、屈申亭、侯香山等人，发展他们为中共党员，并依靠这几个人的武装开展了党的工作，在西华站住了脚。抗日战争爆发以后，通过统战工作他又团结争取了国民党第七专署专员刘莪青、国民党西华县长楚博、国民党西北军名将魏凤楼等人，并发展楚博、魏凤楼为中共特别党员。在党内，他能带领特委一班人，积极为党工作，形成坚强的战斗堡垒。他先后在豫东吸收青年农民和思想比较进步的知识分子,举办抗日骨干训练班40多期,培养抗日骨干4000多名,发展了大批党员。与此同时,他在豫东大部分地区建立了各级党组织,并在西华建立了革命政权,成功地发动和领导广大人民群众,建立了十多种抗日组织。他亲任淮阳专员刘莪青、西华县长楚博的秘书,利用合法身份,在豫东掀起了抗日救亡的高潮。豫东特委通过国民党西华县政府号召和动员开明绅士"有钱出钱,有枪出枪,有粮出粮,支援抗日"。沈东平和西华县长楚博等人以县保安大队、4个区和58个联保的武装力量为基础,正式建立了西华人民抗日自卫团,不久,改成西华人民抗日自卫军。自卫团下辖四个区团,有3000余人枪,并装备了几门迫击炮和一部分轻重机枪,楚博任司令,沈东平任参谋长,王其梅任政治部主任。经过短期集训,这支抗日武装迅速成为一支有严密组织、严明纪律、较高思想觉悟和较强战斗力的部队。1938年国民党消极抗日,扒开黄河,使豫东西华、扶沟等县沦为黄泛区后,沈东平同志一面派干部安抚灾民,一面率领西华抗日武装东渡新黄河,在睢、杞、太等地配合吴芝圃同志领导的部队与日寇进行游击战争。在水东一边作战,一边向群众宣传,扩大党的影响,有力地打击了敌伪顽的嚣张气焰。7月中旬,自卫军分两批东渡新黄河到敌后开展游击战争,第一批1500人,由沈东平、胡晓初、侯香山等率领,深入到太康、睢县敌后,沿途歼灭了阻我前进的伪顽杂八队300余人;二梯队由屈申亭、王学武率队开赴水东。

沈东平率领部队行至太康县转楼时,豫东抗日第三支游击支队司令员吴芝圃专程来此迎接。沈东平和吴芝圃紧紧握手,眼见豫东武装抗日风暴将起,心情十分激动。准备两天后开赴杞南游击区中心符离集,同三支队举行胜利会师大会,然后两支队伍并肩作战,在豫东平原上,打出一个游击战争的新局面。这时西华部队获悉,睢县一部分日军,押大车数辆,出城给驻城南河堤岭的日军据点运送弹药、给养,这是一个难得的机会,沈东平决定打一个伏击战,夺取敌人的辎重。

1938年7月29日,沈东平同志亲自率领手枪队一部和王华山中队在敌人的必经之地——马路口村设下埋伏,沈东平把部队部署在村北道路两旁的高粱地里,准备给敌人以歼灭性打击,日本鬼子大摇大摆地进入了埋伏圈,沈东平同志一声令下,密集的子弹射向惊慌失措的敌人,十几个鬼子应声而倒,日军对这猛烈的突然袭击,毫无准备,顿时大乱,丢下车辆,慌忙趴到路边,趁敌人混乱之机,战士们勇猛跃出青纱帐,与敌人短兵相接,狡猾的敌人从惊恐中苏醒过来，兵分两股，一股原地相持，一股迂回着向村子里退去。沈东平命令三中队留在村外对付剩下的敌人，自己带着手枪队的部分战士冲进村子，抢占一座楼房。后来河堤岭据点的敌军听到枪声，倾巢而出，一路把三中队卡在村外，一路扑进村子，包围了楼房。王华山中队从村外发起冲锋，向沈东平靠拢，但日军用轻重机枪封锁道路，几次猛攻不进，被迫撤退。驻在平岗的自卫军官兵得悉沈东平被围，迅速赶来增援，不料中途受日军狙击，反复冲杀，仍不能靠近马路口。日军围攻楼房，沈东平同志临危不惧，身先士卒，英勇战斗，指挥战士们打退了敌人一次又一次进攻，日军见楼房久攻不下，就用迫击炮、轻重机枪，对准楼房打，把树枝打落一地，炮弹掀起的泥土弹皮带着尖利的呼啸四散在空中。沈东平坚守阵地，沉着指挥，打得日军在水塘边、墙角处留下一具具尸体。敌人在楼房后挖了三个洞，架起机枪向楼上扫射，沈东平又一次集中火力，封堵洞口，消灭了敌人的突破口。不幸，突然飞来一颗子弹打中了沈东平的右臂，两个战士为他包扎了伤口后，他继续指挥大家奋力还击，当敌人的又一次反扑被打退后，沈东平的腿上又负了伤，此时，多数战士已经牺牲，只剩下了沈东平和四名战士。下午，凶残的日军点燃了楼房，战士们说：参谋长，你快突围吧，我们掩护你！沈东平说：不，我来掩护，你们突出去，传我的命令，要三中队立即撤退！四名战正要往楼外冲，沈东平突然倒下了，鲜血从他的腹部涌出。他一见转回到身边的战士，严厉命令：快冲出去！当战士下楼时，他最后又向敌人扔出了一颗手榴弹，便倒在烈火中。

在收殓烈士遗体时，有一位战士苏醒过来，含着眼泪断断续续地讲述了沈东平带领他们还击日军的一切。第二天这位战士的心脏也停止了跳动，沈东平等十八位勇士为了神圣的民族解放事业壮烈牺牲。沈东平同志身中数弹，半边身体被火烧焦。

和目睹沈东平烈士牺牲惨景的刘尚文取得了联系，刘尚文现居上海，当过沈东平的警卫员。1936 年冬的一天，刘尚文在陵头岗学校门口要饭时，碰见沈东平，那时刘尚文十三四岁，沈东平亲热地给他端去了饭菜，沈东平同志给他讲了阶级剥削和阶级压迫的道理，并指出穷人翻身求解放的道路。以后沈东平同志的多次教育和帮助，使刘尚文有了精神寄托，看到了光明和希望，并使他终于走上了革命的道路。

沈东平同志到豫东以后，他为了党的工作，东奔西跑，风尘仆仆，足迹遍布十多个县市，经常废寝忘食，夜以继日。1938 年年初，沈东平同志在国民党县政府担任楚博的秘书后，工作更加繁忙，党内工作和行政事务都压在他的肩上。有一次朱传贤同志找他汇报思想，去了好几趟，沈东平同志都未能得暇。后来趁吃饭的时候见到了他，他还是忙忙碌碌，不是和同志谈话，就是听电话，一顿饭吃了好几次。由于沈东平同志睡眠时间太少，眼睛总是布满血丝，同志们多次劝他注意休息，他总是说：革命胜利后我睡七天八夜都可以，现在可不行。

1937 年在陵头岗学校举办抗日骨干训练班时，沈东平同志亲任校长，并给来自西华、鄢陵、扶沟、淮阳、商水、沈丘、项城等县的 300 多名党员讲授《党的知识》和《抗日统一战线》等课程。当时生活条件很差，有的同志考虑到他的工作分量和身体状况，提出给他另设小灶，却被他严肃拒绝。他始终坚持和党员一起啃窝头，睡大铺。时值隆冬，天气寒冷，有些党员开始用冷水洗脸很不习惯，沈东平同志就第一个带头到河边破冰洗脸，还给学员们讲用冷水洗脸的好处，不久党员们都慢慢习以为常了。沈东平同志不搞特殊化，处处为人表率，使党员们很受感动。

沈东平同志每到一地都是走街串巷，深入群众，访贫问苦，和工农群众促膝谈心，农民都把他当作良师益友。不论是青少年还是中老年人，只要一接触他，就会觉得亲近难舍，终生难忘。刘尚文回忆道：沈东平教书一天，到了晚上还要做党的工作，到外地联系，完成中央北方局交给他恢复建立党组织、发展党员的任务，刘尚文曾心疼地问他：辛苦吧？沈东平说：革命就是拼命命，不拼命就不能革命，把时间用在革命上，其乐无穷。刘尚文叫人给沈东平做件好衣服，沈东平说：革命者不是为了吃穿，爱国者抵制日货不能停留在口号上，和群众吃住在一起，便于做群众工作。沈东平到处联系，因没有路费，行前都是准备几块饼或馒头带在身上，饿了啃干饼，渴了喝凉水，刘尚文问他：能找到凉水吗？沈东平说：哪里没井？刘尚文说：你担子重 ，不能和我们一样，万一生病影响一大片。沈东平笑笑说：哪有那么娇气，习惯了，没事！

1937 年春，豫东一带青黄不接，许多贫民揭不开锅，沈东平同志就和特委领导成员研究决定，由特委领导同志亲自带领一千多贫苦农民打开了地主胡逊安、马乐圆的粮仓，将一百多石存粮分给贫苦农民，以后还在贾鲁河里截夺国民党河南省主席的商船队，赈济了灾民。通过夺粮斗争，宣传发动了群众，扩大了党的影响，为以后党组织的发展和西华人民抗日武装的建立奠定了基础。

对于工农子弟的成长，沈东平同志更加关心。1936 年初，沈东平同志鼓动胡晓初、屈申亭等人在陵头岗办起了“普理学校”，意为在此扎根，宣传马列主义的普遍真理，提出“学校向工农开门”“贫苦子弟免费入学”的口号，还办起了图书馆，购买进步书籍，让学生和青年农民阅读。他还不断对工农子弟进行阶级教育、马列主义教育。一些共产党员取得教书的合法身份，并把学校变成我党在豫东最早的一所宣传革命、培养革命人才、播撒革命种子、开展革命活动的场所。

沈东平同志谦虚谨慎，平易近人，关心同志，爱护干部。1938 年 6 月，沈东平同志率领西华部队东征抗日，在行军途中，他对战士关怀备至，体贴入微，一次夜行军，他听到有个战士叹了一口气，便赶紧上前一步，接过战士的背包，边走边和这位战士拉家常。原来这个战士看到部队离家乡越来越远，故土难离，产生了离队的思想。沈东平同志风趣地先给他念了一首民谣：“鸟爱巢，不爱树，大树倒，往哪住！”又给他讲了不打日寇就要当亡国奴的道理，启发他提高政治觉悟。每逢行军，沈东平同志都帮助他找枪，背背包，宿营时还打热水给他烫脚，并要同志们从多方面照顾他，使这位战士深受感动，他流着泪向沈东平同志表示“不赶走日寇决不回家”，这位战士不久后在一次激战中光荣地献出了宝贵的生命。沈东平对刘尚文的关心也使他至今难以忘怀，一次，他们去西华，沈东平见刘尚文老是抓痒，就问他多长时间换一次衣服。刘尚文答：从冬天穿上到夏天脱。沈东平回来后，就拿着自己换洗的衬衣，给刘尚文穿上，刘尚文感动得很久睡不着觉。还有一次，沈东平带刘尚文到扶沟，回来的路上，在村边休息时，刘尚文给沈东平找碗开水，自己去喝井水，沈东平一把抓住他，把留下的半碗开水给刘尚文喝。在去西华的路上，沈东平看到他的鞋烂得不像样，回来就给了他一双可脚的鞋。

沈东平同志足智多谋，对敌斗争机智灵活。1934 年春，沈东平同志在许昌以教书作掩护进行党的地下工作时，在街上碰到一个叛徒，为了避免党组织遭到破坏，就让路岩岭同志假造了一封家信，说其母有病，要沈速回。沈东平同志接信向校长请假后，安全地离开了许昌，避免不必要的损失。

1937 年 3 月，沈东平同志到淮阳中学检查工作，发现几个青年学生党员缺乏同国民党反动派斗争的经验，开展工作有一定困难，就耐心地给他们介绍斗争策略和方法。这个学校有个姓周的训育主任，极力为国民党反动派效劳，破坏抗日救亡运动。一天上午，他指使几个人在校门口贴上“抗战只能一个主义、一个政党、一个领袖”的标语。曹玉林、朱传贤等几个同志一气之下就要把它撕掉，沈东平同志上前拦住说：“撕掉一条标语再容易不过了，但它的影响能从人脑子里挖出来吗？”根据沈东平同志的安排，当天下午，他们在那条标语前开了演讲会，揭露“三个一”的实质是取消共产党领导、破坏抗战，又请一位家在东北的老师诉说了日寇在东北三省犯下的罪恶，更激起了群众的愤恨，最后大家一拥而上扯碎了那条标语。淮阳中学的学生运动，引起了周主任的恐慌，他就和校长串通一气，以不读书为名开除了积极进行抗日宣传的庞国文同学，企图杀一儆百，阻止师生们的抗战热情。沈东平同志针对这种情况提出：他不让我们读书，我们就组织读书会，并亲自部署了将读书会办成抗日救亡组织的具体方案。同年 5 月，淮阳中学的读书会办起来了，购买了一些进步书籍，传播了马列主义。沈东平同志的妙计，弄得国民党反动派“赔了夫人又折兵”。在沈东平同志的指导下，这些年轻的同志逐渐成熟起来，淮阳中学的抗日救亡斗争也不断取得胜利。

马路口战斗中，西华人民抗日自卫军与敌激战竟日，打死日军 45 人，挫伤了敌人的锐气，鼓舞了群众。沈东平同志的牺牲使我党失去了一名忠诚的共产主义战士，使中共豫东特委失去了主要领导人，自卫军失去了实际上的政治军事总指挥，不仅是对于豫东，对于整个中原的抗战都是重大的损失。在创建豫东抗日根据地的时候，沈东平以大量的工作实绩树立了共产党人的光辉榜样，在豫东人民中有着很高的威望，当他牺牲之后，自卫军官兵望着英雄被烧焦的遗体，悲痛欲绝，王其梅、胡晓初、屈申亭、侯香山和战士们一起，抱着沈东平和其他牺牲战士的身躯，从头摸到脚，从脚摸到头，人人哭得浑身发抖，汗水和泪水流在一起，浸湿了马路口的土地。人民群众对沈东平的怀念之情不因时光的流逝而减弱，1951 年，河南省人民政府追认沈东平为革命烈士，吴芝圃主席亲自安排抚恤烈士家属，将沈东平的女儿和弟弟送进学校读书并安排了工作。1954 年决定将烈士遗骨迁到家乡安葬。时过 16 年之后，平岗的一位石匠主动协助寻找沈东平的坟墓，他说，参谋长牺牲后，我们当地老百姓很悲痛，为纪念他，又不让日本人发现，我悄悄刻了一块砖碑，放到参谋长的棺材顶上，按照这位老石匠的指点，果然在沈东平的墓穴里挖出了一块刻有“沈东平”三个字的汉砖砖碑。

在漯河市纪念抗战胜利六十周年座谈会后，我们和沈东平的女儿张玉花、舞阳县县委副书记安清跃、舞阳县太尉镇党委书记等人一起到沈东平的墓地祭奠，秋阳下，沈东平的墓碑上“英雄丹心照日月，烈士功绩垂千秋”的字迹格外引人注目,芳草萋萋,道不尽心中的悲痛;秋风阵阵,诉不完对烈士的怀念。环顾这个平凡的林庄村,耳畔又响起了沈东平编写的歌曲:

“说日本/道日本/日本真是虎狼心/攻辽宁/陷吉林/黑龙江热河顺口吞/占我地/杀我民/堂堂大国受蹂躏/举红旗/拿起枪/坚决打倒小日本。”

效信趁和叶舞支队

在郑州阴晦酷热的天气下,我走进了河南农业大学家属院,怀着悲壮、好奇的心情见到了一位特殊的人物。

门打开的一刹那,我打量着面前这位看上去六七十岁的阿姨,她中等个子,瘦瘦的,穿着夏季里其他妇女爱穿的碎花棉绸衣服,她笑着说等我很久了,把我让进屋里。

她就是抗日英雄、烈士效信趁的女儿效英丽。

效信趁,原名润卿,学名展,字信趁,1912 年 9 月 28 日出生于河南省舞阳县魏庄村一个较富裕的农民家庭(后迁居上澧河店村)。其父亲效坦斋,为人正直,心地良善,是舞阳县的知名人士,备受人称赞。效信趁是一位战斗在国民党政界内部的优秀地下秘密共产党员,抗日战争期间组建和领导叶舞支队,实行武装抗日。1946 年 6 月中原突围后,他随河南军区政治部一起向鄂西北转战,9 月,在鄂西北保康地区与国民党军队作战时不幸牺牲,时年 34 岁。

效英丽一个人在家,我坐在她家的沙发上,她坐在我的对面,她的面前是一张圆形的简易的饭桌,她取出黑边的花镜戴上,开始了我们的谈话。

她说:前天,阴历六月初十,是我爷爷被害的日子。平时看党史资料,没有在意阴历的日子,经她这么一说,仿佛几十年前的屠杀就在眼前,效英丽说,我的眼泪早哭干了,以前的日子是如何过来的,真的不想再去想了。

记得在资料上看过这样的情节:效信趁的抗日活动,鼓舞了群众和队员的士气，同时也引起了敌人的注意。1944 年 7 月，汉奸地主向日军告密，说效信趁的父亲效坦斋通共产党，他的儿子效信趁组织游击队与皇军对抗，家里还有电台。日军出动 200 多马队，拉着山炮，天不明将魏庄团团围住，进行大搜捕，全村 100 多户群众的东西被抢的抢，砸的砸，魏年、魏聚五等数人惨遭毒打，效信趁家被剿，家具全被砸坏，地都挖遍了也未搜出电台。后来，他们把效信趁的父亲效坦斋、大伯效凤、亲戚张树申 3 人抓捕，用绳子绑着，分别拴在马尾巴上，拉到舞阳县城，严刑拷打，力逼其答应叫效信趁投降。效坦斋誓死不屈。日军见酷刑无效，就将他们 3 人囚入木笼。后除其亲戚张树申取保释放外，其大伯被弄瞎了双眼，终身残废；其父效坦斋于 7 月 29 日被日军用刺刀穿透脖子，然后推入深坑，用土埋到肩头致死。

效英丽说，听说爷爷被拉到十里铺东康堡村时，日军停下来休息，爷爷饥渴难忍，就喝马尿解渴。爷爷是因为破口大骂日本人才被日本人用刺刀穿透脖子的。这段史实就这样活生生地摆在我的眼前，我扭过头去，不忍看效英丽伤心的表情，目光停留在窗外在微风中轻轻摇动的桐树叶子上。

靠窗摆放的是民政部 2004 年颁发的效信趁的烈士证书，上面写道："效信趁同志于 1946 年 9 月在湖北西部保康地区中原突围战斗中，壮烈牺牲，经批准为革命烈士。特发此证，以资褒扬。"望着眼前的这位烈士的女儿，我明白了，除了父亲牺牲外，还有更悲惨的故事在父亲牺牲以后的日子里发生。以下是效英丽的讲述。

父亲乳名叫"娃"，上学后正式名字叫"展"，他很聪明，又勤奋好学，考高中时两个学校都要录取他，父亲上了开封高中。那时父亲 17 岁了，很懂事，萌发了进步思想。九一八事变爆发后，父亲在共产党领导的进步青年新兴教育社同学的帮助下，参加了抵制反动教育，宣传抗日救国，散发宣传品等活动。回到家，还给爷爷讲"耕者有其田，人人要平等，反对剥削和压迫，争取民主和自由"的革命道理，劝爷爷一不买地放债，二要为地方父老谋点利益。爷爷后来为群众做了很多好事。1932 年秋，父亲高中毕业后，应试高考，被北京大学法律系录取。进入北大后，他积极学习科学知识，努力钻研马列主义。他热爱祖国，崇敬岳飞、戚继光那样的民族英雄，反对日本帝国主义侵略。在"一二·九"学生爱国运动中，他和同学们一起游行示威。1936 年秋大学毕业，鉴于他品学兼优，学校决定保送他出国留学。他是独生子，在爷爷的竭力劝阻下被迫回到家乡，失去了出国留学的机会。

父亲回到舞阳后，他以国民党舞阳县政府职员的身份，积极投入了抗日宣传活动。1937 年卢沟桥事变后,父亲参加了舞阳青年救国会,动员爷爷为抗日募捐,一次就捐 20 块大洋。1939 年秋,父亲发起组织舞阳各界劳军团,去前方慰问抗日将士,不久,率领以共产党员为主组织的舞卫剧团赴泌阳、方城、桐柏、湖北省的随县等地慰问劳军,激励抗日将士杀敌立功。1938 年舞阳县委成立后,父亲积极靠近共产党组织,1939 年 6 月经县委书记胡田希介绍,加入了中国共产党,成了抗日的骨干力量。1939 年秋,父亲根据中共豫中地委和舞阳县委指示,加入国民党政权系统中去,担任舞阳县第三区(北舞渡区)区长,暗中保护革命同志,使不少在地下工作的同志化险为夷。河南省委委员、豫南地委书记张旺午从根据地来到舞阳,组织豫南、豫中等地党员撤退,父亲以其区长的身份,暗中保护,使其隐而不露,顺利完成了任务。1942 年,父亲任舞阳县中学校长时,发现国民党县政府谋划抓捕王书文等 13 名共产党员的名单后,冒着风险,立即将这一重要情况转达胡赞虞,胡又秘密通知有关同志转移,免遭逮捕。4 月,父亲发现敌人又图谋抓捕胡赞虞等 4 人,立即采取了保护措施,要胡写封信留在桌子上,就说找到了更好的事情另就,并拿出 150 元法币交给胡,胡连夜离开学校,奔向革命圣地延安去了,第二天上午,国民党县政府在县城西北大操场召开大会,企图当场抓捕共产党员,以扩大影响,时至 9 时,却迟迟不见胡赞虞到会,父亲就照常派人去请,去人返回后拿着胡的留信,向县长禀告说:胡先生在桌上给校长留了封信,不辞而别了。父亲看了信,立刻勃然大怒,脸色变,声发颤,手拍桌子,大骂胡不够朋友,不讲交情。父亲假戏真演,不露丝毫破绽。县长无奈,只得宣布大会草草结束,抓捕共产党员的计划彻底破产。

1944 年 4 月,日军渡过新黄河,继续西犯,父亲联合地方进步士绅张茨山等,把地方上的分散枪支集中起来,以国民党"方宝动员区抗日游击纵队"的番号,组成了一支抗日武装,父亲任支队长。他们与共产党在八台的地下党组织负责人,以西南一带山区为中心,高举"不当汉奸,不当亡国奴,抗日自卫"的旗帜,积极进行战前训练,开展抗日活动,为武装抗日做好充分准备。1944 年 5 月 10 日,日军侵占舞阳后,父亲带领抗日游击队立即转入武装抗日斗争,打响了对日作战的枪声。这时游击纵队已发展到 800 多人,拥有 600 多支枪。他们在新四军五师的支持下,在舞(阳)方(城)叶(县)三县交界处的老翟山东麓,以刘沟为中心的一带山区积极进行游击活动,直接与日伪在舞阳县城、朱兰店、栗林铺、叶县的辛店、常派庄的据点相对峙,牵制敌人,打击敌人,成了共产党领导下的一支重要抗日武装。

爷爷被日军杀死后，父亲没有因此动摇抗日的决心。他强忍悲痛，坚持抗日不动摇，他说："我是炎黄子孙，宁肯站着死，决不跪着生！"1945 年 1 月，日军调集舞阳、叶县两县的鬼子 500 多人，对游击队活动区实行突然大扫荡。他们兵分三路，将游击队包围在纵横不到 7 华里的老翟山下，妄图吃掉这支游击队伍。父亲果断地率一、三大队，经鬼门关、大林坡突出了敌人的包围圈，向方城杨楼一带转移，为党保存了抗日武装力量。这次战斗对游击队打击很大，800 多人的纵队溃散 500 多人，父亲重新组织起 400 多人的抗日武装，番号改为"效信趁支队"（简称"效支队"），父亲任支队长。成立之初，即商议与当时嵖岈山的新四军五师豫中挺进兵团取得联系，表明了随同新四军抗战到底的决心。4 月 3 日，父亲按照胡坤的安排，除一大队长贾文轩带领几十个人单独活动外，其余 300 多人临时编为两个大队，从山头梁出发，经晃张、曹集等地，于 4 月 5 日到遂平西北黄林游击兵团驻地李兴楼一带，接受整编、整训。兵团政治部主任冷新华、挺二团团长林国平亲自迎接，并接见了父亲，召开了欢迎大会，慰问全体战士。我亲眼看到了新四军杀猪宰羊，搭台唱戏，欢迎父亲所率队伍到来的热烈场景。不久，效支队正式改编为"豫中游击兵团叶舞支队"，父亲任支队长，王泽民任政治委员，李华任政治部主任，直接受陈先瑞司令员的领导。在极端困难的情况下，与游击兵团主力部队紧密配合，奋力作战，先后参加了袭击鹁鸽楼日军哨所、庙街伏击战、营街围歼战、攻打神沟庙等许多次战斗。在这期间，我母亲和我们姐弟三人一直跟随父亲。当时我年龄有八九岁，大弟六七岁，小弟弟才两三岁。在老翟山战斗中，弟弟们走散了，我和母亲趴到山沟里，日本兵过来了，母亲说是走亲戚的，日本兵朝我开枪，被母亲拦了一下，子弹打到了别处，日本兵就用刺刀朝着我的背上戳，当时幸亏我穿着棉衣，才没被戳死。记得那天的月亮很亮，附近有一户打猎的人家，娘出来找孩子，孩子没找到，肠子却被日本人打出来了。

1945 年 6 月，叶舞支队北上禹县，与八路军会合，划归八路军河南军区三支队陈先瑞部领导。7 月初，有人反映说父亲有叛变投敌嫌疑，送他到军区训练班学习。经过学习、谈话和考察，政治部认为"效信趁并无投敌叛变行为，思想蛮好"。此时，叶舞支队已离开禹县南下，父亲就留在河南军区政治部秘书处工作，给吕振球主任当秘书。日军投降后，国民党以受降为名，调集军队对豫中、豫西、豫南的八路军和新四军形成大包围，形势很紧张。11 月初，父亲随河南军区南下桐柏，与新四军五师和北返三五九旅南下支队会师。1946 年 6 月,父亲参加了中原突围,随吕振球部转战于鄂西北地区。同年 9 月,在保康地区的一次战斗中,被国民党军队包围,因突围失利,父亲同吕振球一起献身革命。

父亲献身革命的事是后来才知道的。几十年间,父亲没有一点消息,我们一直都在苦苦地寻找他的下落。

1945 年 6 月,叶舞支队离开嵖岈山,前往禹县,走之前,父亲曾告诉母亲:这次走还不知什么时候才回来,你有孩子,不必多挂念我,要多吃些好的,注意保重身体,没钱了可卖土地。那时我们在李香楼村住,父亲走后不久有人捎信说:“赶快走吧! 国民党要来了。”是一位叔叔(记不起叫什么名字)冒着雨把我们送出山区,送回家里。我们离开的当天晚上,李香楼村即被国民党部队袭击了。1946 年 5 月,舞阳县伪县政府以我父亲参加了新四军的罪名,派人到俺家抓人,因村上人报了信未能得逞,随即将俺家的门封闭。我们母子四人,被迫逃到舅家,直到 1947 年 6 月我外祖父托人花钱说情,才算了事。

解放初,母亲盼父亲归来,见解放军就问,打听不到就哭,有时跑到爷爷的坟上去哭,结果哭瞎了双眼,于 1959 年病逝。村上不少人都知道父亲是跟随新四军走了。我们村上曾跟过父亲的陈居山给我说:“你父亲去延安学习去了。”

“文革”时父亲被划为叛徒、工贼、内奸,我们也受到了牵连,弟弟脖子上挂着破鞋游街几个村;我干档案几十年,他们让我从档案室滚出来,看着大字报,我的精神终于崩溃了。后来,有人提出让我找当时任河南军区政委的戴季英,但因他在被囚禁中,不可能见他。直到 1987 年 8 月 9 日我们在省委北院家属区见到了戴季英,他说俺父亲效展 1946 年 9 月在鄂西北与国民党军队作战中牺牲了,并亲笔给写了一纸证明。我们将此情况随即告知了舞阳县委及党史办,他们派人通过组织又找到戴季英,写了更为详细的证明。寻找了几十年,俺父亲的下落终于有了眉目。

说到这里,效英丽的脸上露出了微笑,她抱出一大摞信笺让我看,这些是她几十年来为寻找父亲下落写的信和收到的回信。

效英丽的爱人司鸿瑞领着两个小女孩回来了,她们是效英丽的孙女和外孙女,刚游泳回来,她的外孙女问我:为什么问我姥姥? 我说,因为姥姥的爸爸是抗日英雄。知道什么叫抗日吗? 小女孩摇摇头,简单地概括了一下讲给她们听,她们说懂了,望着她们蹦蹦跳跳的身影,品味着效英丽讲述的惨烈、沉重的故事，真的无法将轻松与沉重联系在一起。随着时间的推移，效信趁的后代也许已从过去的沉重里走了出来，但我相信，英雄的事迹将不会被世人忘记，并将代代传承，永远感动并激励后来者。

火烧老应

漯河人大多知道火烧老应的故事，1944 年 5 月，日军来到今郾城区黑龙潭乡老应村，放火烧掉 2400 多亩麦秧和 1300 多间民房，又将群众集中到打麦场上，架起机枪，准备开枪射击，这是发生在我们身边的最真实的日军暴行，一代代漯河人都应该铭记这段历史。

我和单位几位同志一起在一个麦收季节走进老应村。据《郾城县地名志》载：老应，曾名应庄，在郾城城东北 10 公里处，沙河西岸，塔河东岸，相传，村里应氏先祖应致和明时在朝居官，长子龙为怀远将军，次子茂为辅国将军，因中原战乱，其家属在淮南山中隐居。明洪武年间（1368—1398 年），太祖皇帝朱元璋号召移民中原，应氏唯恐受挫灭族，为保后世，方移于此，始称应庄，又因明皇帝曾赐应氏为“天下四皓，不如淮南一老”之誉，故易村名为老应。

刚刚收割过的麦茬地，一望无边的大平原，老应村和其他平原上的村庄似乎没有什么两样。远远望去，绿树掩映下的村庄在夏日的骄阳下显出静谧的色彩。一个戴着墨镜的小伙子骑着摩托车飞速地向村外驶去，一位老人牵着一只白色的羊慢悠悠地走着，嘴里哼着小曲……

站在老应村村头，望着这里的树木，望着这里的房屋，感觉熟悉而又陌生，几个姑娘媳妇坐在高大的门楼前聊天，见我们过来，好奇地望着我们；一只黄色的小猫飞速地从眼前村中的路上穿过。这就是老应村吗？这就是几十年前日军放火烧过的那个老应村吗？打量着这个村庄，眼前出现了“火烧老应”的惨景，心中的怒火升腾起来，思绪之箭穿透几十年的沧桑回到从前：

1944年，日军为了救援其侵入南洋的孤军，准备以中国大陆为其垂死挣扎的基地，急需打通从中国东北到越南的大陆交通线，便对国民党战场豫、湘、桂地区发动了新的进攻。1944年4月18日，日寇集中97000余兵力，发动了河南战役。日军第27师团及37师团227联队，在师团长竹下义晴中将指挥下，于5月1日由许昌南侵。国民党89军新一师、骑三师，在军长顾锡九、师长黄永赞率领下迎战。5月2日日军攻陷临颍，5日，击溃国民党第89军新编第一师占领郾城、漯河。日军铁蹄所至，奸淫掳掠，杀人放火，无恶不作，制造了许多骇人听闻的大惨案。漯河遍地荒凉，路上到处是逃难的人群。

5月10日上午，驻在京汉铁路沿线东侧后营村的两名日本兵到老应村催粮逼款，他们看见了一位从县城来避难的姑娘，便兽性大发，追逐不舍，强拉到一村民家中将其奸污，走时摘了应丁友家一篓黄瓜。群众看到自己的姐妹被欺凌，东西被抢走，无不义愤填膺。

第二天，又有两名日本兵来到老应村，他们扛着枪，掂着抢来的鸡子，后边还跟着两个保丁，到了村南岔道口，一个拐到了小应村，另一个径直向正在麦场上打麦的几个妇女追来，吓得她们大呼小叫着往家里跑去。其中一位妇女刚跑回家中，藏在室内，那个日本兵也随步追到，日本兵正要掀开门帘往里闯时，紧随而至的村民应得钦一个箭步，猛蹿上去将他连人带枪紧紧地抱在一起，双方展开了生死大搏斗，另一村民应运贤见事情不妙，就大声叫喊起来："来人哪，来人哪！"随后赶到的村民应奉记、应发子、应文奋、应麦岭、应克复、应德清等十几个人掂着木棍、棒槌、木碓，劈头盖脸地朝日本兵狠狠地打起来，没几下就把日本兵活活地砸死了，然后收了他的枪，将其尸体拉到拐子坑沿，用半截石磙子坠住腰，推到深坑里，为民除了一害。正当他们将要离开现场，回家躲避时，另一个日本兵由小应村赶到了村头，他发现地上的血迹和用扫帚扫过的痕迹，立即挥舞刀枪，叽里咕噜大叫起来，群众听不懂，他就用中文道："见我的日本兵一名的有？"应运来用手比画着说他往东南去了，另两个人指着往东北去了，日本兵见他们说法不一致，就举枪朝应运来戳去。应运来眼疾手快，抓住枪梢，夹在腋下，日本兵随即又拔出刺刀，狠狠地朝他刺去，应运来撒手闪身，逃进胡同，其余二人也乘机逃跑。日本兵紧追不舍，立即开枪，子弹射向屋角，三人才得逃脱，后来，日本兵看这里的群众不好对付，而且只有他一个人，怕死于棍棒之下，就在村上来回窜了两趟，便匆匆地逃离村庄。

我们是在中共漯河市委党史研究室编写的《沙颍河怒涛》一书上看到的上面这段史实，作者是应时雨、刘西森。据老村支书应得利介绍，目前，老应村80岁以上的老人只有3位，其中一位为聋哑人，其他两位，一位叫应得锁，一位叫应秀根，在老村支书的带领下，我们见到了这两位老人。

找到应得锁老人的时候，他正在麦茬地里种花生，在这里，他绘声绘色地给我们讲述了打死日本兵的情景，和《沙颍河怒涛》上所载吻合。老人说，那个日本兵进村的时候，一户一户地窜，他还跟在后边跑了一阵。

老人还说，另一个日本兵逃走后，村里的人都感到不好了，好多人都躲起来了，天快黑时，一辆汽车载着日军，开进了村庄。日军都背着枪，他们逢门就进，见人就打，到处翻腾，天黑时，他们开枪打死了一条狗，点了几堆火，烧了三家的房子才走了。

当天夜里，应德钦、应文奋，应新贤等人为了防止日军再次搜查，就把已经坠入深坑的日军尸体捞出来，抬到村东洼地，抛入一眼浇瓜用的土井里，在井旁又挖了一眼新井，把老井填得平平整整，然后他们三家老少男女连夜逃出村庄，外出避难去了。

5月12日，天还没亮，村里人还在睡觉，一队日军带着很多汉奸包围了村子，日军一进村，就将没有逃走的男女老少和邻村及外乡到这里避难的群众统统抓了起来，集中驱赶到村边的打麦场上，他们挥舞着刀，周围还架起了机枪……

日本兵把村民集中到打麦场上，逼迫他们寻找那个失踪的日本兵。他们对群众一个个地审讯，一个个地拷打，从早晨到近午，还没有一个人吐露实情，村里的一个大财主点头哈腰地在人群中寻找知情人，他向应聚生说：你知道这事儿，情说啦。日军一听，立即将他拉出人群，用枪托、扁担朝他狠狠猛打，扁担被打断了几节，应聚生身上都是伤，被打得死去活来。

我们见到了应聚生的儿子应建合，应建合40多岁，他说听父亲说日本鬼子打断了三根扁担，夏季的时候，常常看到父亲背上都是伤，有的伤疤像拳头那样大。

麦场上毒打之后，这个大财主和其弟弟又领着30多个日本兵到东洼地里寻找日本兵的尸体，当时，有一个叫马丑的正在村南老坟地浇地，日军用枪对准他，要他说出日本兵尸体的下落，一位翻译官问：太君问你知道不知道那个被杀的日本人埋在什么地方？马丑说不知道，日军看问不出究竟，就用折断带尖的桑木扁担朝马丑的心窝猛刺，马丑不畏强暴，坚持说不知道，这时日军下了毒手，一膀子将他推到井里，用枪口对住井口，哇里哇啦乱叫，要他说出真情，不说就枪毙。马丑在二三尺深的水下誓死不屈，说："我是那个村的，根本不知道，要枪毙情开枪了。"话音刚落，日军就往井里填起土来，土块一阵紧似一阵地顺井而下，眼看就要埋住马丑的半截身子了，马丑还是坚贞不屈……

告别应得锁老人，老村支书应得利领我们去找应秀根老人。向村子北走约 100 米，再向西拐，却见野草遍地，树木参天，沿小路前行，再向南，应得利指着一位手扶竹椅弯着腰向我们走来的老人说，他就是应秀根。应秀根艰难地向我们走来，他上身穿着蓝色的秋衣，一只裤管挽上来，露出有些发黑的皮肤来，几十年前，老人是一个充满活力的小伙子，看到如今的他，让人很难想象他当年的模样。我们赶快上前手扶老人至院内，与老人聊起来。时光之水可以洗去一个人的青春光华，却将记忆的石块打磨得更亮。

说明来意，让老人讲讲日军在村子里干的坏事。他说，他在南路口推粮食，叫日本鬼子抓住了，日本兵把村子包围了，光叫进不叫出，见一个逮一个，不叫耷拉着头，谁耷拉着头就用抢把儿打，枪把儿都打碎了，那时想着肯定活不成了。

从应秀根老人家院子里走出来，应秀根指着他家对面的房子说，日本鬼子就是从这里开始点火烧的，当时这是应文朝的家，日军点了 2400 多亩麦秧和 1300 多间民房，那时候村子里都是火，都是烟，到处都是哭叫声。那个火啊，烧了很久才灭了，现在想起来心里还堵得慌。

说到这里，老人停顿了一下，接着说，房子被烧了，粮食被烧了，衣服被烧了，日子咋过哩？村里的人只有吃被火烧过的麦子，很多人到外地逃荒去了。

再往前走就是拐子坑，拐子坑因其形如拐子而得名，如今，坑几乎被填平了，南面成了一条深沟，北面还有几十平方米的水面，几个村民在打鱼。应秀根老人指着南面无水的沟说，当年就是将日本鬼子扔到了那里。然后，我们又来到了北边的那片坑。应秀根老人说，那时日军找到了尸体后，他们强迫被抓到麦场上的近 200 名男人都跳到水深五六尺的坑里打捞那个日本兵的枪，坑岸上还派兵看着，谁要是不下水，就立即遭到毒打，一些不会水的人几乎被淹死在深水中。应秀根老人也被赶到了坑里打捞日军的枪，他们在日军的监视下摸着，有受不了想上岸的，马上被日军用枪托打到了水里。知情的人知道枪在哪里，却故意不去那个地方摸。有人摸到了，也不愿意将枪捞上来,装作没摸到的样子。

注视着水面,我们仿佛看到了当年村民们在日军的威逼下打捞枪的情景。

村子里传来了几声狗吠,树林间有布谷鸟在叫。

日本兵的尸体找到了,但日军不仅不放过群众,而且试图进行大屠杀,后来,群众被迫将这日本兵的尸体擦洗干净,用白布裹好,抬上汽车时,日军放火烧了村庄,接着又将群众聚在一起,架起机枪,准备开枪扫射,斩尽杀绝。目睹此景,群众无不失声恸哭。这时,有几架飞机由南向北飞来,随之又飞来十多架,飞机在村子上空不住地盘旋,越飞越低,几乎擦住树梢,日军见此,立即收兵,慌慌张张地开车逃走,群众才死里逃生。

我们询问当年的打麦场的地址,老支书指着绿树掩映下的村庄说,就在那里。顺着老支书的手势望去,思绪再次穿透时间的隧道回到从前,感觉仿佛站在昨天和今天的交界线上,眼前一会儿是杀气腾腾的打麦场,火光冲天、浓烟滚滚的村庄,一会儿是绿树掩映下的静谧的家园。在岁月的河里,记忆之沙是随流水远去还是沉淀到河床?在村口随便问一个四五岁的小男孩:知道"火烧老应"的故事吗?小男孩摇了摇头跑远了。老支书说:他不知道。又问了一个十一二岁的女孩子,女孩子也摇了摇头。问支书现在的老师给学生们讲这个故事吗,老支书说,可能不讲吧。学校在村子北面,向学校的方向望去,仿佛看到了校园里的师生专心致志上课的情景,学生们真的不知道村子里发生过的这个事件吗?

老支书说,大概是"文革"的时候,市里的学生常常排着队,来村里听"火烧老应"的故事,当时是一个外号叫"大头"的应运来给他们讲。那么什么时候断了呢?

想起有一种档案叫口述档案,在人类还没有文字的时候,通过口述将重要的事情一代代地承传下来。"火烧老应"的事件已经写入了地方志、党史资料中,那么,作为事件发生地的老应村,我们也多么希望这里一代又一代的人能够永远牢记这个事件,牢记这个事件就是牢记日军曾经犯下的滔天罪行;牢记这个事件就是牢记曾经有过的家耻国恨。不仅仅是老应村,老应村外的我们也应该这么做。

冯玉祥将军抗战时期舞阳行

冯玉祥将军的河南情结

“河南人是最纯良的，忠诚勇敢，勤劳朴实。1913 年，我在郾城县招兵，像田金凯、马式彬他们，都是那年招来的。1917 年在归德府商丘县招兵，1922 年在河南当督军，1927 年在河南当政治分会主席，又是河南省政府主席。多少次都同河南人在一起，可以说我除了在保定府住的年头久，其次就是河南了。河南的父老兄弟们，知道我最深，我知道他们也最深。”在冯玉祥将军的《我的抗战生活》中读到这段话时，心中涌起莫名的感动。

冯玉祥将军对漯河有着特殊的感情，他曾多次来郾城招兵。1938 年 6 月 14 日至 22 日，冯玉祥将军来到舞阳，在这里停留了 8 天。

冯玉祥，字焕章，安徽巢县人，是民国时期的军事家，爱国将领，清末入淮军当兵，后投北洋军，升任河南督军及陆军检阅使等职。九一八事变爆发后，冯玉祥积极主张抗日。1933 年 5 月，与吉鸿昌、方振武组织察哈尔民众抗日同盟军。1936 年出任国民党政府军事委员会副委员长。抗战爆发后，要求组织联合政府。那么，冯玉祥为什么在这个时候来到舞阳呢？这还得从当时的形势说起。

1937 年 7 月 7 日，日本帝国主义以制造卢沟桥事变为起点，发动了对中国的全面武装侵略，中国人民奋起抵抗，从此进入了抗日战争时期。卢沟桥事变爆发后，由于国民党政府在抗战中采取片面抗战的路线，造成国民党战场大溃败，平津沦陷后，华北战场的侵华日军以平津为据点，兵分三路沿平绥、津浦、平汉铁路向整个华北进犯。8 月下旬，日军沿平汉铁路南犯，9 月 18 日河北涿州即告失守。涿县防线崩溃，国民党将领刘峙放弃保定南逃。9 月 24 日保定陷落。10 月 10 日，国民党军队撤出石家庄。从石家庄南进之敌，连下邢台、邯郸，渡过漳河，于 11 月 4 日攻陷安阳。这是河南沦陷的第一个城市。至 1938 年 2 月，豫北全部沦为敌手，1938 年 5 月 19 日，沿津浦铁路南犯的敌人占领徐州后，沿陇海铁路西进，于5月26日至30日连陷虞城、商丘、宁陵、民权、睢县。6月6日河南省会开封失守。日军直犯郑州东白沙，中原重镇郑州岌岌可危。9日，国民党当局为了阻止日军的进犯，下令炸开了郑州东北花园口黄河大堤。在抗战形势日趋紧张的情况下，冯玉祥将军视察阵地，从江防要塞到鄂东北地区麻城、黄陂等地，1938年元月初到7月初，视察河南，经信阳、确山、泌阳来到舞阳，再去叶县、禹县、许昌、郑州等地，沿途查看驻军防务、阵地工事，访问民间疾苦，发动民众抗战。

抗日战争爆发后，舞阳县成立了抗日青年救国会，广大青年学生积极投入到抗日救亡宣传活动中，中共舞阳县委以青救会为桥梁，团结和带领全县各界群众掀起了抗战以来救亡运动高潮，这一运动成为舞阳近代史上最广泛、最深入的一次群众运动。中共舞阳党组织在这一基础上迅速发展壮大，建立了7个区委，党员发展到500余名，青救分会、支会遍及全县各城镇和农村各中小学校，会员发展到6000余人。舞阳有着良好的抗日救亡的群众基础和社会环境，抗战救亡工作成为当时河南全省的典范。河南省青年救亡协会成立大会于1938年6月专门在舞阳召开。冯玉祥将军在视察防地时特地到舞阳进行抗日宣传。

声情并茂的抗日演讲

1938年6月14日，这是一个炽热的夏日，舞阳县南部王店街（今舞钢市的王店街）的农民，都蹲在浓荫下乘凉。他们怎么也不会想到身为国民党军事委员会副委员长的冯玉祥将军正向他们走来。冯玉祥将军是从泌阳春水象河关方向来的，带着一个卫队排和少数随行人员。消息传开，群众纷纷前往迎接。王店的村民商定用八抬大轿抬他，可是偌大一个王店街竟然没有找到一顶轿子，王店的村民就特制了一顶轿子，用方桌翻过来四腿朝上，蓝布围子，两边用轿杆绑到桌腿上，中间放一小凳子，冯玉祥将军推让不得，只得坐在特制的轿上。轿跟前有八个警卫，不带枪，每人腰间插一圈飞刀，前面有十几名卫兵开路，后边有十几名卫兵压阵，威风凛凛，再后面是十几名招收的入伍青年，然后就是百余名随从官兵。

这一天冯玉祥将军在王店街关帝庙戏楼召开大会给民众讲话，冯玉祥叫他的排长到庙对门的福音堂借了几条板凳，并亲自搀扶街西头一个叫冯学勤的老人坐在板凳上，他在王店邮政局李子贞先生的陪同下，带领他的排长和卫兵登上戏楼讲话。他自我介绍说："我是冯玉祥。"，又接着说："木要有本,水要有源。木无本则枝干枯萎,水无源则河流干竭。我们广大民众就是木本、水源。”四五百人的会场上鸦雀无声,他向人们讲了日本人的“三光”政策,说:日本鬼子不但灭亡我们的国家,还要灭亡我们的种族,我们快要当亡国奴了,号召有志青年从军抗日。他还讲了人民战争,说:“不能光靠政府抗战、军队抗战,更重要的是全民抗战,国家兴亡,匹夫有责,人人有责任抗战,人人也有权抗战,老百姓都起来了,日寇必被淹死在人民的海洋里。”冯玉祥将军在《我的抗战生活》中这样描述:“这一天,我在这个镇的一个戏台上(关帝庙戏楼)跟他们讲话,到的人很多,也是说非抗日不可,要对得住祖先,要对得住子孙,只有拼命去抗日。说着说着台底下喊起来了,都愿意去。跟我去的人,看见这种事都觉得非常稀奇,怎么回事呢?有人告诉我说,离这不远的一个镇上,那里有二十几个跟我当过排长、连长、营长的人。百姓们都知道,跟着我不识字的可以识字,不会写信的可以学会写信,有许多在家里不守本分的,到军队几年以后,变成很规矩的人,并且是一个忠于国家、孝于父母的人。这样一年一年的相传久了,他们都知道当兵可以救国家,并可以救自己。所以,来得非常踊跃。我就叫张公干把他们都编起来,带到张自忠将军那里去。”

15 日上午,风和日丽,冯玉祥将军经过尚店来到接官厅,住在临街路南三间瓦房内。下午,冯玉祥在村街中路南召集群众大会,参加会议的约有一百多人。冯玉祥神采奕奕地健步走上门台,用目光扫视一下会场,讲道:“人人耳朵里都听说过冯玉祥,究竟冯玉祥是什么样子呢?我就是冯玉祥。”冯玉祥看上去五十来岁,大个子,很胖,身穿重蓝色军装,脚穿一般皮鞋。只听他讲道:“日本人惨无人道,他们用杀一个中国人割掉一个耳朵来比赛杀人的多少。他们把耳朵穿成串子。有那么大的耳朵(用手比大的),它是谁的,是八十多老太婆的;还有那么小的(用手比小的),它是谁的,是三岁娃娃的耳朵。日本鬼子来了,老的小的都杀光,你们说我们抗日不抗日。”听众们由毛骨悚然转为切齿痛恨,愤怒的火焰在胸中燃烧。

冯将军讲完话,联保主任王耀九动员两个弟弟和一些青年到冯将军住处要求参军,冯将军从屋子里出来和他们见面,并摄影留念,还赠书一本。

6 月 17 日,从卸甲店到舞阳县城这天,正是国民党四十军庞炳勋的队伍自台儿庄战斗撤到这里,人员损失很大,在这里招了两个星期的兵,只招到十几人。冯玉祥知道这个情形,19 日,就在县城西北大操场召开了一个军民联欢大会,到会百姓一两万人,当天下着蒙蒙细雨,路上的泥浆足有半足来深，每个人的腿、脚、膝盖下边全是泥浆。冯将军站在桌子上，头一句话就是："把警卫都撤了，请后边的（老百姓）都过来，都上我跟前来，我不怕，没人刺我。过来！过来！"他指示先预备许多板凳，请老先生老太太们坐下。大会上，冯玉祥特别提到："据我所知舞阳县同我共过患难的人，至少有6000人。"接着向大家讲非抗日不能救国家，非抗日不能救同胞，有热血、有良心的青年，都应该从军杀敌。坐在前边的老人们都很高兴，有的站起来说："我愿意叫我的儿子去当兵，跟你去吧！"冯玉祥说："不要跟我去，到庞炳勋的军队，如同跟我一样。"他问人们打仗怕不怕，并说："不用害怕，小日本，人不多，地方不大，粮食不够吃，我们拿十个人换他一个人，就把他换光了。现在我们又打了个大胜仗。在台儿庄、在临沂，咱们的部队才从那边撤下来，在这儿休息休息，整顿整顿。这是为国家出过力的部队，你们不要害怕，是我的兵，不会骚扰你们。"冯玉祥讲完后一个星期，庞炳勋就补充了8000多人。冯玉祥后来得知这一情况，深为感慨，他说："说实在的话，人不说不知，木不钻不透。你不跟人们说清道理，人家怎么会晓得呢？还有一个，那就是历史的关系，人的关系，人与人不同就在这一点。"

6月19日，冯玉祥在舞阳安阳高中、卸甲店也讲了抗日救国的道理，给人留下了难以磨灭的印象。据李士凡回忆："他每讲话，总是站在高台子上，或高桌子上，但总要搬些凳子，给老先生老太太坐着。另外预备一个树枝，树枝上放一个小草帽，草帽里放草，搁几个鸡蛋，以此形象地讲保家卫国的道理。他说：'人家砍你的树，你不管，只知道保护你的窝和蛋，可树枝一倒了，窝也完了，蛋也完了！'这样讲法，惊心骇目，人人易懂。"李士凡原名李德清，舞阳县王店人，1938年入冯部当兵，曾任排长，冯玉祥的随从秘书，解放后在中国革命博物院任职。

别开生面的抗战饭

冯玉祥将军在舞阳县城，住在东大街县政府后院东华庭。他自带炊事员，到那里不派饭。为了发动抗日，他特意安排在城隍庙，召集舞阳县各界人士，让驻舞阳的国民党营长以上官长参加，吃了一顿抗战饭。怎么叫抗战饭呢？就是一饭一菜一汤，菜是猪肉白菜一大碗，饭是蒸馍，汤是熬红豆稀饭。特别之处就是将蒸馍上边戳上"抗日保家"几个字。冯玉祥将军说：大家辛苦了！今天我请客，你们在前线打了这些日子，非常艰苦，我都知道。今天咱们在一块聚聚餐，说不上慰劳吧，咱们政府没有钱，只有在一块吃吃饭,觉得心里好受。本来嘛,作战完后和大家见见面,这是很必要的,没有好吃的,请大家多包涵。校官们一看,所用的碗,比平常的大两倍多,接着冯玉祥又操着保定腔说:"这菜,有人给你端,这馍,你得亲自来领,一人四个馍。"冯玉祥坐在旁边,亲自发馍,他跟前搁着戳子(印记),每个馍头都打上了戳。大伙领回馍来,谁也不敢先吃,等冯玉祥下令。冯玉祥说:"都领齐了吧!我先说明,吃!咱们是狼吞虎咽,跟打日本人一样,拼着命吃,增加点抗日力量。不过还有一样,吃不完别强吃,剩下的,给咱们弟兄们捎点抗日食粮,叫他们也尝尝。现在开饭!吃!"于是大家就吃开了。人们感到特别的新奇和高兴,一面吃着,一面说着。冯玉祥再次讲话发动抗日,他说:"这次咱们在台儿庄打仗,打得不错,敌人伤亡很大。当然了,我们伤亡也不小。你们在右翼,在临沂打得更残酷。我们现在就是转移。我们消耗敌人有生力量,不是为占一地争一城。现在撤下来,整顿整顿,补充补充,准备再干,我们越打越有经验。你别看他有飞机、大炮,又有机枪,又是观察气球,这些东西我们都没有,就凭我们的热血,也能战败他。最后胜利是我们的。你们信不信?"大家齐声答:"信!"冯玉祥见大家情绪都很激昂,非常高兴,就接着说:"你们信,我就放心了!"吃抗战饭,鼓舞了前方撤下来的四十军官兵,使他们感到自徐州方面退下来,今天算是得到了一点温暖。

参加吃抗战饭的还有舞阳青救会的领导人胡田希同志,7 月 17 日,我在郑州河南医科大学住院部见到了胡田希老人,他是我采访到的唯一的见过冯玉祥将军的人,胡田希 89 岁,是舞阳青年救国会的领导人之一,1938 年 12 月至 1940 年 4 月,曾任中共舞阳县委书记。冯玉祥将军到舞阳时,他作为青年救国会的负责人,见到了冯玉祥。胡田希回忆吃抗战饭的情景时说:冯玉祥将军说"馍吃不完了也不要紧,把馍皮带回去就行了"。他和青年救国会的其他常务委员苗保泰、张复生、柴凯等到西关迎接,柴凯由于当时激动,右手拿着报纸,伸出左手去跟他握,冯玉祥将军说"把报纸换在左手,用右手"。冯玉祥将军到城隍庙看望青年救国会成员,为青年救国会《救国三日刊》报纸题写了"救国三日刊"刊头,下边印了冯玉祥的一个印章。当时救国三日刊发行好几个省,宗旨是向广大人民群众宣传中国共产党的抗战主张,宣传民族统一战线政策,推进国共合作,唤起民众树立抗战必胜的信心。

亦勇亦义，心中装着贫苦百姓

1938年6月16日上午9时许，冯玉祥将军离开接官厅到庙街，住在临街高老五家。庙街当时是牛郎乡公所，冯玉祥一到，乡长闻讯赶去求见，被冯玉祥拒绝了。当地的一绅士人物，穿一身纺绸大衫，头戴硬壳夏礼帽，手持文明杖，摇摇摆摆去见冯玉祥，卫兵给冯一说，冯隔帘一看是个绅士，断然拒绝接见。这个绅士刚走，农民张金木，戴个大草帽，穿个破裤头，到庙街修锄头，听说冯玉祥来了，前去相见，门卫刚要拦住，冯玉祥将军在屋里说："让他进来。"起身热情相迎。

第二天，冯玉祥离开庙街前往卸甲店，走到庙街白庙岗，只见许多群众满身流汗正在修路，就下轿问道："民工们辛苦了。"冯玉祥平时最爱栽树，到庙街他亲眼看到因修路而伐树，心里很不忍，问谁叫你们修路的，怎么大热天的这时要修。民工们回答是乡长派来的，立时让人去叫当地乡长问话，乡长和那个区员都来了，两人给冯玉祥举手行礼，可冯玉祥正在气中，礼也没还，原来，乡长听说冯玉祥要去卸甲店，考虑庙街北白庙岗一带路不好，过轿不方便，出于对冯的尊敬，连夜派民工抢修。直到第二天冯玉祥将军走到那时还没修好。冯玉祥十分生气，说："你们从不体谅百姓的苦处，动不动调遣民工服役，影响农活，今天修这路就是实例。你们伐百姓的树，毁百姓的地，毁百姓的庄稼，这些一律由你们个人赔偿。说起来是给我修路的，叫百姓骂我，现在你们就叫民工停工回家。"随后民工们开始动身回家，一路上都在说冯玉祥将军的好处。

6月20日，冯玉祥将军会见邢舟子的情景也很有戏剧性。邢舟子是舞钢市枣林乡张卜村邢庄人，他在清朝新军中当过正目（班长），冯玉祥在他班里当过兵。后来冯玉祥和邢舟子结拜为弟兄，称邢舟子为大哥。邢那时不当兵了，在家务农，听到冯玉祥来舞阳的消息，就到舞阳县城去找他，邢头戴一顶草帽，上身穿一件带补丁的白土布衬衫，下身穿一条老蓝布裤子，趿拉着一双破鞋，叫花子似的正在街上走，猛然间街面上熙熙攘攘的人流都肃然地停立在路两侧。他不知道是怎么回事，过来几个警察赶他，说是冯大人来了。"哪个冯大人？是不是玉祥？"警察以为他是个疯子，把他往外一推。他又急又气，嚷道："我是找玉祥的，俺多年不见了！"正在这时，一群人簇拥着一个便衣的胖大个儿走来。胖大个儿听到吵嚷声，扭过脸来，朝邢审视了一会儿，几步跨过去，伸出手拉住了邢，洪钟似的喊了一声："大哥！"围观的人都惊愕地瞪大了眼睛，几个推邢的警察吓得赶快立正。原来这个胖大个儿就是副委员长冯玉祥。冯玉祥拉着邢的手，一同进衙门，吃饭必请他坐上座，散步必携他同行，敬如上宾，亲如兄弟，还在县衙后院照相留念。县衙门的官员拿钱收买邢，想请他在冯玉祥面前说几句好话，引荐引荐，邢却有个怪脾气，来路不正的钱一个不收。冯玉祥知道后大加赞赏，知道他很穷，光棍一人，就送他一笔钱，让他成家立业。

几十年过去了，冯玉祥将军抗战时期不辞劳苦为抗战救国事业奔走的往事，至今仍被人传颂，成为漯河现代史上值得骄傲的一件事，并将永远激励一代又一代沙澧儿女的报国之志、爱国之情。

此去经年

心　事

这是个月明星稀的夜。顿嵩元教授坐在临窗的书桌前，目光投在窗外的夜色里。几管翠竹披着月光在风中摇曳，发出沙沙的声响，月季花的馨香扑鼻而来。顿教授双手交叉着放在书桌上，他的手下是铺开的稿纸和一支钢笔。他一动不动地坐着，思绪却像大海一样翻卷起一朵朵的浪花。

他出生在河南郾城顿庄。从记事时起，他就觉得自己最大的爱好是读书。可是，家里一贫如洗，他没有可读的书，村里一位好朋友就偷偷地将家里的书拿出来让他读，为此，那位好朋友没少挨打。顿嵩元想：等我有了钱，一定要买很多很多的书。命运像是喜欢和他开玩笑，一直从事教育的他，什么时候也谈不上有钱，他只好从微薄的工资中省钱买书，生活节俭得令人难以置信。“文革”那年，一群红卫兵冲到他家里，他们非要打开顿教授的箱子，想看看他藏着什么好东西，箱子打开了，几件破衣服无精打采地躺在箱底，他们你看看我，我看看你，最后，他们一起把目光投向顿教授身上那满是补丁的上衣上，他们哈哈大笑，恍然大悟，为首的那个人揪住顿嵩元的衣服说：“顿嵩元，你这是故意穿着赖衣服，想丢社会主义的人是不是?”顿嵩元不语，和他们这群人怎么能够说得清呢?

钟表敲了十下，顿教授扭头看看挂在墙上的钟表，夜里十点钟了。十点钟是一个多么熟悉的时间，那年，也是夜里十点钟，村里80多岁的顿顺轩老人让顿嵩元找他，顿嵩元走进黑洞似的房间时，不禁惊呆了，只见老人躺在床上，看见他来，眼里放出光来，他那枯干的手紧紧地攥着顿嵩元的右手说：“嵩元，我不行了，但我有一件心事未了。”他不停地喘着粗气，目光像钉子一样死死地注视着顿嵩元。

“老伯，您说吧。”顿嵩元用力地将左手压在老人的手上。

老人抽出右手，颤抖着从床边摸出一长卷用牛皮纸包裹着的东西，他用目光示意顿嵩元打开，顿嵩元解开系在纸卷上的绳子，小心地将纸卷铺开，顿嵩元看清了那是三张长约十几米的拓片，拓片上的篆字显得斑斑驳驳的，顿嵩元疑惑地望着老人。

"'文革'那阵，我把它藏在烟囱里。"老人说着，脸上露出狡黠的笑容，"嵩元，你知道这是什么吗？"

顿嵩元摇了摇头。

"这是从咱郾城县著名的龙塔古篆上拓下来的篆字，现在已没有多少了，龙塔古篆是咱郾城的宝贝呀。"

老人重又拉住顿嵩元的手说："今天，我把它交给你了，为了这一天，我从你小时候就注意到你了，你爱书、好学，是块做学问的料儿，相信你能懂得它的价值，莫辜负我的希望啊。"

顿教授觉得脸上痒痒的，伸手一摸，湿漉漉的，对于他这个六十几岁的人来说，早已到了不爱激动的年龄了，可每次想到顿顺轩老人临终前的嘱托，他都忍不住会流泪。如今，他比几十年前更能理解老人当时的心情。

近一段时间，他觉得身体大不如从前，他不能不想到死，人总有一死，这是任何人也回避不了的事实，他不怕死，只是，他有一件心事未了，心中不免不安。

他的身后，摆放着他节衣缩食买来的书，满满的一屋子，这些书比他的生命都要宝贵，未经允许，谁也不能走进他的屋子。一次，他发现他的书房里好像有人来过了，便对家人大发雷霆，老伴委屈得都掉了泪，他还是呵斥着，这时，他家的老黄猫哧溜一下从屋子跑出来，顿教授才明白原来是老黄猫做的好事。

他爱惜他的书，是因为他知道他的书来得是多么的不容易！他的目光停留在了书桌上那本伴随了他五十多年的《辞海》上，每当他看到这本书，就会想到那个大雪纷飞的下午，那是抗战胜利后的第二年，他在郾城读初级师范。他来到书店，在琳琅满目的书架上，看中了1936年出版的《辞海》，他把这本书捧在手里，仔细地端详着，他小心地翻看着书的内容，这正是他想要的书。看看定价，他吐了一下舌头，赶快将书放回原地方，三万五千元，天哪，可以买7斗小米了，他一个穷学生是买不起的。他闷闷不乐地回到学校，他茶饭不思，夜不能寐。第二天，他踏着积雪在城内奔走了一天，终于将书捧在手里的时候，两行热泪顺着他的脸颊流了下来。

顿教授站起身，走到书架前，他的目光掠过书架上的每一本书，书架上方的墙壁上悬挂着驻马店市委书记给他题的词："耗尽柜中资，幸得书万卷。”每当他看到这幅题字时，就觉得书记真是他的知己，这句话将他买书的艰辛淋漓尽致地表达出来了。退休的时候，驻马店教育学院给他 10 万元让他把书留下来，他拒绝了。他把书拉回郾城，继续著书立说。

他有一个女儿，他给她起名顿史晓，女儿、女婿十分孝顺，可他却觉得自己是个不称职的父亲，他没有给女儿攒上一分钱，没有什么财产可以留给女儿，只有这些书，这些书还值些钱。有一个时期，他想，把书留给女儿吧，补偿一下对她的爱。还有老伴，早就下岗了，没有收入，他死以后，老伴如何生活下去？这些问题他不能不考虑。他想把书留给女儿、老伴，可他晚上总是做噩梦，他梦见女儿将他的书卖了，他的书被撕毁了，书页雪片一样飘洒在空中，他惊惧地坐起来。有时，他梦见顿顺轩老人用责备的目光看着他，一言不发……他查找了很多藏书家的资料，发现一个规律，这些藏书家藏书很多，收藏书时历尽艰辛，可他们哪里知道在他们死后，他们的子女不懂得书的价值，把这些书毁坏或是卖掉，这是他们的书不能很好地流传下去的主要原因啊。他的书，多为许慎研究而购买，他为郾漯历史上有这样一位唯一的世界文化名人而感到荣幸和自豪，希望越来越多的人来进行许慎研究，使这一文化名人的形象能发扬光大，为促进郾、漯的经济文化腾飞起到应有的作用。是的，他的书若能为以后研究“许学”的专家、学者所用，他会含笑九泉的。

有一时期，他奔走在漯河、郾城的街道上，看着熙熙攘攘的人流，他的心里掠过一丝不快，在这物欲横流时代里，谁会把他的书好好地保存下去？想到有的单位随便将名人字画送人，他感到痛心，他不知道该怎么办。信步走到阅报栏前，他看到一则消息：“漯河市档案馆荣获‘全国档案工作先进集体’称号。”档案馆，他并不熟悉，他曾悄悄地走访了几个单位，但都不能令他满意，他决定到档案馆去看看。他想好了到档案馆的理由，就来到了漯河市档案馆，他说他想查档案，服务人员热心地接待了他，耐心地听他说查找什么内容，他在心里感叹：这样的服务态度是越来越少了。他不动声色地观察着漯河市档案馆的环境和工作人员的精神面貌，他感到很满意。他频繁地到档案馆来，并参观了档案库房、计算机室，他为档案馆严格的管理暗暗吃惊。

顿教授反剪双手，走到书桌前坐下，他提起了笔，在铺开的信纸上写下“超前遗言”几个字，稍一停顿，他写道：“我自愿将所珍藏的书籍、部分名人字画全部捐赠给漯河市档案馆……”写完，他靠在椅背上，长嘘了一口气，他觉得一个时期以来搅得他衣食不安的心事终于了结了。

窗外的月光更皎洁了，风大了一些，在静谧的夜里，竹叶发出的沙沙声清晰入耳，好像在为顿教授终于了却了一桩心事而鼓掌。

"书痴"顿嵩元

我坐在他家的旧沙发上，稍一动，沙发便"吱吱"地响，于是不敢动，双手无助地交叉着，不敢看他的脸。那是一张苍白的脸，一张因久病和衰老而苍白得没有光泽的脸，老花镜架在这张脸上，没有一点美感。在他呵斥我的时候，我的眼光停留在他的衣领上，里面是一件白色的确良衬衫，从领子的皱褶上看，那不是买来的，而是做的，十几年前或者二十几年前做的。往外，是一件灰色的毛衣。再外，是一件黑色的毛衣，而外套是没有扣上扣子的蓝色中山装，他，顿嵩元教授，此刻就是这样目光严厉地批评着我们。原因是登记书目时，碰到繁体字，一个同事登记错了，顿教授发现后大发雷霆，在这位研究许慎的中国历史文献研究会理事面前，历史专业毕业的我完全能够理解他此刻愤怒的心情。这是发生在2000年4月的事，当时，我们在顿教授家抄写书目，顿教授已决定将他的万卷藏书捐给漯河市档案馆。

他不止一次地告诉我们，有一段时间，当他感觉到身体状况不如以前的时候，他被一件事情折磨得睡不着觉，那就是在他死后，他的藏书的归宿问题。他知道，从古到今，有多少藏书家辛辛苦苦收藏的书没有留存下来，很重要的一个原因便是他们生前没有给书找到一个好的归宿，他们的后代将书卖成了钱或者毁掉了，这是最令人痛心的事。当我们第一次听他这么说的时候，我们震惊了，有哪个家长不是在为自己的女子打算啊，而他，想得最多的却是书的将来！

为了给他的书找到个好的归宿，他悄悄地去了很多地方，其中也包括档案馆。他不打招呼地来到档案馆，以挑剔的目光审视着我们的工作，在他得知漯河市档案馆荣获了"全国档案工作先进集体"荣誉称号并确认我们不会将他的书送人后,他才答应将书捐给档案馆。

抄目录这件看似简单的事情,却着实让我们为难了一番,开始是顿教授一次次地说我们设置的目录简单,国家标准的目录格式也不行,我们谦恭地按他的意思设置了目录的格式,抄的时候,他不时地反剪双手在我们面前转悠,让人如履薄冰。他说指甲不要留得长,长的要剪掉,免得毁坏了我的书,翻书时要轻轻地翻,不要弄皱了。他爱人说,好了好了,没完没了的,人家早就记着了。又抱歉地转向我们说,别在意,他这人就这样,人家四五十岁的人来借他的书看,他也是这样提醒人家。顿教授说,我的书可以随便看,但必须保护好,因为我的书来得不容易。

后来,我们从他断断续续的谈话中知道他的书是怎样来得不容易。他的书和他个人一样经历了“文革”浩劫。那是一个平常的日子,但那一日却让顿教授不能忘怀,那时他在学校,红卫兵冲进了他的家,强行将他的书拉走了,顿教授看着心爱的书被拉走了,眼泪噗噜噜地往下落。后来他才知道同乡有意将他的书拉到校图书馆保护了起来。

常言说:“人是铁,饭是钢,一顿不吃饿得慌。”顿教授为了买书,不知饿过多少回。很多时候,身上只有吃一顿饭的钱,去吃饭的路上,拐到书店,看到了喜欢的书,便将吃饭的钱买成了书。也有的书是用买被单的钱或买衣服的钱买的。有一次,同学见他没有一床单子,便凑了钱,让他去买一条来,像往常一样,他拐进了书店,自然,买单子的钱就买成了书。他的工资多半用在买书上,以至于没有一件像样的衣服。有一次,红卫兵到他家去,想看看他都有什么好东西,箱子打开了,几件补了又补的衬衣让红卫兵大失所望,他们说,你顿嵩元是故意出社会主义的洋相!他们没有想到顿教授会过着如此俭朴的生活。

那时我们坐在他家的客厅里抄目录。你难以想象,他甚至没有一张像样的桌子,我们只好趴在他家的茶几上抄。环顾四周,没有一件值钱的家当,但墙上挂的字画却多是出自名家之手,比如陈立夫写的“乐知天命”,陈大络书写的“正气”,据说很值钱。他也有很多值钱的书,有人出过高价要买他的书,他说我这书不是为了卖,要卖,光一本线装的《渊鉴类函》就可以卖几百元。

他买书的目的不是为了单纯的收藏,而是为了读书。小时候,因为家贫,不得不向别人借书,小伙伴从家中偷偷拿来一本本的书让他读,他做贼似的赶快看完,好让小伙伴把书放回到书橱中。那时他的最大理想是自己拥有很多书。他刻苦去读他买来的每本书，在学校时，他的窗口刚好对着学校的操场，很多时候他是听到学生跑操的脚步声才熄了灯休息。退休回到郾城后，他仍然坚持读书和研究，他说他没有什么业余爱好，不像好多老人那样喜欢坐在太阳地里无所事事地聊天，他说那是耽误时间。他有很多的事情要做，除了买书、读书、做学问外，他每年必定带着自己的论文去参加学术研讨会，再远也要去，只不过，和别人参加学术研究会不同的是，顿教授是自费参加的，他年年乐此不疲。他可以说是有一项业余爱好的，那就是照相，他保存了许多自己照的相片，像保管他的书那样保存着。

他的书房不轻易让人进，谁动了他的一本书他就会发现，然后将家人大吵一顿。他的书不会轻易外借，有一次，我借了他一本《渊鉴类函》，他再三地说，这是我第一次将这样珍贵的书借出去啊，我想，他要再说一次，我就不会再把书拿走了，好在他没有说。为了写一篇业务论文，我借了他十几本关于甲骨文方面的书，他几乎每隔一段时间便要向我催要一次。

每次去他家的时候，他总是在他的所谓书房里看书或写东西，他的书桌上堆满了书籍，窗台上挂了很多资料卡片，十几个药瓶子放在书桌旁的小桌子上，他的书房有一个名字叫“梅竹堂”，他说之所以叫“梅竹堂”，是因为他最崇尚梅、竹的气节，一个是傲雪开放，一个是四季常青，植物有骨气、有气节，人，也当如此。

他把自己珍藏的书和部分名人字画捐给档案馆，让我们从心底对他产生一种敬意。听说他身体不适的时候，我们买一些水果啊、点心啊什么的去看他，每次去，他都是诚惶诚恐地说千万不要买东西了，用那钱可以给馆里买两本书。这老人，他以为这世界上的人也像他那样眼里只有书。有一次，他生气了，他真的生气了，我从他那严厉的目光中可以感觉得出，那时，我还是坐在他家的旧沙发上，他说，我觉得你们买东西来是对我人格的侮辱！我看他把这件小事上升到如此高度，便也来了气，我从来不敢在他面前说一个不字，更不用说生气了，为了对付他那怪脾气，我甚至看了一些老年人心理学方面的书，但我此时真的生气了。我说，顿教授，我们只是敬重您的为人，仅此而已……我竟然把他说服了，他沉默了好一阵子，说，反正你们不要拿东西了。

一个冬日的傍晚，下了班，我拿着写好的捐书协议往顿教授家走去，从政府大门走出去，穿过嵩山路大桥，沿着沙河堤向西走去，斜阳为寒冷的冬日增添了几许诗意，天边一片橘红，很远的地方的一棵柳树在这橘红色中摇曳，天上的橘红和水中的橘红连成了一片，让人分不出哪是天，哪是地，一只小渔船在这天地间轻轻地滑动，我被这美景吸引住了，停下脚步，看这迷人的景色，想起县志记载的隐水风帆的美景正在这里，一时间，昨日和今日连成一片，在我的脑海中翻腾。有人叫我，我惊诧地看到顿教授和他的爱人站在我的面前，此时的顿教授不像我文章开头所说的那样不修边幅，他穿了皮鞋，中山装的扣子整整齐齐地扣着，戴了一顶看上去像是小孩子戴的那种蓝色的帽子，脖子里还围了一条灰色的毛线围巾。教授说他最喜欢在这地方散步，我这才想起老人常常给我们说过的另一件事。在他的书找到归宿之后，他还有一个心愿，他认为，以许慎在世界文化史上的地位，漯河完全可以依托许慎这位名人大做文章，他渴望着漯河这块古老的土地能够以其经济的快速发展和文化的繁荣矗立在中原大地。

元月三日，得知顿嵩元教授病重在驻马店住院的消息，我们赶到驻马店去看他，那时他已躺在重症室内，不能言语。临别，想到他对书的挚爱与牵挂，尽管知道这样做的残酷，还是让市档案馆馆长代表我们向顿嵩元教授保证会保管利用好他的书，为漯河文化建设尽力，请他老人家放心。教授闻言，激动得想要说什么，可是什么也说不出。泪眼模糊中，我们都明白教授的所思所想，一定不会辜负教授的重托。

曾经很庆幸在漯河这块土地上能够有顿嵩元教授这样一位“书痴”，在喧嚣的都市中他独守着自己心中的那份宁静；在物欲横流的时代里，他独守着自己的那份清贫。我们所要做的，就是继承教授的这种精神，这才是对教授最大的安慰。

老 馆 长

称他为老馆长，大概有两个原因，一个原因是他是我们的上一任馆长，另一个原因可能你也猜到了，是说他的年龄有些大。他给我们的第一印象就是老，虽然十几年前我们刚大学毕业时他也不过是五十多岁的样子，但他的头发已经花白。现在有许多人将花白的头发染了，一点也看不出来，可以年轻好几岁，可我们从来没有见他染过头发，是的，没错，他总是留着小平头（十几年前，男人时兴的发型还不是小平头），头发花白的小平头，我们之所以相信他是五十几岁，没有往六十以上想，并不是说他显得年轻，而是他不可能六十多岁，六十多岁已经退休了，而他没有退休。他是长方形的脸，可能是长期阴沉着脸的原因吧，他的脸色不好看，总是带着黄色，营养不良似的。他走路的时候，总是爱低着头，俗语说"抬头婆娘低头汉"，意思是说女人走路爱抬头是有本事的女人，有本事的男人走路则爱低着头。这么说，我们的老馆长也是个有本事的男人？可我们觉得不对劲，怎么看老馆长也不像是个有本事的男人。

刚才一直用"我们"这个词，忘了告诉你了，"我们"除我之外，还有和我一起分到档案馆的两个大学生，一个是小董，一个是小付。从校门到档案馆门，我们把青春时期的所有梦想都寄托在档案馆里了，我们怀着极大的好奇心和干一番大事的希望走进档案馆。老馆长给我们谈话，他正襟危坐，阴沉着脸，说："毛主席他老人家说过，革命工作干什么都一样……"小董用他那一双圆圆的眼睛看我，我看出那眼睛里藏满了笑，要不是我狠狠地瞪了他一眼，他一定会笑出声来。谈话完了，我们坐在办公室，小董张开他那张大嘴巴边笑边说："哎呀呀，笑死我了，笑死我了，都什么年代了，还用这口气说话，真是老古董！"我不知道他们两个怎么想，反正听了老馆长的谈话后，我心中升起了一种莫名的失望，确切地说，我不喜欢这样性格的馆长。

果如我们所料，老馆长是个性情古怪的人，我们不久便听说了很多关于老馆长性格方面的故事，这里我不可能一一给你讲述，说一件吧！说的是老馆长和爱人一起上街的事，馆长从来不和爱人并肩在街上走，上街的时候，往往是馆长走在前，馆长爱人走在后，不认识的人谁也不知道他们是夫妻。买东西的时候也不一块进商场，如果想买什么东西，往往是馆长进去先看了，比如想买一只盆子，馆长看好了，再出来对爱人说："去，你去看看行不。"馆长的爱人才进去看，其实，馆长的爱人知道看也是白看，从来是馆长说了算的，他一般不会听爱人的意见。

这个古怪的老馆长对我们几个的要求是非常严格的。说实话，刚走出大学校门，最不适应的就是每天按时上下班，有事没事都得在办公室坐着，既看不成书，又写不成东西。别人好像早已对这种生活习惯了，我们三个却不能安于这样的生活，感觉就像是被困在笼子里的鸟一样，尽管长着一双翅膀也不能飞，真急人啊！小董还保持着中文系学生的浪漫和散漫，他住在办公室，馆长不时地去看看，总怕他在屋里睡觉，馆长的担心也不是多余的，终于有一次，馆长敲小董办公室的门时，小董没有开门，过了很久，小董将门打开，伸头往外一看，妈呀，怎么馆长还在门外站着呢？馆长的脸比以前更阴沉了，他对小董说了许多难听的话，小董不给我们细说，我们也就不再细问。不过，我们想得最多的是小董开门的一刹那间，看到馆长站在门外的那种吃惊的神情，一定很好玩，我们很开怀地笑，小董并不恼，我们也给单位其他人说这个笑料，我想这可能成为除了馆长一人不知的笑料，闲来无事的时候说上一遍，每一遍都能引起人们一阵大笑。

后来我们知道馆长不仅古怪，还很吝啬。这不是因为有时候他给我们讲如何做粉浆面条，如何做懒豆腐（都是些省钱的饭），而是因为小付讲述的一件事。馆长让小付和他一起出差（忘了干什么事了），馆长不舍得坐公共汽车，不知道从哪儿得来的信息，他们乘上一辆农用车。正值冬天，天冷得很，确切地说，小付和馆长二人是站在农用车上（因为农用车上没有座位），手扶车栏杆，你可以想象老馆长和小付站在农用车上，冬天的风无情地吹在他们身上，他们的头发在风中东倒西歪，完全是一副视死如归的样子。他们站在车上跑了一百多里地，下车的时候，全身冻僵了不说，那农用车原来拉过煤，一路上，煤的残渣在车厢里随风起舞，风大的时候，煤屑便一个劲儿地往他们两个人的身上钻，所以，下了车，两个人和煤矿工人没什么两样。馆长看着满脸都是煤的小付，破天荒露出了笑容，还来了一点小幽默："我们成了黑老包了。"小付说他没笑，他在心里生馆长的气，这个狼狈样咋去找人办事嘛。他在心里恨馆长，车票可以报，你为了省俩钱，就不惜受这么大的罪，图个啥呢？小付给我们讲完这些的时候说："看来我们得重新认识一下老馆长了，说不定，我们在学校时一向敬佩的人就在我们馆里。"

馆里经费紧张，你从上面的事中可以看出来，可馆里为我们每个人订了几种档案杂志，比如《档案工作》（就是现在的《中国档案》）、《档案学通讯》、《档案管理》，馆长督促我们看，可我们偏不爱看（现在想来真后悔），我们觉得馆里要求严，工作没意思，我们想调走了。馆长大概发现了我们的这个思想苗头，又给我们谈了一次话，从这次谈话里，我们知道老馆长几乎干了一辈子档案工作了，他原来在市委档案室里干，后来到了档案馆，根据他几十年的工作实践，他认为干什么都一样，都是革命工作，都是为党和人民服务。这次谈话,并没有打动我们的心,我们看出了老馆长对档案工作的热爱,但我们还没有热爱这项工作。不久,小董和小付相继调走了,要不是生孩子,我可能也不会待在档案馆了。

一晃几年过去了,1993 年的秋天,我记得很清楚,那一天天晴得特别好,初秋的阳光很大方地洒满了大地。早上,像往常一样,我们来到单位上班,单位的人议论着什么事儿,一听,原来是老馆长不在了,谁听到这个消息的时候都要说一句"不可能吧",因为他前一天还在上班,他平时没有到医院看过病,我们都认为他身体很好。他是在前一天下班后发的病,听说是脑溢血。

他上班的时候一直在整理旧照片,还没有整完。

我在老馆长去世后才见到他的爱人,他的爱人在悲伤中给我们讲述了老馆长的一些事,她说馆长不仅自己把全部身心都用在了工作上,而且让家里的人也不得安生,他让女儿帮他校对他写的《漯河市档案志》,让爱人到漯河的老人那里拿着那些不知是何年何月收集到的旧照片去访问,想弄清楚照片上的人是谁。他身体不好,有很多毛病,可他从来不在上班的时间去医院看病,他认为上班的时间应该全身心地投入到工作中去,要不,国家怎么会给你发工资呢?如果他早点去医院看,说不定也不会发生这样的事儿……

我吃惊地听着馆长爱人的话,想起小付曾说的"说不定我们在学校时一向敬佩的人就在我们馆里"的话,觉得老馆长就是我们一直敬佩的人。可是,和馆长一起工作了这么长时间,我们被他的古板和表面上的冷漠所蒙蔽,竟然没有好好地想过这个问题。想起过去对他的种种不满,觉得万般惭愧。他是一个从不张扬自己的名副其实的实干家。

小董从外地回到了漯河,我告诉他老馆长不在的事儿,他吸着烟,烟雾在他的眼前升腾,看不清他的表情。良久,他说:"好人,难找的好人。"

平　凡

2005年8月初的中原漯河，还漫延在盛夏的火热气息里，阳光在漯河市史志档案局楼窗外翠竹的叶面上跳跃，若隐若现的桂花气息如这个单位的工作性质一样：悠远，绵长，历久弥香。局长马恒祥就是在这样的时刻走进史志档案局的大楼，只见他中等个子，黑黑的，深邃目光中透出的犀利和睿智给人不怒而威的感觉。

令人印象深刻的是关于他是回民的说法，据说他吃饭很讲究，决不在不挂清真牌子的饭店吃饭，不吸烟不喝酒，去日本考察十几天也是背着油酥火烧去的。还有让人更吃惊的事，他是去麦加朝圣过的。以后才知道除此之外他吃饭一点都不讲究，出差时，在清真店里吃一碗捞面条就感到很满足了。

也许我们真的无法了解在他的内心深处对于自己民族信条的执着与坚守，只觉得他一定是一个能够严以律已的人，一个说到做到的人，在他的心目中，必有一个圣洁的所在，如高原雪山，纯净、神圣而又凌然不可侵犯。他以惊人的毅力将信仰坚守得炉火纯青，有人说他执着，有人说他固执，多数人说佩服，一如他做其他事的态度：只要认为是对的，他一定会坚持到底。他能够在讲话中出其不意地背出大段大段的古文来，对于一向低调的他来说，不存在炫耀，那是长期积累的自然流露，他曾经连续好几年坚持每天早上起来背诵古文，这对于一个四五十岁的人来说，绝非易事。比如他在一次讲话中随口背出王安石的《推命对》的一大段来，查了资料才知道，他背的内容是："夫贵若贱，天所为也……且祸与福，君子置诸外焉。君子居必仁，行必义，反仁义而福，君子不有也。由仁义而祸，君子不屑也。是故文王拘羑里，孔子畏于匡，彼圣人之智，岂不能脱祸患哉？盖道之存焉耳。""君子居必仁，行必义"，对于富贵贫贱等人生的话题，他大概早已看得十分透彻了。

局长相信坚持的力量，他说过，任何事情看着平凡，其实做好是很不容易的，比如我们的史志档案工作，做到称职十分容易，但做到优秀就绝非易事。做什么事情，只要认为是对的就要坚持，所谓“水滴石穿，非力使然，恒也”，谁能真正做到了“恒”字，谁一定有大成就。许多人一生一事无成，就是因为好高骛远，见异思迁，这山望着那山高，小事不愿做，大事做不了。他夸赞地方志系统的先进人物秦俊，在地方志领域做得好，成了国家一级作家，不简单；他赞赏档案员刘义权，在平凡的岗位上做出这么大的成绩，国家领导人都去探望他，不容易。在漯河史志档案系统也出了一位闻名全省、全国的先进人物，郾城区史志档案局的党组书记张树勋，局长在讲话中常常要求大家向张树勋学习，激励大家在平凡的岗位上做出突出的业绩。

局长有着丰富的乡下工作经验，十几年，他都是在邻近许昌的繁城镇度过的。他说得最多的是：我在乡下时……仿佛乡下成为他永久的记忆中的亮点，永远刻骨铭心。在乡下度过的十几年时光，他正值人生的壮年，对他的影响无疑是巨大的。这段时光很短暂也很漫长，从乡长到书记，在中国中部农村的最底层，他品尝着生活的酸甜苦辣。在他乡下办公室不远处，就是见证汉魏政权交替的受禅台，曾任临颍一高历史老师且热爱历史的他必定在无数个黄昏独自迈步在这个高台上，感叹历史的无情，感叹时间的一去不复返，感悟人生的变化无常。他还多次提到繁城的烟叶，繁城是烟叶产区，种烟叶是乡里主要的收入来源，每年春节，是烟叶生长的重要时期，一旦错过时机，会直接影响到烟叶的产量。为了抓好这一关键时候，他已经记不清有多少个春节没有回家过了。在春节喜庆的鞭炮声里，他挽着裤管，鞋上沾满泥巴，手里拿着随手捡来的小木棍，在一个又一个村的烟叶地里仔细地查看，直到看到烟叶苗长势已定才放心。我们随着他的讲述看到一幅美丽的乡村图画：冬季的中原临颍田野，树木已经凋零，但塑料大棚下的烟叶却现出勃勃生机，那走在田埂上的农民模样的人正是时任繁城镇党委书记的马恒祥。他说那时吃了很多的苦，最累的时候，连话都不想说。他在任的时候，乡里的收入是最好的。我们从他的表情中看到了一种付出后收获的自豪与喜悦。

他担任过源汇区的副区长、市委统战部副部长，在一把手的位置上，也没有一点官架子，他常幽默地说自己不讲究，偶尔穿了新衣，总会让人小小地吃一惊；一个公文包，边沿都磨破了也不舍得扔掉。他的车，谁都可以用，单位有事用车调配不开时，他就等会儿再走，或者坐公交车或步行回家。有时看到他站在单位大厅里等别人办完事回来，我们没有因为他这样做就认为他没有领导的权威，相反，从内心深处对他产生一种敬意——只有为他人着想的人才会有这样的行动啊。

在他眼里没有那么多的繁文缛节，办公室人员对他说：马局长，有件事给您汇报汇报。他眼睛一瞪，用标准的河南话呵斥说：有啥事情说了嘛，汇报啥汇报？他希望一个单位的人要团结得像一家人一样，什么客气话都不要讲，因为在家庭成员中就没有那么多客气话。客气话说得多，只能说明大家之间有距离。他信奉要想做好官，首先要做好人。在他眼里，正直是山，宽容若水，正直诚实是做人最基本的东西，做人要像一个透明的圆球体，无论从哪个角度看都是清亮透明的，没有任何遮掩的地方，不能做两面人。一个人要放开世俗的东西，没必要计较。作为一个领导，为同志们做事是应该的，不要总想着让人感谢你。充分地相信大家，真诚地尊重大家，让大家尽情地发挥才能是他的愿望。他告诫同志们不能拿自己的长处与别人的短处比，要多看别人的长处。他希望大家在轻松愉悦的心境下工作。作为一把手，他以宽容的心对待同志们。当然，也不随意迁就，他往往能洞察一切，是非对错，在他心中，是有标准的。听到什么，他会客观地去分析，然后做出正确的评价，让人心服口服。他不用过多地去琢磨人，闲下来的时候，他喜欢看书，看得最多的是史书，对于自己喜欢的内容，他会想尽办法弄明白，这时，他又像一位学者。

他敢于放手。放手的背后是信任。他对副职说得最多的话是：情干了，放心大胆地干，别怕出错，别有顾虑。他有意识地将副职往前推，目的是想让他们得到更多的锻炼。在他那里，你不用担心哪句话说得不当了，他会不高兴，不用担心是不是越权了。对于同事，他走到哪里，就夸到哪里：我们的人好啊，我们单位班子这几个人好着哩。他说得那么诚恳，只有内心深处真正关爱同志们的人才会说出这样的话。他常说，要学会赞赏别人，善于团结和自己意见不同的人，甚至反对自己意见的人，这不是一般人能做得到的，做到了才能达到一种境界。在工作面前，一切前嫌都应该舍弃掉。

他遇事往往不动声色，但总有正确的决断，这来自他长期的工作经历，犀利目光背后折射的是长期积累的丰富阅历和对人生的认真思考后的智慧之光。他有自己的主见。对于部门的定位，他保持低调，有些事不能硬争，要明确自己的职责。在他眼里，做好本职工作，发挥自身的强势是最重要的事情。把简单的事做好了也不易。我们的任务是著书立说，留存后世，出现偏差,会贻误后人。史志档案特殊的工作性质,要求我们来不得半点虚假。对于工作,只有热爱才能干好。所有的结果都是自己行为的结果,要相信有付出必会有收获。

他注重知识,对知识几乎到了崇拜的程度。他鼓励年轻同志学习,从心底里尊重有知识的人,在他眼里,史志档案部门的人都是长期在书香的浸润下有着深厚文化底蕴的人。他怀着尊重、学习的心态时不时到他们房间里聊聊,给他们以鼓励,这个时候,他的目光变得和蔼与温和,俨然一位长者,不断地在他们人生的道路上给以激励,让他们时时看到希望。他鼓励他们热爱史志档案事业,静下心来钻研进去,多写文章,积极申报职称。当有人评上高级职称、得到提拔、发表文章或者在公选中取得好成绩时,他都高兴得什么似的,处处炫耀,这时,他一点也不像一个低调的人,更像一位家长在夸耀孩子们。

几年来,我们默默地在史志档案领域恪守着职责,虽然他一向是低调的,但在务实的工作作风和团结和谐的工作环境下,取得优异的成绩也是必然的,漯河市史志档案局荣获全省党史、地方志、档案工作先进集体,全省续志工作先进单位、党史大事记编写工作先进单位、档案统计工作先进单位、国家级巾帼文明岗、省级文明单位、"漯河市文明示范窗口"、"全市先进驻村工作队"等称号,2010 年又克服客观条件的制约,完成了档案事业发展综合评估和晋升国家二级综合档案馆两项重点工作,被省档案局授予"档案事业发展综合评估先进单位"称号。一本本厚重的党史、地方志、档案方面的图书,一卷卷有关漯河各方面情况的档案,无一不在记载着漯河建设者的业绩,书写着漯河各项建设事业的美丽画卷,这些辉煌的业绩不仅会激励当代,更会在史志档案局工作人员的努力下一代代地传下去,鉴古察今,资政育人,局长马恒祥和同事们所做的正是如此平凡又如此意义重大的事情。

就局长马恒祥个人来说,无论何时,他是不是局长,我们都尊敬他。2012 年 6 月的中原漯河,沉浸在初夏麦香的气息里,阳光依然在窗外翠竹的叶面上跳跃,局长马恒祥与新任局长进行工作交接。如果说人生是一个过程,那么他任局长的七年,更是史志档案事业发展进程一个短暂的过程,在这个过程里,他以他的敬业、宽容、厚道,给大家以快乐的时光,这是一个难忘的过程,这是一段平凡的时光!想起《道德经》上"处其实,不居其华"的话,也许这正是他一贯追求的质朴和平凡吧。

秦俊的多彩世界

听着话筒中传来的带着浓浓南阳味的秦俊的声音，如看到他小说中所描绘的南阳风情一般，已出版过《汉武大帝》《汉宫残阳》《光武帝刘秀》等十部长篇历史小说的秦俊，在一个初春阳光灿烂的午后如一个小说人物一般站立在我想象的世界。

我是邀请秦俊来作报告的，全国劳动模范、一级作家、享受国务院特殊津贴、省政协委员、河南省跨世纪学术带头人、南阳市首届十大杰出青年、全国五一劳动奖章等一系列荣誉使想象中的秦俊光彩照人。当他打开车门站在我们面前微笑着与我们一一握手时，感觉他也和普普通通的你我一样，在滚滚红尘中，苦着，乐着。秦俊是一个普通的人，却有别于我们，相比而言，他拥有一个多彩的世界。

身为南阳市地方志办公室主任的秦俊说自己是个文人。官场中的文人不同于一般文人，也不同于一般官场中人。看上去有些敦厚的他，精神世界里还奔突着激情，充溢着对生活的挚爱。他最早写小说的原因只是觉得学术性的文章如果有争议不好发表，改用小说的形式就不必有什么顾虑，很早就对文学的爱好和深厚的文学功底助他美梦成真，他坚持每天至少写 2000 字，最多的时候写 8000 字，他依然习惯于用钢笔写作，每天要写 4 个小时以上。夜晚是属于秦俊的小说世界的，秦俊已经写了 500 多万字的小说，作家南丁说他是拼命三郎；作家陈继会说河南历史小说有三个流派，以二月河为代表的作家是以严肃的笔法写历史，以刘震云为代表的作家是以讥讽的笔法写历史，而以秦俊为代表的作家是以民俗的笔法写历史。秦俊于 1994 年、1995 年主动放弃两次任市人大秘书长、县委副书记的机会，在他看来，当官固然荣耀，但再荣耀也是过眼烟云，真正能给后人留点东西的是历史，是文化。从这个意义上说，秦俊确实是个文人。

秦俊曾被调到南阳地区文联任副主席，1995 年，秦俊听说南阳市方志办班子要调整的消息，马上找到地委书记李清彪，请求回方志办工作。任命文件还没有下发，时任南阳市文联副主席及河南省作家协会副主席的农民作家乔典运在重病中流着泪对前去看望他的李书记说："李书记，秦俊离开文联，是南阳文艺界的损失，我请求您把他留下来。"李书记犹豫了，秦俊听到这一消息，反复陈述他回史志办工作的理由，才使李书记打消了收回成命的念头。他热爱小说，也爱地方志，在他看来，他的小说的根在地方志，地方史是他创作小说的源泉。

自1987年以来，秦俊创作了十部长篇历史小说，其中有四部被改编为电视连续剧，《伤兵东四郎》一书经原河南省委书记李长春之手赠予来中国访问的原日本官房长官二阶堂进。日方有感于书中那些善良的南阳人，出资7000余万元人民币建立了中日友好太增植物园和南阳清酒厂，为此，《人民日报》海外版载文《一部小说架起友谊桥》；秦俊的长篇历史小说《乱世枭雄——别廷芳演义》(合著)在《南阳日报》连载了132期，引起了轰动，《南阳日报》的征订份数由7万份上升到11万份；黑龙江出版的中国帝王系列，32个皇帝中，秦俊就写了3个(刘彻、刘秀、刘邦)，文学界里开始惊诧：继二月河之后，南阳又出了一个皇帝作家。

秦俊说写作的过程是快乐的，小说人物带领他行走在小说的虚拟世界里，领略小说世界的风光。我相信小说使秦俊的精神世界更加精彩。

秦俊毕竟还是一个官员。毕业两年三个月，他便被提拔为南阳地区方志办副主任，没有通过副科、正科两个级别，这在南阳历史上绝无仅有，应该说他的官运是亨通的。走上领导岗位后，他解决了方志办的机构、编制、经费等问题，单位先后有5名同志被提拔为副处级干部。他选准方志工作为现实服务这一切入点，打开了方志工作的新局面。得知中央领导要到宛西三县视察时，他找到地委书记宋国臣，说中央领导会问诸葛亮、范蠡、别廷芳和宛西自治的情况，并向宋书记详细介绍了有关情况。果如秦俊所说，胡耀邦总书记问了以上问题，宋书记一一作答，送走总书记，宋书记对这位博学的年轻人刮目相看，秦俊趁机让宋书记从总书记关心地方史的角度写篇文章，文章发表后，在南阳引起了很大反响。自说性情很倔的秦俊竟然能在官场上游刃有余，真是奇迹。在一年一度的目标考核中，秦俊及班子连续十年优秀率为百分之百，南阳市委组织部一位领导感叹：这样的结果，不要说是十年，就是一年，在市直上百个单位中也是少见的。有人说官场与文场自古不相容，而秦俊却把二者都做得很精彩。

方志与小说的矛盾秦俊也处理得非常好。方志专业性很强，要做好绝非易事，作为著作颇丰的作家，会感到小说与方志之间的矛盾吗？当河南省电视台记者采访他时，秦俊说二者其实不矛盾，正是从事地方志工作才有机会收集到资料，正是这些资料给他的创作源源不断地提供了素材，如果说他的小说是儿子，那么地方志就是小说的母亲。在他眼里地方志重于小说，就如同母与子的关系。秦俊的白天是属于地方志的。他爱他的事业，为了收集资料，他带着干粮，骑着自行车，深入宛属各县收集资料，为了收集别廷芳的资料，和曾给别廷芳当过马弁的肺结核病人睡在一起，每当病人要吐痰时，他便把痰盂端到他的面前。因为对丁氏的研究，他被邀请到韩国访问。韩国丁氏向南阳唐河捐赠20多万元人民币，用以扶持唐河丁氏家族的贫困学生。2005年4月，南阳市史志办及所属各县，共编纂出版市县区志16部，部门志及地情书150余部，其中获全国史志成果奖的3部、河南省史志成果奖的28部。其中《南阳名人录》《南阳旅游大观》成了南阳人外出招商、推介旅游活动的必备书。

我也试图从对秦俊的访谈中找到秦俊成功的原因。秦俊在河南大学历史系读书时，受毛健宇教授的影响，对中华人民共和国成立前在宛西搞地方自治的历史人物别廷芳产生了深厚的兴趣，确立了研究地方史的目标，从此再没有改变过。毕业后，他谢绝一些单位的盛情邀请，在南阳教育学院工作一个半月后，调到行署地方志办公室工作，几乎承担了地方志50%以上的工作。工作之外，在《中州今古》、《河南文史资料》、台湾《中原文献》等刊物上发表了20多篇有关南阳人物及风俗民情的文章，引起了美国学者的注意，美国芝加哥大学终身教授艾恺、加利福尼亚大学教授张信四度来南阳和他进行学术交流。以后郑州大学、省方志办要调秦俊走，但秦俊不为所动，始终坚守在地方志岗位上。很多人没有一个明确的人生目标，有的人即使确立了目标，但朝着这个目标一直努力的又有多少呢？面对那么多的诱惑，我们动心了，一次次地，时间就这样在我们躁动的情绪中消失，回首时却只留有空虚。秦俊认定了目标就一直坚持到底，用他自己的话说就是脾气特别倔，他以调侃的口气讲了一个笑话：年轻时，有人给他介绍对象，暗示他将断了帽檐的帽子和破了的棉袄换了，秦俊说他偏不换，却穿了更破的棉袄、戴了更旧的帽子去见面。他的这种倔强的性格用到工作上却成了一般人所没有的执着。

想到现在有很多人衣食无忧，却烦恼丛生，忍不住想知道秦俊的幸福观,他说是让别人也快乐,还强调说这不是大话,是真心话。他筹措35万元为家乡修了一条直通国道的柏油路,为邓州修复花洲书院捐出6000元,出资7000多元请南阳说唱团为家乡父老演出,一桩桩、一件件好事,让他开心。有一次儿子买体育彩票时中了奖,得到一辆豪华桑塔纳轿车,出售后,扣除税费还余12.5万元,征得儿子的同意,秦俊决定利用此款成立助学基金,用来救助贫困地区和革命老区的贫困学生。在公交车上遇到持刀歹徒抢劫乘客财物,秦俊挺身而出,歹徒手持凶器逼了过来,有人说:“他是作家,没有钱,他是秦俊。”想不到的是,歹徒读过他写的《乱世枭雄——别廷芳演义》,遂下车而去。

秦俊的另一个精彩世界应当是家庭,他笑说与爱人结婚20多年没有吵过一次嘴。他告诉我们与爱人相识是缘于读书,读书时让现在的爱人见了,看他很有上进心,才促成了一段美好姻缘。秦俊自言自己貌不惊人,却找了一个才貌双全的妻子,秦俊的幸福溢于言表。还有儿子,儿子也是秦俊的骄傲。

秦俊给我们作完报告要走,中午在一起吃过饭,起身去取大衣,扭头一看,挂在椅子上的包和相机不见了,朝前一看,只见秦俊右手掂着我的包和相机,左手插在黑色棉袄兜里,从背后望过去,他的背有些驼。

写给父亲

在这万物复苏、满眼新绿的日子里,在这鲜花盛开、燕子归来、春雨飘洒的日子里,父亲,我想起了明天是您的生日!

我想为您在电视上点一首歌,一首最能表达女儿感激您养育之恩的歌。一首最能表达女儿想念您的歌,我想买一个大的生日蛋糕送给您,姐姐妹妹弟弟当然还有我围坐在圆桌旁,看生日红烛映红您的脸,看您孩子似的笑着吹灭蜡烛,然后切开蛋糕分给妈妈姐姐妹妹弟弟还有我,然后为您点上一支您最喜欢抽的烟,让您乐着说:这妮子,真是爸爸的好女儿。我该给您买一双皮鞋，一套西装，看西装革履下的父亲是什么模样。

在我在外求学的日子里，我真不该淡忘您的生日，毕业这么多年，年年此时，我都在想应该给您过一个隆重的生日。虽然我们这么久没有见面了，但在我心里，您依然如昨，高高的个子，四方脸儿，总是干净的衣着，和蔼的您，疼爱儿女的您，笑的时候依然是满口结实整齐的白牙，我们也还会像儿时那样盼着您一月或两月的自行车铃响，欢叫着从您那不知掂了多少年的皮包里掏出我们爱吃的糖果，父亲回家的日子是我们最快乐的日子啊！

父亲您最快乐的时候却是我考上大学的时候，听妈说，您知道我考上大学的那天晚上，整整一夜没睡着觉，您对妈说，咱农村孩子考上大学不容易！直到今天我才知道，您那种彻夜未眠的感觉我永远也不会真切地体会到，我只感觉到，您甚至比我都重视我的前程。

大学时，您的每封来信都嘱我好好学习，我写回去的信一少，您便忧心忡忡，担心我生了病或者生了气，比如那次回家走的时候您没能送我上车，等等。那次您身体不适，到郑州检查身体，您住在校园附近，走的时候，您甚至没有给我打招呼就走了，您给我留的条子上说怕影响我的学习。知道吗？爸，女儿有多怨您！

毕业了，我拿着第一个月的工资，首先想到的就是您和母亲，那是八月十五前夕，天下着雨，我买了月饼，骑车回家，雨水打湿了我的衣服，母亲痛哭不止，她说要是你父亲在，肯定不会让你受这么大的委屈！月圆人别离，那个中秋节，我是那么怕看那象征亲人团聚的一轮圆月啊！从此，我的肩上便有了一副倾斜的担子，担子的一头是我冰冷的世界，一头是我夜夜走进的对您的沉重思念，挑着这副担子，我从雨中走向太阳。踉跄的是我的脚步，悲怆的是我的心境，父亲啊，没有您的日子里，我的担子永远只有倾斜的影子，我怎么可能平平稳稳、无拘无束地走在人生的路上呢？从此太阳日日从东边升起却没有新意，星星夜夜闪烁，数遍了，还是不见您的归期。燕子昨天还远在天涯，今天便回了家，可是您呢？您又在哪里？

父亲，您让我品尝了失去亲人的滋味，您让我知道，生命其实是很脆弱的，它还不如虹不如露不如梦不如风，它是失去了就永远别想找回的那种。我以为生命的失去倒不可怕，可怕的是将亲密的人分割在两个世界，这种体验将使我一世不能轻松，一世都存有失去您的遗憾，好像我的生活从此就不完整了。

“人面不知何处去，桃花依旧笑春风。”也许是这句古诗的原因，我不敢面对花，花的美丽又枯萎让我感伤，然而花谢了可以再开，风去了可以再来，父亲您的生命之花何时再开呢？我知道这样的日子我是等不到的，只有将关于父亲的回忆折叠成七彩的虹，珍藏在我的心中，一切关于父亲的记忆将永远如彩虹般美丽！

父亲，就这样让我忘记那不幸，让我相信您是到了一个很远的地方，您心中依然想着我们，疼爱着我们。父亲，明天是您的生日，我会举起酒杯，遥遥地为您祝福！

亲　情

写下这么一个题目的时候，感觉亲情正如一股甘泉，从我心的田野上漫过。

想起与公爹公婆第一次见面的情景。那时刚与丈夫相处不久，他们从老家来，公爹问我的爸爸在哪里上班，我一听，眼泪便下来了，因为那时爸爸刚去世不久，感情处在极度的脆弱中。公爹知道情况后赶快说，那你以后就是我的闺女！我擦干眼泪，望着他们，一股暖流袭遍全身。我仔细地打量他们，公爹衣着整洁，五十出头的年纪，虽是满头白发，但看上去却气度不凡；公婆坐在公爹的身旁，微微地笑着，显得十分慈祥。

以后我与丈夫结婚，生命里又有了父亲的称呼，我想只有失去过父爱的人，才会理解我这么说，我很在意，潜意识里也希望有一种补偿：希望可以得到父爱，也希望可以报答父爱。

婚后与公婆各居一地，相处的时间不多，只是在节假日的时候才回去，他们也来，只是很短的时间，日子里流淌的只是平静的生活之水，他们身体不错，我们也没有操他们什么心。

那一年，忽然接到一个电话，说父亲得了心脏病，急急地赶回去，却见平时谈笑风生的父亲已躺在病床上，眼泪马上下来了。父亲大面积心肌梗死，那一次，在医院里一待就是九天九夜，我亲眼看到父亲如何与病魔作斗争。

为了减轻他的痛苦,不停地给他按摩背,他晚上睡不着觉,便用毛巾浸了热盐水放在他脚上,然后轻轻地按,看到父亲睡着了,就会感到非常高兴;白天父亲在病床上感到很着急,我给他买了小收音机,还买了很多老人的杂志,一篇篇给他念。父亲输水的时候,有一种药不能快,我总是坐在床边一滴一滴地去数,总不会让父亲感到不适。有一次同学的母亲病,也是躺在床上不能动,教同学给老人按摩的方法,同学说很累,你怎么有那么大的劲。我没有回答,他怎么知道我依靠的是对父亲的爱,把全部的爱全部的力量集中到手指上,就能做得到,手指传送出去的不仅仅是力量,还有爱!父亲病了,才知道其实不知不觉中,父亲已深深地走进我的心中,我早已把他当成了亲生父亲。那时在医院里对着夜空祈祷:让我的父亲好起来吧,我还没有尽孝。没想到去年六月父亲再一次心脏病发作,却再也没有醒来,让我心痛不已。

春天的时候,父亲和母亲还一起来,那是闰二月,他们没有女儿,按照习俗,女儿给买鞋可以添寿,跑了很多的店给他们买了舒适的皮鞋,谁知道他们却感到很不安,一遍遍地说:从来没见过你这么孝顺的媳妇,我们没有生你,没有养你,咋对我们这么好?眼泪要下来了,老人啊,就是这么容易满足,他们给儿女们多少一点都不计较,得到一点点就这样坐立不安,现在想起这些还心痛。在医疗室父亲看到我发表的散文,笑着对别人说:是我儿媳妇写的。别人说,瞧你高兴的。母亲告诉我这些的时候,我能想象得到父亲当时的喜悦,就像我的爸爸知道了我取得了成绩那样会感到由衷的高兴。

天气变化的时候总是打一个电话过去问候一声,因为他们身体不好,总不放心。前年冬天,有一次父亲接住了电话,我说:爸,你和妈身体不错吧?爸说:我们没事,只是我和你妈想着你们俩工作忙,孩子上学,忙不过来,我们睡不着,不放心啊。我匆匆地放下电话,泪水止不住流了下来,我是怕父亲听出来担心我,我真切地感受到了他们的牵挂,一如我的亲生父母对我的牵挂一样,很庆幸在这个世界上又多了一份亲情!

我在父母面前一如他们的女儿那样是可以任性的,父亲在家有些大男子主义,谁说都不会听,可是我就例外了,不管我说多么狠,父亲都不会生气。父亲退休以后,常和老人们一起打麻将,这样对身体不好,我能理解他们生活的寂寞,可却不赞成他们这样做。父亲管不住自己,我就发火了,有时是呵斥,呵斥完再笑着说爸我说着玩呢,您可别生气,有时干脆把麻将藏起来,有时他们正打得热闹时,我不好制止,就发动孩子们去制止。

父亲在我眼里是了不起的,他上的是体育中专,又会测地震,经营才能不必说,还写一手好字,每年的春联,父亲一般是亲手写。父亲还在平顶山当过一段时间的矿长 ,这些有的是听父亲说的,有的是在父亲单位的人写悼词时才知道的。父亲有着丰富的生活经历,原来给他说过,给我讲讲吧,我把它写成小说。可是只写好了一篇,我清楚地记得那时我坐在电脑前,父亲反剪双手,不停地踱着步,向我讲述 1959 年他的一段经历,父亲思路清晰,讲得极生动,不时地说出些新奇的比喻,让我眼前一亮,比如他说天黑得张嘴看不见牙,我在小说中就保留了这个比喻。我从中也发现父亲是乐意这样做的,父亲病的时候,很寂寞,我想尽办法让他开心,可他还是不开心。于是我就说那你就给我们讲以前的事吧,父亲看起来很高兴,为了让父亲高兴,我让孩子们也坐着听,可他们不听话,听着听着就跑了,我装作听得津津有味的样子,可惜我也是心猿意马,没往心里去,想来真是后悔之极,现在再也没有机会听父亲讲以前的事了。

现在,父亲去了,我一直不敢细想这件事,总觉得父亲不会这么匆忙地离去的。痛苦一旦触动,就会像决堤的洪水,不可阻挡。我坚信即便是在两个世界,我们和父亲的心也会是相通的。我失去了父亲,也失去了一份亲情,可这种亲情却又是消失不了的,因为它早已走进我的心里,和我的生命融合在一起。

与爷爷的最后一面

大约在我怀孕七个多月的时候,我回了娘家一趟,在村口下车后,看到爷爷站在公路边。那时是早春,天还有些冷,爷爷穿着一件黑色大衣,手装在袖子里,在公路边踱着步。爷爷没有戴帽子,他说牙痛,上火了。我将带着的面包交给爷爷,只说了几句话,就下了公路,穿过一片油菜花地,向着家的方向走去了。

爷爷这次见到我,并不像我在学校时见到我那样兴奋,那时他总是乐呵呵地问我得了什么奖,然后在村子里说,我为了不让他说,就不怎么告诉他。

但我知道，爷爷是以我的成绩为荣的。

儿子满月后，在接我回家的车上，爱人告诉我，在我生儿子的前三天，爷爷去世了。那个时候，不敢告诉我。怪不得，那时爱人匆忙地回去了一趟。我也大概是在那个时候做了奇怪的噩梦，没有告诉家人，我以为会在生儿子的时候遇到什么不测，毕竟，生孩子也是女人所面临的一次生死考验，没想到，是爷爷去世的不幸给我心灵的感应。

坐在车上，泪流不止，车窗外是收割过的麦茬地，场地上，有刚刚垛起来的麦秸垛，前一天下了雨，到处湿漉漉的，一如我潮湿的心。爷爷，就这样永远离开我了，而那一面竟然是我与爷爷见的最后一面了，我极力想着爷爷给我说了什么，我与爷爷说了什么，这也是我最后一次聆听爷爷的话语了。

爷爷给我的印象是乐观的，他总是乐呵呵的，爱与人说笑，爷爷三十几岁的时候得过一场重病，从此便不吃肉，不吃猪油，一直到他七十多去世时，都一直保持着。乡邻们都知道和爷爷说什么样的话都可以，就是不能说和死有关的话，也许经历过一场生死的爷爷，更加知道生命的可贵，也正是对生命的敬畏才使他更加珍惜生命。

爸爸的去世对于爷爷奶奶来说，是个莫大的打击。爷爷搬到菜园里去住，种了很多菜，爷爷是种菜的高手，几亩的菜地，要经常浇水，爷爷总是光着背，肩上搭一条毛巾，用压井压水浇地，然后每天早上担着满满一挑子菜到几里地以外的集市上去卖。那时我听到有人说爷爷在看着书唱，那是爷爷给我要的书，大概是《镜花缘》，有人说爷爷怎么对爸爸的去世不在意呢，只有我明白，爷爷是知道自己不能伤痛，他在以这样的方式麻醉自己，让自己痛苦的心灵有所解脱。

爷爷除种菜之外，还是捕鱼的高手，儿时的我，常常记得爷爷背了鱼篓和渔网，戴了斗笠出去打鱼或打鱼归来的身影，打鱼的时候会起得很早，往往沿着沙河走很远的路，通常是夜里打鱼，赶到早集上去卖。

爷爷还是种烟叶的能手，有一段时间，爷爷在外地种烟多的地方帮助别人种烟、炕烟。炕烟是技术性的活，会的人好像不很多，爷爷很长一段时间也在生产队的烟炕上炕烟，炕是建的专门的炕烟的房屋，有几十平方米的样子，房顶有烟囱。爷爷晚上就住在那里，因为晚上也要注意火候，稍有不慎，烟叶就会炕坏，就会少卖钱。炕烟的时候是夏季，炕上很热，爷爷在管好炕后常常手摇蒲扇坐在炕前的空地上，他的眼前是一片麻地，各种夏季的虫子不停地叫着，爷爷哼着戏曲，让我们小孩子给他抓背，怡然自得的样子。

我第一次到漯河还是坐爷爷卖菜的架子车来的，村子距漯河三十里路，爷爷早早地让我起了床，刚一上路，我就睡着了，爷爷把我叫醒的时候，我听到一种从未听到过的声音，爷爷说：快看，这就是火车。

爷爷去世时身体还是十分健壮的，天未亮，他挑着两筐自己种的青菜到集市上卖，被一货车碰倒了，听人说了惨景，想象着爷爷当时的无助，心痛不已。

爷爷去世很多年了，写着这些文字的时候，依然流泪不止。永远忘不了最后一次见到爷爷时的情景，永远想念亲爱的爷爷。

隐　瞒

忽然发现，有时候我们和母亲之间是相互隐瞒着什么的。

见别的女子在夫家有了委屈，就跑到娘家去，一住数日，然后是丈夫到娘家道歉，然后才回去。我却从来没有想到过这么做。有了所谓委屈，是深怕母亲知道的，结婚这么多年，母亲是不知道我和爱人是否有过口角，当然她也不知道她的女儿是不是有过委屈。

因为知道母亲瘦弱的双肩曾在父亲去世后的岁月里艰难地扛起我们姊妹五人的生活，因为在母亲的眼里我也许是她坚强的依靠，我不忍让她看到我的脆弱，让她原本脆弱的心感到没有依靠。有一次，觉得病了，觉得生死就在眼前似的，很想很想给母亲说说，可是我到了母亲那里，看到母亲脸上的笑容就住了口，我怎么可以让母亲为我担忧呢？我劝自己坚强，至少为了母亲。

前段时间，母亲觉得头晕，情绪很不好，等我知道的时候，弟妹们已带她去过医院。我生气地问弟弟为何不给我说，因为在我的眼里，弟妹们永远都长不大，他们会不知道如何给母亲看病，好像觉得没有人比我做得好。弟弟说，是母亲不让告诉我的。我的不放心也不是多余的，他们只给母亲检查了头部，吃了药还是不见好，我又带母亲化验了血，检查了颈椎，不到一周，母亲的病就明显减轻了，我告诫弟妹们还有母亲，以后有什么事不许瞒着我。

上次母亲回老家,不小心碰到了脚,脚有些肿了,我知道的时候,母亲的脚已经好了,妹妹说,母亲说过很多次不让给我说的。昨天弟弟给我说母亲去医院化验了,我赶快给母亲打电话,母亲知道是弟弟告诉我时,不满地说:这孩子!

也许是母亲总是以为我很忙,也许是我听到一点母亲身体不适的消息太大惊小怪,母亲的确是有意对我隐瞒她的情况的。

去年母亲生日的时候,母亲的做法令我生气,她告诫弟弟说如果我忘记她生日的话千万不要告诉我,在她生日那天,我却不知她去了哪里,将电话打到舅家、姨家,最后终于知道她去了外地姐家了。母亲是害怕我们张罗着给她过生日,她害怕给我们添麻烦,也害怕我们花钱。想想真是惭愧,这么大了,还是让母亲为我担忧。那天晚上,我坐在电脑前,深深理解母亲的所为,惭愧着也感动着,写下"逃避过生日的母亲"的标题,泪水却模糊了我的双眼。

我知道有些事情对母亲有所隐瞒是因为我太爱母亲,不想让她为我担心,我想母亲总是对我有所隐瞒,也一定是太爱我的缘故,她不想让我担心她,不想给我添麻烦。

大概对于所爱的人,我们都会做出这种决定,因为你爱她,所以就不想让对方为你担心,你宁可将痛苦、不快深埋在心底,也要对她隐瞒,永远给对方一个快乐幸福的印象,只要她幸福,你就会感到欣慰了!

亲情也好,爱情也罢,到了这个程度,那大概就是深爱了。

表姑夫

大学刚毕业时,父亲去世,感觉忽然陷入一种危局,曾经温暖欢乐的家笼罩上层层阴影,而我也在失去父亲的痛苦中久久不能自拔。

父亲病重时,曾到漯河一家医院救治,因为表姑夫当时在那家医院里,以后父亲转至许昌治疗,也多亏表姑夫跑上跑下。那时毕业尚未分配,表姑夫一方面忙于对父亲的治疗，另一方面又多方求人，为我安排工作，加之工作忙碌，那段时日，表姑夫一定是十分辛苦的。

到了上班时，表姑、表姑夫又安排我居住在他们家中，寒门学子，大多能体会到刚毕业时的那段日子是最艰辛的，而表姑、表姑夫却在我最艰难时为我提供了一方温暖的天空，那时六岁的小表弟活泼爱动，在与他讲故事、做游戏中，不知不觉淡化了心中的痛。

以后我才知道父亲曾在病时给表姑、表姑夫写过一封信，希望他们可以把我当亲生女儿一样对待。其实，表姑是姨奶家的姑娘，说来关系也很远了，表姑夫更不用说，我想父亲之所以对表姑、表姑夫这么说，是因为他们平时的为人早已深得亲戚们的信任，不管多远的亲戚关系，只要找到表姑夫，他总是慈善地笑着，尽心地帮助，好像从来没有烦过。

结婚后，与表姑、表姑夫相见少了，但表姑、表姑夫还一直在关心着我。有一次，在交通路上遇到表姑夫，看到我嘴角有疤痕，表姑夫大惊道：怎么回事？其实只是上火引起的，表姑夫转身离去后，我想到表姑夫关切的表情，泪水在眼眶里打转。还有一次，表弟到我办公室，我因为前一天晚上没睡好，脸色不好，表弟回去后说了，第二天表姑夫便跑来，问我是不是生病了。表姑夫走后，我久久地呆坐窗前，在父亲去世后，是表姑夫又让我找到了父爱的感觉。表姑夫时刻关注着我的成长和进步，两次参加公选，表姑夫都多次打电话问询，听说取得不错的成绩，他又高兴得什么似的，这又一次让我想到父亲，父亲也是这样为我的成绩感到高兴和骄傲的。

不知不觉中，来漯河二十年了，表姑和表姑父也渐渐地老了，去年刚刚抱上孙子，为表姑、表姑夫的幸福生活感到高兴。我想，真情至爱可以感天动地，表姑、表姑夫对我付出了人间最宝贵的关爱之情，亲情早已跨越血缘关系，我也一定会如亲生女儿般对待他们，一定会。

父母之爱

有一种爱温暖地存在于我们的心中，它来自父母。不管山盟海誓的爱情是否已消失得无影无踪，不管逆境下的友情是否已露出它狰狞的面容，父母之爱永远伴随着我们。无论我们距离父母有多远，无论我们离开父母有多久，父母的爱一直会萦绕在我们身边。对于父母而言，这种爱是贯穿于子女一生的沉重牵挂，生命不息，牵挂不止。人类因为有了父母之爱得以繁衍，子女因为享受父母之爱得以成长，社会也会因为有了父母之爱走向和谐。所以，父母之爱历来被人们赞美。

我们在赞美父母之爱的同时又不得不承认，爱孩子其实是出于一种动物的天性，父母把孩子当成自己生命的延续，是父母老之所依，病中所盼，所谓养儿正是为了防老，父母对子女付出爱的同时也是考虑到自己将来的利益的。父母的爱的无私性只能相对来讲，相对于自己的孩子来讲，父母的爱是无私的。幼时让梨的孔融曾说："父之于子，当有何亲？论其本意，实为情欲发耳！子之于母，亦复奚为？譬如寄物缻中，出则离矣！"这样说话终成曹操杀死他的借口，即便是在今天也不能为人所接受。

父母之爱和任何一种爱一样也会出现分化，当为人父母的自己的利益遭到侵害时，这种爱就经受不住考验了。比如离异的夫妻在决定孩子的抚养问题时常常会过多地考虑自己的将来而将孩子推来推去，这时父亲图的是好娶，母亲图的是好嫁，甚至孩子的抚养费问题，只有通过法律的途径来解决。这个时候的父母，连动物的本能都丧失了！走进福利院，看到那些因为有一点残疾而被抛弃的婴儿，禁不住要问：他们的父母在哪里？这种父母中的败类虽为少数，但也能够说明父母之爱的自私性。所以很敬佩那种为了孩子的将来而不再婚的父亲或母亲，很敬佩那些不管孩子健康状况如何都不抛弃孩子的父母，对于孩子，他们至少还是有责任心的，还是无私的。

是否求回报，是检验一种爱是不是自私的标准。抱着自私的意识付与人爱,在自己的愿望没有达到时,自然会怨恨于人。在为数不少的父母的潜意识里,我们对子女付出了爱,是要得到回报的,在这样的心理下,如果子女没有顺从父母的意愿,父母便会认为子女不孝,甚至对子女恨之入骨。从这个意义上说,父母已成为子女最大的债主,子女毕其一生,倾其所有,无论如何做都回报不了父母的爱。做子女的承受父母的爱而长大成人,一般情况下,子女都会将这种爱深藏心底,以不同的方式报答。但真正的父母的爱必定是无私的,不图回报的,对子女没有怨,没有恨。有一个朋友告诉我一件事,说忘记给父亲过生日了,父亲对她破口大骂;而另一个朋友则说,她的母亲过生日时总是怕她知道,因为知道了要麻烦,要花钱。同样是父母,同样对子女付出了爱,而心态却是不同的。从父母的爱的方式上可以看出不同的人性之光的折射。

正视父母之爱中所隐藏的自私性,并不是否认一切无私的父母之爱,更不是让我们不去报答父母的养育之恩,而是希望有更多的人从狭小的父母之爱中走出来,从仅仅爱自己的孩子到爱天下所有的孩子,使父母的爱之海更为广阔。老家曾有个邻居,一次无意中捡到一个男孩,于是供这个男孩上学,找工作,盖房子,娶媳妇,生孩子,如此等等,都比对自己的亲生儿子要好。我惊异于这种爱,一个朴实村妇的无私的爱,多少年后,我还自叹弗如。见谁养了一个不是自己亲生的孩子,很多人想到的总是将来会亲你吗,会不会白养了?我们考虑的不是孩子的成长而往往是大人的利益。当爱的目的是让人记住时,这种爱就变成自私无疑。

老吾老以及人之老,幼吾幼以及人之幼。老吾老,幼吾幼,除了少数人外,一般人都做得到,而要将这种爱推而广之,却并不是每个人都能做得到的。童话《灰姑娘》中的灰姑娘的继母不是没有母爱,只不过她只是爱自己的女儿罢了。我想父母之爱的真正意义在于幼吾幼以及人之幼。当然,爱自己的孩子是作为父母的基本职责,一个连自己的孩子都不爱的人会爱别人吗?我们发出这样的疑问,却忽略了个人利益和集体利益的冲突,无私的人会忍痛选择爱别人,将遗憾藏在心中。我注意到一些先进人物的事迹,当他们说到对自己的妻儿愧疚时,我能体会到他们的心情。让我们真心赞美无私的父母之爱,同时无私地延伸我们的父母之爱!

拉紧我的手

父亲躺在病床上整整一个星期了。床下铺了厚厚的海绵垫子,父亲还是一个劲儿地说脊梁疼。煤炉里的煤球正烧得通红,40 瓦的灯泡悬在头顶,不太亮,有点发红。白天医院那种嘈嘈杂杂的声音跑得无影无踪了,医院的夜晚是寂静的。

我站在窗前望了望天空影影绰绰的雪花,转身来到父亲身边,在父亲病床左边的一张小木凳上坐下;母亲则坐在父亲病床的右边靠近床头的地方。父亲闭着眼睛静静地躺着,安静得像是睡着了。

"快,开开门!"父亲忽然睁开眼睛说。父亲的声音不大,但在寂静的夜里显得特别响亮,而且明显带有命令的口吻。父亲在说这些话的时候,眼睛里充满了恐惧。

母亲站起身,走到病房的木门边,将一扇木门打开,我立刻就感到有一股冷冷的风在母亲刚转身的时候,已经侵袭了过来。

"拉紧我的手!"父亲对刚进门的母亲说,眼睛惊恐地瞅着房顶。母亲握住父亲的手,母亲不顾我坐在旁边,就把身子拼命地往父亲身边移,母亲一只手握着父亲的手,另一只手揽着父亲的头,将脸贴在父亲雪白的头发上。

"拉紧我的手!"父亲惊恐地说,我听出声音里含着哀求,我赶紧握住父亲的大手,印象之中,这是我第一次握住父亲的手,我从来没有见父亲如此脆弱过,眼前的父亲就像窗外被大雪覆盖的干枯的野草,显得那么软弱无力。

"拉紧我的手!"我已经握得够紧了,我想母亲也是,可父亲还是说着这句话,我觉得父亲此时好像正站在悬崖边,我和母亲正用力将他拉回,稍一松手,父亲便要掉到万丈深渊里去;或者,有许多人正和我争夺父亲,那群人非常有力,随时都会把父亲拉走,而我和母亲的力量实在是太弱了,我使出浑身的力气握父亲的手,恨不能变成一个大力士。父亲的额头冒出汗来,我不敢给父亲擦,生怕一松手父亲便会从我的手中飞走。

“把门关上吧!”父亲说。父亲的声音有些平静了,母亲坐直了身子,站起身去关门。母亲用手绢给父亲擦着汗,我将握着父亲的手松开,父亲说:“都走了。”

“谁走了?”我奇怪地问。母亲使劲地瞪了我一眼,可是我已经问过了。

“你爷爷奶奶,还有很多人。”父亲平静地说着,望着天花板,并不看我。我顺着父亲的目光望去,白色的天花板已经发黄了,有的地方还斑斑驳驳的,那些斑驳的地方很像是各种各样的图画,可以让人任意驰骋想象的思绪。

我知道了母亲开门、关门的原因,也知道了父亲恐慌的原因。可是我却什么也看不到,屋里还是只有我和父亲母亲,炉里的煤球该换了,我感到了冷。在这寒冷的雪夜,我真的很想见到我的爷爷奶奶,我想起了在童年的夏夜里,爷爷坐在木凳上手摇蒲扇的画面,爷爷常常半闭着眼睛,哼着小曲,显出一副很享受的样子。爷爷问我最多的是考了多少分,得了几张奖状,然后,就到处说我考得如何好,得了什么什么奖状,不管人家是否愿意听。奶奶呢,待我更亲,听母亲说,我两岁的时候,便和奶奶睡了,奶奶不喜欢我留长头发,奶奶常常不顾我喜欢长头发,强迫将已经知道爱好的我的头发剪得很短,让我对着镜子抹眼泪。这些事也不算什么美好的回忆,但父亲刚才的话的确勾起了我对爷爷奶奶的怀念,我想见他们,可是又见不到,我一直以为这是人生最可悲的事情。这种情绪翻江倒海般涌上我的心头,让我有一种极大的沉闷,我不知道如何排遣心中的苦闷,是骑着一匹野马在沙漠上驰骋,还是在无人的雪地中狂奔?我命令自己不去想爷爷奶奶,因为父亲的病已经使我心力交瘁了。是的,想起爷爷奶奶的时候,总是让我想起童年。一个人的童年中总是有爷爷奶奶的身影,一旦失去爷爷奶奶,就意味着自己在不知不觉年间已经长大成人,或者,正在走向衰老。

我也感到了一种惊惧,病中的父亲不是正在死亡的线上挣扎吗?终有一天,我会失去父亲,这是一种比失去爷爷奶奶更大的痛!想到这里,我忍不住又握住父亲的手,握得紧紧的。

大平原上三九的冬总是很冷的,总是会落一场很厚的雪的。窗外的雪不知停了没有,透过窗户看去,地面的白雪像睡着一般。我深深地打了个呵欠,才想起该睡一会儿了,我让母亲去睡,催得多了,母亲眼里的泪便淌了出来。看着头发花白的母亲，我感到了极大的心痛，在父亲病着的这段日子里，母亲是最悲伤的一个人，母亲不肯吃饭，母亲不断地打探父亲的病情，医生每次来，母亲总是问这问那，有时母亲跟着医生到办公室去问父亲的病到底有没有事。母亲总有一种不祥的预感，担心父亲的病治不好。

我在床上躺下，可是我却无法入睡，一个星期来，我晚上几乎没有睡过觉。三九天，后半夜是最冷的，要是躺在床上睡可能会不觉得，可是如果坐一晚上，就会对三九天的寒冷有更深的体会。白天，医院里乱七八糟的，很难让人入睡，加上吃不好饭，几天下来，我瘦了许多，我的胃开始隐隐地痛，嘴角起了好大的一堆泡。父亲扭过脸来，刚好和我的脸相对，父亲闭着眼睛，眉头紧皱着，很痛苦的样子，额头上出了许多汗。我赶紧下床，给父亲擦汗，我知道父亲并没有脱离危险，父亲得的是心肌梗死，心脏不好容易出虚汗。

"以后你的负担就重了。"父亲在我给他擦完汗后说。我听后很感动。父亲闭着眼睛的时候，一定想了很多的事，其中想到了我，我真的很感动！我感到了一种惊惧，常言说"人之将死，其言也善"，难道是父亲自我感觉不好吗？

"几点了？"父亲问，听到这句话我就感到紧张，几乎在每天早上，父亲总是不忘问几点了，我知道父亲发病的时候是早上 6 点钟，父亲固执地以为 6 点钟对他来说是一个不祥的时间，父亲心惊胆战地度过 6 点钟，在父亲心目中，"6 点钟"简直就是一道鬼门关。

我看了看表，夜里两点钟，我给父亲说了，我让他再睡会儿，父亲闭上眼睛，忽然又睁开，对我说："6 点钟前一定要叫我，拉紧我的手，千万记着。"我答应着，给父亲掖好被子。我的心中无论如何不能平静，我不能让父亲再经受像刚才那样一场惊惧，也许父亲的身体已经不能再承受这样的惊惧了。我坐在木凳上，无助地望着父亲的脸，父亲闭着眼睛，但眉头还是紧皱着，不知是心里的痛还是身体的痛，也许二者都有。我知道人祖就在这座县城中安睡，每年阴历二月，我亲见来给人祖烧香磕头的人拥挤不动，我从来没有相信过烧香磕头会给人带来什么好运，可是今晚，我忽然想到了人祖，我希望人祖能帮助我。我走出去，站在医院走廊的窗前，望着黑黑的夜空，默默地祈祷："人祖，请让我父亲的病好起来吧，我还没有很好地孝敬过我的父亲。如果让我的父亲好起来，明年二月，我一定去给您烧香还愿。"我不知道人祖会不会帮我，我首先要想办法让父亲没有惊惧地度过今天的 6 点钟！

医院楼道里的灯光比屋里的灯光还要昏黄,在深夜,一个人走在这样的楼道里,想想白天看到的从病房里抬出的尸体,令人胆战心惊。相反,医生办公室则灯火通明。我想到了医生,医生在病人家属的眼里简直就是救星,我走进医生办公室,两个男孩正围坐在火炉边烤火,我认识他们,他们是刚从学校毕业来医院里实习的学生。他们也认识我,几天来,我一会儿一遍向他们报告父亲的心跳次数、呼吸次数,我想如果我是医生,一定也问烦了,但他们好像还没有烦。他们告诉我说医生在隔壁的房间里睡觉,又说父亲只要心跳正常不会有什么事。他们很客气地让我在火炉边坐下取暖,我坐下,但心中还是想着如何让父亲好好地度过6点钟这一关。

"我想请你们帮一个忙。"想了半天,我实在想不出什么好的办法。炉火将他们两个的脸映得通红,我想我的脸也肯定被炉火映得通红。他们听我这样说,并不说话,静静地听我说让他们帮什么忙。我给他们说了我的想法,起初他们不愿意,但经不起我再三请求,他们同意了。我如释重负,飞快跑回病房,望着父亲的脸想:要是现在正好有一缕阳光照着父亲的脸,那该多好呀。那就说明,父亲安然度过6点钟,不用再担心什么了。时间,真是可长可短的东西,像会变魔术一样,有时,它很短暂,让人留也留不住;有时,它却很漫长,让人心急如焚。而此时,我是既感到短暂又感到漫长,我不知道是让时间短暂好还是让时间漫长好。我将母亲的手表拨快一个小时,又将我的手表拨慢一个小时,我仍旧坐在小凳上,眼睛一眨不眨地看着父亲的脸。

父亲睁开眼睛,问几点,我看了看表,我的表3点钟,母亲的表5点钟,我犹豫了一下,给父亲说3点了,父亲听了又闭上眼睛,我很庆幸我给父亲少说了1个小时,不然,父亲无论如何也是不会再闭上眼睛的,他会瞪大眼睛,一直等到6点钟的来临。

门外,终于听到有人走动的声音了,我赶紧看看表,我的表4点钟,也就是说,已经是早上5点钟了。我紧张地听着门外的脚步声,声音很大,生怕别人听不见似的,我知道是那两个男孩正在按我说的去做,他们来来回回地在走廊里走,故意将盆子弄出响声来,好像正准备洗脸去。一个声音问:"几点了?"另一个声音答:"6点了。"他们的声音和他们的脚步声一样显得非常夸张,我生怕敏感的父亲听出破绽,情况会更糟。我紧张地望着父亲的脸,不放过他的脸上每个细小的表情。左手握着母亲的手表,右手握着我的手表,在心里默记着,生怕父亲要看时间的时候拿错了表。

父亲忽然睁开眼,我看见父亲的眼睛异常的明亮,脸上带着几天来第一次的笑。父亲叫我,我赶快答应着,问父亲有什么事儿。父亲让我到集上去买些红枣,父亲特别交代我一定要买囫囵的,不要烂的。我疑惑地望着母亲,母亲用眼神催促我快去。

我裹紧鸭绒衣,系上围巾,勇敢地朝风雪中走去。我想起了母亲以前说过的话,母亲说吃了囫囵的红枣是说明病好的意思,看来父亲已脱离了危险了,至少从父亲心理上讲是这样子的。我知道此时刚过 5 点,三九天,5 点钟时还和深夜一样宁静,天没有一点要亮的样子,人们还没有从睡梦中醒来。雪花从黑黑的夜空上撒下。虽然地上的积雪有半尺厚,但我并没有感到冷,也许父亲的病从今天起便会好起来了。尽管天还黑着,但我固执地以为,会有那么一对卖枣的夫妻,早早地开了店门,在集贸市场的一角,等待从风雪中走来的我。

这是公爹重病时真实的一幕,我会永远记得公爹在生死关头让我们拉紧他的手的无助和对生的渴望,永远记住一定要老吾老以及人之老!

梦中的麦田

每年一到收麦的季节,即便是坐在城市的屋子里,也总能闻到满屋的麦香,想象着波涛一样汹涌的成熟的麦田,心中每每躁动不安。

我以为是想起了拾麦。割完麦子,地里会留下很多麦穗,于是便有了拾麦一说。拾麦的多是学生,一般是学校组织了去拾,总是排着整齐的队伍,唱着《我是公社小社员》的歌,到生产队刚割过的麦地里拾麦。那时走在路上会听到藏在树上的黄色的布谷鸟在叫,儿童听到的是“剜豆偷树”,大人听到的是“割麦种谷”。看到有蝴蝶在麦浪上起舞,有时还要有意地掉队,听风吹过时,麦地里发出的神妙的丝丝的乐声,望着阳光下的麦芒,觉得它们简直就像琴弦一般。

我以为是想起了割麦。在儿时的记忆里,割麦是件很苦的事,大人们将割麦的季节叫做麦口,像是过一个很大的难关似的。每当麦口来临,奶奶便早早地做好准备,先是给每个人准备一顶草帽,男女的样式是不同的,男式的简单些,圆圆的顶,下面平原一般铺展下来;女式的叫做凉棚儿,先是上面起一个小小的尖,然后一圈圈地往下扩大,看上去如小山一般。帽子是用麦秆做成的,割麦的时候,奶奶便选好了又长又白而且粗细均匀的麦秆,将麦穗和叶子去掉,再在水里泡了,晾出半干时便可以用来编了,一般是将四根麦秆编在一起。小时候也学过编的,不过只是小孩子的玩意儿罢了,是不管用来做草帽的。编得好的人编出来的辫子是又匀又实的,用这样的辫子做出来的草帽才会好看。辫子编好后,奶奶就开始了缝制,麦口前的很长一段时间,奶奶总是坐在门前的大枣树下缝草帽,无论多麻烦,到了麦口,奶奶总是会给每人一顶新的草帽,奶奶的新草帽已成为家人割麦的动力了,割麦再累,戴着新草帽,就会觉得有了劲头了。如果奶奶想到我,给我一顶新的草帽,我简直高兴坏了。

有了草帽,还要有一把好用的镰刀,镰刀一般是新买来的,要先磨好,磨刀的任务由爷爷承担。爷爷蹲在井边,左边放着一盆清水,右手握着镰刀把儿,左手按着镰刀,脚踩磨刀石,在磨刀石上洒些水,便开始磨刀了。他的身子一前一后地晃动,头低着,眼睛盯着镰刀,磨一会儿,便停下来,举起镰刀,用大拇指在刀刃上上下移动,试试刀刃是不是利了,然后再磨。爷爷的面前总是堆着一堆要磨的镰刀,小时候看到磨刀就知道要割麦了,蹲在爷爷身边看着他磨刀也成了儿时的一件乐事。

有生产队时,大伙是听着队里的钟声去割麦的,走得很早,有时月亮还挂在枝头就走了,他们多数戴着新草帽,也带着干粮,干粮一般是馒头,再加上一点自己腌制的咸菜。等到天色大亮,麦子也割得差不多了。有割麦子的高手,割麦的速度很快,他们弯下腰,左手和左脚配合先选定要割的麦子,右手紧握镰刀,一镰下去,便割倒了一小片麦子,他们往往将其他人甩出很远,他们的身旁也总是会荡起轻轻的尘烟。不会割麦的人,只是一小把一小把地割。记得有一个从城里嫁到我村的新媳妇,就是这么割的,大伙好奇得很,就凑过来看她割。近几年,人们一般不用镰刀割麦了。今年割麦时,我回到家里,却见妈妈和弟弟都在家,一问才知是等收割机,弟弟干脆和朋友打起了牌。不知怎地,心中倒升起一种失落的感觉,麦口给我的印象总是轰轰烈烈的,那种热闹与紧张不亚于一场战斗。现在它变了,就像很熟悉的一个人忽然就变了模样,无论怎么说都不是一件快乐的事情。每年麦子熟了,都要回去割一会儿麦,即便是有机器割也要让妈妈专门留下一块地来,戴着草帽,在金灿灿的麦田里挥着镰刀,看着麦子一片片地倒下去了,会有一种成功的喜悦。割了麦子,就会觉得今年总算没有白过。有时错过了,感觉像错过了一件重要的事情似的。去年回到家,正要去割麦,谁知眨眼的工夫,收割机已割完了,令我懊悔不已。

我以为是想起了打场。麦子割完了,就要将割下来的麦子垛在一起,垛麦子的地方叫场,麦子收割前它还是庄稼地,一般是油菜地或大麦地,比小麦熟得早,割完后,将地碾瓷实了,用作打小麦用。生产队的场很大,比学校的操场还要大,所有的麦子都垛在一起很是壮观。然后就是碾场了,将带穗的麦秆铺到场上,由生产队的好把式赶着牲口拉着石磙在场里跑,很远都能听到他们吆喝牲口的声音。碾好了,要起场,就是将碾过的麦秆翻翻,免得有麦穗没有碾到,然后再碾,如是几次,麦穗差不多都脱离了麦秆了,就将麦秸和麦籽分开,麦秸垛在场边上,麦籽堆在场中。这时麦籽和皮是在一起的,还要扬场,将麦籽和麦皮分开来,会扬的人,用木锨将麦子铲起,然后扬到空中去,落下时,麦籽和皮就会自动分开;不会扬的人,却总不能让二者分开。爷爷是扬场的好手,那时,常常很奇怪为什么会是这样子。分过地后,家家户户都有场,面积很小,爷爷担负起了碾场的重任,麦子收割完后一个月,爷爷还在碾场,有时在碾场干活,很晚才回家,爷爷赶着牲口披一身月光回到家时,奶奶总是早给他盛好了饭菜,在全家人眼里,会吆喝牲口碾场的爷爷是全家的功臣。现在用收割机割麦了,麦籽直接打出来,已不见了专门碾麦用的场,那种碾场的场面更是看不到了。

回家的路上还在想:为什么总是向往着麦田呢?也许我真正所思所想的是远逝的童年,抑或是和麦田联系紧密的亲人?不管怎么说,麦田也许已经成为我一个美丽的旧梦,虽然年年走近它,却觉得再也无法真正地走近!

娘家的灯

“看了娘家的灯，穷得钉打钉。”位于豫东的婆家有这么一句俗话，我也就只好在每年的正月十五压抑着去娘家看灯的欲望。

我真的想在正月十五的时候去娘家看灯。娘家的灯神秘、喜庆，在我的记忆里，娘家的灯一直照耀我走过童年的天真、少年的活泼、青年的浪漫……

其实娘家的灯很普通。确切地说，娘家的灯是娘家的小孩子们挑的灯笼。挑灯的时间一般从正月十四开始，到正月十六晚结束，也有性急的小孩在正月十三便挑了灯笼出来的。小孩在大人的带领下走出家门来到村里的当街，当街是村里人对路的称呼，他们三五成群，嬉笑着、打闹着来到当街左顾右盼，看街上挑灯笼的人有多少，然后挑着自制的灯笼到人最多的地方去，好与别人比一比谁做的灯笼好。印象之中做得最好的是村东一家叫做“羊抵头”的灯笼，像真的羊那样大，左右各一只，让家里的小孩一人牵一只，然后一起用劲拉，两只羊的头便抵在一起，发出不太响的木头撞击的声音，尽管如此，这不大的撞击声足以使我们满足。多少年后，当我一次次地在城市看到用先进的声光电做成的羊抵头的灯时，再也找不到童年时的满足感，即便是那羊的长叫也不能引起我的兴趣来。还有一种不能忘怀的灯叫走马灯，灯挂在一棵大榆树上，不是太亮，昏黄的那种光，但灯里的一个小人儿却骑着马不停地奔跑。我睁大好奇的双眼使劲盯着，终于没有弄明白灯里的人怎么会跑，这成为留在我童年内心深处的一个谜，也是我认为娘家的灯充满神秘气息的主要原因。

做灯笼离不开两样东西，其一是高粱秆，其二是纸。秋收的时候，大人们收了红红的高粱后便有意地将又细又光滑的高粱秆保存好，除了做成锅拍外，便是给小孩子们做灯笼了。纸是不缺的，除了白色的纸外，还须有红、黄、绿等颜色，好给灯笼装扮得漂亮些。大人们先用高粱秆扎出一个长方体或正方体大小不一的框架，然后用白纸糊严，上面留出缺口，好放蜡烛或小萝卜灯，最后，再用五颜六色的纸剪出各种喜庆的图案，贴在白纸上，灯笼便基本做好了，有心细的家长在灯笼的四角扎上四根细竹子，用花花绿绿的纸包了，末端再缀上小绣球，竹子便向各自不同的方向垂着头，很像是孙悟空头上的花翎，灯笼挑起来，那花翎一样的东西便随着小孩子的脚步颤动起来。

我家的邻居哑巴的纸剪得最好。哑巴是个50多岁的男人，但却学会了剪纸的手艺，他会剪各种各样的花鸟，还有小孩子们喜欢的孙悟空、仙女等人物。那时，我们队的小朋友挑的灯笼上的花几乎都是出自哑巴的手，也有比着学的，但终究比不上哑巴的手艺。哑巴在我们幼小的心灵中如魔术师一般，他能剪出很多使我们快乐的东西来。

说不清是哪年哪月，这种自制灯笼的习俗渐渐地消失了，每到正月十五，大人们买来各种造型的用塑料制成的灯笼，灯泡代替了蜡烛和萝卜灯。城里的灯会也比儿时的热闹多了，用现代声、光、电制成的各式灯笼不仅造型新颖，其体积也越来越可观。灯里的人和动物不仅会跑，还会发出不同的声音，确实比儿时娘家的灯高级多了。

但我却时常怀念娘家的灯，还有和那娘家的灯掺杂在一起的温馨、平和、虽贫犹乐的生活。

此去经年

日子像个蹦蹦跳跳的孩子，不经意间，早已长大走远。许多的人和事，都沉浸在岁月的河里，了无痕迹；而有的人和事却偏偏会浮出水面，让人不得不去怀想。

这个春季，当看到桐花盛开，忽然就想到了彰。

彰是我高三时的同桌，是个女生，有着一个男孩子的名字。她个头不高，胖胖的，走路的时候总不能将胳膊和谐地甩开去，她也因此常受同学的嘲笑。她的脸蛋总是红红的，但不是少女所特有的那种粉红，而是像被黄土高坡凌烈的风吹红的那种。眼睛很大，但并不动人。短短的头发，总是一个发型。总之，她长得并不可爱，但学习很刻苦，成绩也好。她不爱说话，我们虽说是同桌，但在那为大学而拼命的日子里，几乎没有什么交流。

也在桐花盛开的季节，彰忽然有好几天没来上学，问其他同学，都不知道为什么，快要高考了，暗暗地为她着急。窗外的桐花已开始飘落了，彰仍然没有来。

不久我收到别班同学转给我的信，一看，是彰写给我的。信中说，她是多么羡慕我们能够坐在窗明几净的教室里读书，然后参加高考，走进大学的校门。可是，她不能来上学了，因为她已经结婚了。

知道这样的消息，我震惊了，17 岁的她，怎么在高考前夕选择结婚呢？我吃惊地看完她的信，她说她不能再上学，是因为穷的缘故，那时她的父母双双病倒在床，妹妹还小，也辍学了，不得已，她只好选择了结婚，和一个比自己大十几岁的男人结婚了，想以此缓解生活的困窘。她还说上大学是她的一个美丽的梦想，她在家里还看书，希望有机会的话还可以参加高考，有什么复习的资料让我寄给她。我满口答应，飞快地给她回信，鼓励她以后一定会有机会参加考试，圆她的大学梦。那时尚不知结婚对于一个少女意味着什么。

此去经年，便没了她的消息。

转眼间已是 20 年过去了，再回首时，20 年间发生的变化足以让我感到吃惊，毕业，上班，结婚，生子，沿袭一条女人走过的路。

看着桐花飘落，她的身影总在眼前挥之不去，她憨憨地笑着，还是高中时的模样。

是不是有一个温暖的家，在绿树的掩映下有她红砖绿瓦的房舍，她安静地坐在门前的石榴树下，怀抱婴儿，红红的脸蛋笑成一朵盛开的花朵？

是不是有一个爱她的他，岁岁年年风雨相伴，渴了送来一杯清茶；病了，耳边有他关切的问候，普普通通的日子绘满爱的图画？

是不是心中还藏着一个大学梦，像美丽的肥皂泡虽然消失却曾映满太阳的光华！唯有时间在治疗她那心中永久的伤疤？

是不是在月明星稀的夜晚，还想起我们的学生时代，想起讲课的老师，想到同桌的我，想到身后的他，泪水会悄悄沾湿她的脸颊？

……

见到以前的同学，说到她，他们很吃惊地问我为什么还想到她。是啊，也许很多人已经忘记了她这朵不起眼的小花，而我总忘不了她，忘不了她的无奈，忘不了她的痛苦。每每想到她的时候，会和她一起真切地感到无奈和痛苦。在17岁的花季，她不得不放弃自己的梦；在不懂得爱情时，却走进婚姻的殿堂，永远失去选择爱情的权利，也许，她不曾体会过爱情的滋味。

讲她的故事给孩子们听，让他们知道一个阿姨曾经这样不幸。不久前，听到一个朋友对我诉说她的不幸，感到生活对她是如此不公平。真想将彰的故事再讲一遍给这位朋友听。也许，在我们的生活道路上，人人都会遇到不幸，这种不幸林林总总，有大有小，有重有轻，你遇到了不幸，就真的以为自己是最不幸的人。这样，你只有更加痛苦。殊不知，还有比你更不幸的人，即使是衣食富足的人，也有不幸的地方，这种不幸在于他们没有丰富的阅历和吃苦的精神。我们都会遇到不幸，不幸并不可怕，可怕的是被不幸打倒，失去生活的信心。彰是不幸的，但她并没有放弃自己的梦想，不管她以后有没有机会参加高考，只要她心中存有梦想，生活就永远地存在着希望。也许这就是我一直想着彰的原因，她的不幸让我下意识地和她对比，给我生活的信心和勇气！

搬家的时候，又看到她当年写给我的信，依稀看得出她写信时滴落在信纸上的泪水，想象她当时的痛苦，这种痛苦穿越时空向我袭来，抚摸着信纸，如真实地抚摸到当年她的痛楚。

不知道她现在哪里，不知道她生活得是否幸福，在这春意盎然的日子，她应该想到朋友的祝福会乘着春风悄然降临到她的身边。

我的初三青春

一

我不知道我是什么时候告知母亲要去参加重点中学的考试的，也不记得母亲知道我考上公社重点中学——南沱中学的表情，印象之中，父母对我的学习是不大过问的。考试的消息是从富根那里知道的,富根的父亲在南沱教书,富根的父亲让富根考南沱的初三,据说在南沱中学上初三,考上重点高中的可能性是比较大的。

现在想起来,我还挺佩服自己的这个决定,在父母不知情的情况下去参加重点中学的考试,然后,顺利考上县重点高中,而在本村上初三的我的同学们没有一个考上重点高中的。父母从来没有要求过我什么,只是自己的心中总有一个朦胧的梦,这个梦的近期目标便是考上重点高中。

南沱距家10里地,到南沱上初三,是我第一次离开家。睡的床是从家里拉去的,学校里只是有教室,有简陋的学生宿舍,宿舍是南北向的旧房屋,冬天很冷,夏天又很热,而富根却能和父亲住在一起,在我的眼里,富根是多么幸福啊。他可以和父亲一起吃饭,有时候是父亲给他单独做些饭,有时候是在教师伙上吃,教师的伙食总会比学生伙食要好得多,那时,刚分产到户,我家的粮食还处于不大够吃的状况,母亲总是说让我吃好,而我也总是答应过,却从来没有吃好过。正处于长身体的阶段,印象中特别能吃,我有意地少买个馍,很少买菜,也不买稀饭,只是喝些水。有时,借同学的咸菜吃,母亲大概以为我在学校会吃菜,她一般不给我准备咸菜,只是在我要求时才备些,而有的同学却长期都有咸菜吃,这让我很羡慕。后来,我干脆不在食堂买馍了,每个星期回去的时候,都让母亲烙些发面饼子,数好数,放在黄色军用包里背到学校去,一般吃到星期四,有时候为了能吃到周末,就少吃些。天热的时候,饼子会发霉,擦一下,继续吃,觉得发霉的饼子照样很美味。现在想来,这样吃饭对于正在长身体的我来说,影响是很大的,如果营养跟得上的话,说不定会多长两公分呢。终于在上学期快结束的时候,我发现眼睛近视了,坐在教室里看外面的一个男生的时候,怎么也看不清他的脸。

二

每个星期天下午,我背着母亲给我准备的发面饼子和换洗的衣服、书走在上学的路上,家紧挨公路,有公共汽车,可印象中从来没有坐过,走到南沱公路口,向南还要走两里地,这两里地是土路,坑坑洼洼的,每个周末,我们又先经过这段土路,然后走上柏油大路。柏油路上来来往往地跑着各种车辆,我们沿着公路边走,路边是高大的杨树,在不同的季节里给我们不同的惊喜。印象中回家的路多是自己一个人走,虽然和富根同村,但他都是父亲用自行车带着回去,邵庄有两个同学,但是男生,那时男生和女生从来不说一句话，更不用说同行了。常常，这两个男生走在我的前面100多米的样子，我自己跟在他们身后。家在黑龙潭的丽也偶尔和我一起，丽的父母是吹响器的，她家的条件显然比我们都好些，她常常穿着新衣服，人也吃得白白胖胖的。

父亲在公社上班，距离我的学校3里地，父亲从来没有去看过我，放学的时候，我会拐到父亲那里去，有时骑上父亲的自行车，父亲从来没有把我送回家过，那时骑自行车的技术还不够熟练，有一次，车子后面带着席子，有些把握不住，骑着骑着，车子就重重地撞在路边的大杨树上，发出“咚”的一声响，我很紧张，不是怕车子撞坏了，而是怕前面的男生发现了，我快速地骑上车子，那两个男生听到声响果然就回过头来看，他们没有问我发生了什么事，我也没有告诉他们，还在心里暗自庆幸他们不知道我骑车撞在树上了呢。

三

随着时间的推移，我成了南沱中学的小名人了，因为每次考试，我几乎都在毕业班里排第一。据说，初三还有几个考上了一般高中的复读生，他们也考不过我，每当考试的榜贴出来，都会听到他们谈论我，其实我也不知道是怎么回事，怎么每次都是第一呢？不过有一点是很清楚的，那就是全部的心事是在学习上的。

我穿的衣服一般是拾姐姐的，从来没有给母亲要过什么，总是听到母亲夸我懂事，而富根的父亲却看不下去了，因为我穿着的一件天蓝底色带花的上衣是减价布做的，两只袖子上是不同于其他地方的花纹，现在想起来那其实是挺洋气的，富根的父亲找到我母亲，让我母亲给我添件新衣服。我却总认为家里困难，要少花钱，多替父母着想。

教语文的马老师经常在班里读我的作文，有时还拿到另一个班读，他每次都很认真地给我批改，有一次，还批了满满的一大张，大意是说我的作文水平已经很不错了。我精心地保存着我的很多作文本还有日记，总是认为可以长大当作家时作为素材用，可惜在我上大学后，母亲将我包着的这一包东西毁掉了，令我感到痛惜不已。不过，毁就毁了吧，免得看到那些东西又想起从前的人和事，从前的人和事总是会让人感伤的，毕竟时光是不能倒流的。

很多年后，在回家的路公共汽车上，我认出了马老师，他迟了会儿才认出我来，那时我已经工作了，后来，马老师在我所在城市的一所私立中学教书，始终没有请马老师吃一顿饭，想想真是后悔，现在也不知马老师又去了哪里。

四

大概从初中开始，男女生便开始不说话了，初三依然，重点中学也不例外。但老师好像故意和我们过不去，排位时，非让男生女生一个桌，坐在一个桌上还是不说话，只和前后的同学说话，我在第一排坐，我的后面是秋云，我们说得最多。要是有男生和女生说话，很快便被同学传说"谁和谁好"之类的话，大概就是说他们谈恋爱吧，但又不完全是谈恋爱的意思，谁被传说了，影响自然是不好的，女生会被说成是"风实"，就是不沉稳的意思。

我的同桌姓庞，个子不高，一双明亮的大眼睛，皮肤很白，总是穿着很干净的衣服，他的父亲和我父亲认识，在公社税务所上班。据说，庞的父亲经常过问他的成绩，也因此知道了我总比他儿子考得好，这也许会让我父亲感到高兴些吧。父亲是不是问过我的成绩，我印象不深，只清晰地记得有一次他半躺在床上读我的日记，读几句，给母亲解释一下，然后乐呵呵地笑，我却觉得很不好意思，那时我好像不是在上初三。

那一年，我从来不记得和哪个男生说过一句话。上面说过了，即使在我的自行车重重地撞在树上时，我也没有和男生说过一句话，但男女生同在一个教室读书，在一个食堂吃饭，虽然不说话，但彼此还是认识的。一次，我和秀兰正在学校操场走着，有一个男生（可惜现在我已忘记他的名字，更不知他在何处了）跑到我们前面，一下子上到一个单杠上，做着很复杂的动作，我停下脚步看，秀兰拉拉我的胳膊，笑着悄声对我说：快走，不要看，他是故意表现呢。我果然就跟秀兰走了，也许那一刻那位男生很失落吧，他也许非常希望有女生欣赏他优美的单杠动作呢。

五

上面说我很羡慕富根能够跟父亲住在一起，其实，我也在老师屋里住过一些日子的，至于多久已记不得了，起因是和我同村的一个姑奶接替她父亲的班成为教师，在我所在的学校里教学，她好像文化程度不太高，但很好学，她常常问我很多问题。和姑奶住在一个屋子的另一位老师长得很秀气，姓马，同学们都传说她和学校的那一名男老师胡老师在谈恋爱，我也亲眼看到过她远远地注视胡老师的眼神，她的这个眼神让我记忆深刻。可惜她不是公办教师，而胡老师是公办教师，胡老师最后去了县城，而马老师却不知到了哪里。

姑奶问我问题时，常常会给我聊些其他话题，她说得最多的是不知道将来你们长大了是不是还记得我们呢。现在想起这些问话，真的觉得有些心酸，在我们成长的过程中，有许多老师、同学、朋友、亲人……为我们付出了很多心血，我们应该永远记得这些的。可是，随着时间的推移，我们的确遗忘了一些不该遗忘的东西，或者说，虽然没有遗忘，但我们对于他们的报答又是什么呢？能够想起他们的模样已经很不错了。有很多人认识过后便永远没有再见面了，即便是再见面也彼此认不出来了，所以，能够在一起才是人间最大的缘分啊。

姑奶嫁给了我的物理老师刘教师，以后随刘老师到了县城，当然，这些也只是听说而已，离开南沱后，我再也没有见过姑奶了。但愿她一切都好吧，见了她，我一定会告诉她一句话：我一直都没有忘记你！

南沱离我家 10 里地，现在看来，那是一段多么近的距离，现在每天我要往返 36 里地接送女儿呢，但是我却几乎没有再回到南沱中学去。印象之中，曾回去过一次，那时的我已经很怀旧了，我走进校园，隔着窗户使劲看着我曾经坐过的教室，心里充满莫名的惆怅。

马路街家园

马路街是漯河最早的一条商业街道，1906 年铺筑京汉铁路时修建，从寨内直通火车站。漯河区划调整前，马路街是漯河最繁华的商业街，十里八乡的人凡到漯河的，一般会到马路街逛逛。

我来漯河工作生活之前就听说过马路街的繁华，对这条街仰望已久，它成为繁华漯河的象征性街道在我童年的心灵中显得相当神圣。想不到，来到漯河后，我的生活与这条街道紧密相连，更想不到，我竟然在马路街南面的一个园子里有了自己的家园。

1988年7月3日,我与另外三位一同毕业的大学同学一起,背着大大的包裹乘火车离开了风雨中的郑州,走进漯河火车站,但见天色阴沉,酷热难当,举目四望,一片陌生。我们将行李倚在火车站墨绿色的铁栏杆上休息,同时也等已分配至漯河的高中同学的消息。终于联系上了,背着包裹从火车站一路向西走,以后知道走过的那条并不宽阔的街道是马路街。

我们走进挂着单位牌子的马路街南面的一个院子。跨过锈迹斑斑的大铁门,走在煤渣铺就的小路上,望着路两旁低矮的深灰色瓦房,心中惊诧城市中也有这么破旧的地方。眼前一幢三层的红砖楼房,是这个院落最新的建筑,同学的朋友在这幢办公楼上分得一间屋子,喝茶,聊天,各自回家。

几个月后,再一次走进这个院子,上这幢楼,再一次暗自惊诧,我大学毕业第一次踏进的院落便在此。再过一段时间,竟然在这幢楼二层的另一间房里布置新房,与同学的朋友成为邻居了。在这个曾经陌生的城市里,有了自己的小家园。

有同样感受的还有爱人单位的几位大学毕业生,他们同样在这楼上分得一间屋子,这对于20世纪80年代刚毕业的大学生来说已算奢侈。年轻人多在这个楼上安家落户,渐渐地,这幢楼便充盈了浓浓的生活气息。

楼为单面楼,在向阳的南面是一米多宽的走廊。没有厨房,我们便在走廊里放置煤炉做饭。煤炉常会熄灭,熄灭了便往邻家的煤炉里夹一块通红的煤球引燃。做饭时刻,你家的锅里冒着热气,他家的锅里飘着葱香,大家边做饭边聊天,有点小空闲,便放下锅铲,走到对方的煤炉边看看做了什么好吃的,顺便尝尝鲜,自己做了好吃的也会给邻居送些。我总爱边做饭边唱歌,好像心中的歌总像泉水一样流淌着,无法阻挡。现在有些奇怪,在那样艰苦的环境下竟然能唱得出来。

年轻人爱热闹,我们在工作之余,除了看书也在一起玩,没有电视机的时候,靠一台录音机娱乐,当时最喜欢听的歌是李谷一唱的《年轻的朋友来相会》,每每听到"光荣属于我们八十年代的新一辈"这句歌词,便感觉很振奋,那是一首唱给我们那个年龄段的歌。也互相请客喝酒。那时候请客多在家里,因为煤炉不好用,做菜的时间显得有些长,还因为当时年轻气盛,一喝起酒来便要喝个尽兴,周日的时候往往玩到深夜。有自认为厨艺不好的,就在请客时请来邻居做饭。

楼上无水,楼下有一个自来水管,吃水需要从楼下提上去,洗衣刷锅则多在楼下，大家边洗刷边聊，小到家长里短，大到国家大事，无所不谈。流水声、洗刷声、说笑声常常弥漫在水管周围。

年轻的心也有静下来的时候，往往在飘雪的冬夜或是明媚的清晨，会听到从邻家传出的笛声，不知道小楼上有多少人在悉心倾听，也不知道哪一支曲子会打动了人心。或者在月圆之夜，大家不约而同走上三楼的走廊看月，理科毕业的与文科毕业的人一起争论对于明月的不同感受。

楼的背后有几棵高大的桐树，它们默默地伫立在我们身后，给我们绿的享受，遮盖了煤渣路的灰暗，也会在春天的时候给我们一树桐花的灿烂与幽幽的清香。

每天上下班经过马路街，都要感慨于这里的热闹，街两旁是一个接一个的店铺，店铺以做白铁生意的居多，砸铁皮的叮当声不绝于耳。路中间摆满了卖服装鞋帽的摊位，四面八方的人们慕名聚集在这里购物。每天出入这里感觉十分困难，一旦进入我们的院子，便会立即感受到安静，仿佛经历两个不同的世界，正如当时的城市与乡村给人的不同感觉一样。

门上的大红喜字渐渐褪去它鲜艳的颜色。年轻人们收获了爱情，都有了可爱的宝宝，孩子们从小生活在这样一个和谐的环境里，也和大人一样想上哪家玩就去哪家玩。如果说同事们之间有这么友好的关系不足为奇的话，那么，同事的爱人、孩子也都关系很好的并不很常见了，这也得益于我们共同生活的老屋吧。

老屋来过亲人。结婚不久，母亲的手受了伤，来到我们居住的小屋，现在觉得无法想象当时是怎么在这狭小的空间居住的。在一个多月时间里，爱人因为时常要陪着母亲到医院换药，因此便与外科医生成为朋友，外科医生也曾来过这里。老家也来过许多人，都是让办各种各样事的，那时是那么热心、热情，从来不嫌麻烦，不像现在，越来越没有耐心。其他朋友也一样，大凡家里有了什么事，首先会想到在小城居住的他们。

老屋也来过单位的领导与同事。那时，年轻人们刚刚毕业，结婚、生孩子或有其他什么事，同事们会来到这里，给予生活的关照，他们与同事结下了深厚的情谊。老屋是他们青涩时光的见证，同时也见证着在他们成长的过程中，领导与同事给予他们的关心。多年以后，他们和老领导们都保持着联系，经受住时间考验的真情继续焕发着温馨的光彩。

老屋也来过同学。高中的、大学的同学都有来过老屋的，但人数不多，他们好奇地打量着我结婚后的生活，感受走出校门后的同学新的生活氛围。

高中同学梅也来过这里，只是没有见到她，她专程从西华赶来为我们庆贺新婚，却没想到我们回了老家。于是，她就蹲在走廊里给我写了一封长信，让在二楼办公的人们连同结婚礼物一同转给我。后来，我得知那时她家里正面临很大的变故，不知道她如何将悲痛的心情藏于心底来到陌生的城市为我们祝福的，每每读起她的信，都会禁不住感动与愧疚。

随着时间的推移，有的人搬出了老屋，但过一段时间还是会回来看看的。不仅大人们怀想这个老屋，就连孩子们也对老屋及老屋里的人产生了深厚的感情。搬走的同事带着孩子回来，三岁的儿子在二楼栏杆处看到了，朝楼下同事的孩子挥着手，大声地叫着同事孩子的名字，楼下的小朋友也边跑边挥着小手喊着儿子的名字，那场景十分感人。

曾经的同事因为机构的撤销合并或者工作的调动渐渐分到不同的部门，曾经的年轻人也不再年轻，见面的机会也少了许多，再不像以前那样可以天天见面。但无论分离多久，见了面，照样会感觉很亲，那种温馨的感觉弥漫在我们心中，原来我们之间也滋生了亲情了，这种亲情跨越血缘关系，更显珍贵。是的，朋友正是我们找到的亲人！

多年以后，我们再次相聚，感叹于几乎一个人一个部门，多数人事业顺利，家庭和美。但也有不幸，大家缅怀那位英年早逝的好朋友，也禁不住感叹时光无情，感叹人生无常。居住在老屋的年轻人的人生是这一代人真实人生的典型代表，他们走出大学校门，在举目无亲的城市里过着艰难的生活，他们不依赖父母，还要照顾父母甚至两个家庭，他们的肩上担负着工作和生活的两重重担，但他们不颓废，不抱怨，认为这是他们应尽的责任，在自食其力的艰苦中享受着奋斗的甘甜。

也曾回到老屋去看看，但是当年的院落已不复存在，铁门没有了，低矮的瓦屋不见了，三层楼房也不知去向，几家邻居也不知搬往何处，桐树更不见踪影，它曾经的安静与热闹与它曾经的欢乐与悲伤一同消失。它所在的地方成为城市中最热闹的所在，每天晚上，都会有数百人在这里翩翩起舞，他们可曾知道这里的老屋？可曾知道在老屋里曾经居住过一帮意气风发的年轻人？

随着城市的发展，城中的老屋越来越少，取而代之的是明亮的高楼与宽阔的马路，城市以它另一种繁华的姿态迎接我们。如今，我们居住在这个城市不同的地方，我们的住房条件远远好于老屋，但却对老屋念念不忘。大家都很怀念在老屋居住的那段时光，老屋记载着我们的青春故事，承载着我们的喜怒哀乐,见证着我们的艰辛与追求。在贫瘠的物质条件下,我们感受到的永远是快乐与美好,因为我们胸中有大爱,心中有真情,对生活充满感恩与希望!

那锈迹斑斑的大铁门,那煤渣铺就的小路,那低矮的灰色瓦房,那老式的三层红楼在记忆里不再显得破败,却像一幅水墨画印在我们的脑海里,在艰苦环境下结下的友情历久弥坚,老屋将我们联结在一起,它是我们永远不能丢失的精神家园!

生活萦思

档　　案

拥有时不觉得珍贵，失去时才知道痛惜。档案与爱情虽风马牛不相及，但却有着类似的特质。

档案平凡得如大街上的一个行人，睁眼即见；档案又神秘得如深山中的一处宝藏，扑朔迷离。档案如空气一样充满我们生存的每一个空间，从衣食住行的行为举止，到喜怒哀乐的思想情绪，许多看似如过眼云烟的事情，其实都未曾散尽，是档案将它们的影子尽数收去。即便是到了所谓无纸化办公的时代，档案也风驰电掣般地和时代一同奔跑，那存在电脑上的叫电子档案，那存在磁带上的叫声像档案，那世世代代口口相传的叫口述档案……你逃得了人生，却逃不脱档案的包围。

人生自古谁无死，唯有档案留其名，此言对极。“人生到处知何似，应似飞鸿踏雪泥；泥上偶然留指爪，鸿飞那复计东西。”热爱生命的人都会在意生命留下的痕迹。

人类几千年的文明史，恰如滚滚的长江东逝水，不舍昼夜地流淌，英雄也好，成败也罢，都被历史的浪花淘洗得如一块鹅卵石，人们不得不通过它光滑的表面去想象它凹凸不平的从前。时光转换，王朝更替，兴衰成败，悲欢离合，其间荡起多少历史的尘烟，响起多少战马的嘶鸣，生旦净末丑粉墨登场，历史的话剧一幕幕地上演，档案如处惊不变的老人，手拂长须，微笑着将大事收起，代代地承传。古人虽不再见，却依然有三坟五典、四书五经，档案向我们呈现出一个五光十色的从前，档案是人类的记忆的大脑，它承载着人类的记忆。雕塑家罗丹说过：回忆总是幸福的，包括痛苦在内。从这点意义上说，在人类的回忆的幸福里，少不了档案的功劳。从古至今，智者总是明白档案的价值。

档案让人眼花缭乱，从上古人类结绳而治到后世圣人易之以书契，甲骨、铭文、简册、缣帛、纸张，不同时期的档案各自挥舞着彩旗，将大地映出一片绚丽,将人生映得多姿多彩。

当你到达一个城市,在它繁华的后边,一定希望有着悠久的历史,没有历史作铺垫,这城市就如同一只花瓶。一个人没有记忆是可怕的,一个城市、一个民族没有记忆,道理也一样。

人生难以改写的是档案,当你走错一步,不管你如何涂改,档案上会永远留下涂改的痕迹。

手抚卷卷档案,如看到芸芸众生。一代又一代的人啊,曾经在历史的长河中鲜活地存在着,如今都已成为云烟了。通过档案回望历史,最容易让人珍惜现在,把握当前。

档案产生的环境不同,其价值就不同。档案不能左右自己的命运,即便是价值连城的档案,如果没有慧眼识珠的人,它可能会永远地沉寂在世界的某个角落,但被人发现也未必是一件好事,也许被发现之时,正是它走向毁灭之日。

档案似乎总是笼罩着神秘的外衣,这种神秘感是历史的迷雾带给我们的,我们总是想知道很久以前的历史真相。春秋时期,齐国的右卿崔杼,为了掩盖"弑君"的罪名,竟然企图篡改历史。几个史官以生命为代价,保住了历史的真实,这让人不禁想到,那千千万万的史官是不是也是这样立档不怕杀头呢?林林总总的史书中,几多真假?有时,档案也会无意地记录下人类活动的真实,如大跃进时期的档案,如今看起来让人简直不敢相信那时的人们就是这样生活的。现实如果不真实,档案也就失去了真实的根基。

历史上,档案工作者最高官至丞相,如汉朝的张苍,以列侯的爵位居相府;写就"史家之绝唱,无韵之《离骚》"的司马迁,也是一个档案工作者,百年之间,天下遗文古事,靡不毕集太史公,所以才会通古今之变,成一家之言。在安阳的殷墟里,就发现了据说是世界上最早的档案馆。在古代,如果档案库坏了,看管者是要格杀勿论的。

展开历史的画卷,你会对不同历史时期不同的人对档案的态度而感到诧异。据《史记》载:刘邦攻入咸阳,众将争夺金银财宝,唯独萧何先入秦丞相府、御史府收集图籍文书而宝藏之。其后,汉王刘邦之所以对天下厄塞、户口多少、强弱之处、民间疾苦全都了解得清清楚楚,就是因为有萧何从秦丞相府和御史那里得到的地图和文书档案。但清朝时,我国敦煌莫高窟石室档案库却被帝国主义列强盗窃掠夺,漂洋过海,寄居他乡。无独有偶,北洋政府将清内阁八千麻袋档案辗转拍卖,使珍贵档案散失殆尽。档案是悲哀的，它不能左右自己的产生，也不能左右自己的存在。愿历史的悲剧不再重现。

档案简直就是一只古董花瓶，看上去也许不怎么美，也许人们还没有认识到它的价值，但却是有价值的，而且是易碎的，只有慧眼识珠者才懂得去小心地呵护它。

一窗夕阳

办公楼呈南北走向，很多年以前盖的，在城市林立的新楼中显得有些旧了。夏天的时候，火辣辣的阳光直射进屋子里来，热得很，将窗帘拉了又拉，不胜其烦。

工作有所调动的时候，搬到东边的房间，当时刚好是夏天，忽然间远离了西晒的太阳光，一时间，真的有些兴奋，觉得终于摆脱了炎热的苦恼，像脱离了苦海一般，很是高兴了两天。但不久就觉得少了些什么，心中空落落的，有时真的有些坐立不安了。想了想，原来我所失的是一窗夕阳。人说：失去时才知道珍贵，想不到对这一窗夕阳，不知不觉间已有了眷恋之情。

每天下午，当办公楼下楼的脚步声平息后，整个楼房便沉寂下来。拉开窗帘，习惯性地向窗外望去，常常为眼前的景物所迷醉，此时的太阳已不再耀眼，只是红彤着脸，显出一副娇羞的模样。我相信这时是太阳一天中最美丽的时刻，你可以尽情地去欣赏它的美丽，看它如何自己美丽着又将这世界也变得美丽，它用丝丝缕缕的橘红色的线将天与地连结起来，一切的景致因了这夕阳而改变。楼房失去了它的坚硬，成了童话中的楼宇；土地失去了它的苍白，成了梦中的故乡。连空中的电线也像是黑色的镶着金边的琴弦，弹奏着天地间动人的旋律；窗外的千管翠竹摇曳在充满温情的光里，橘红色的光在绿叶上跳动，传递着天与地融合的信息。还有那条忙碌的路，在匆匆的行人中，却有两位老人相互搀扶，不紧不慢地走着，将人世间的爱情演绎成最美丽的风景，也许，这才是爱情最美的境界。一天的烦恼和忙碌顷刻间化作满腹诗意，坐在橘红色的光里，人和心都被笼罩上一层橘红色。

窗外的风景是变换的，春天的一窗夕阳柔和如水，夏天的一窗夕阳热烈如火，秋天的一窗夕阳透着沧桑，冬日的一窗夕阳蕴着清冷。夕阳用它不同的笔描绘着它的图画，有时它像个调皮的孩子，扮着鬼脸，钻入云彩，让你焦急地等待一会儿。如果用花香来比喻，一窗夕阳不是香艳的玫瑰，而是桂花，在默默中芳香四溢而又不着痕迹；如果用音乐来比喻，一窗夕阳不是激烈的交响乐，而是一个人伫立河边孤独地弹奏的六弦琴声；如果用书来比喻，一窗夕阳不是武侠小说，而是一本宋词，比唐诗更有韵味，在忧伤的调子里诉说自己的心思；如果用景致来比喻，一窗夕阳不是小桥流水，而是茫茫大漠，在“嗒嗒”的马蹄声里荡过一路尘烟。

在一窗夕阳里，总是有音乐在流动。车辆驶过的声音，还有风声、鸟鸣……都被染成了橘红色，你会自然地想到那人在旅途时的心情，同样的世界，其实人的心情是不同的，正如同对这世界的理解会不同一样。繁忙时，连心情是什么颜色都来不及细想，这时可以好好地品味。还可以一遍遍地听自己喜欢的一首歌，在歌声中望着夕阳一点点地沉下去，暗笑自己营造的这种诗境，而又庆幸自己一直地保持着这种诗境。境由心造，有多少伤心往事，有多少苦难的日子，此时都不存在了，存在的只有无穷无尽的诗意。

有时候想：怎么会喜欢夕阳呢？喜欢不需要理由，但还是有理由，正如同喜欢秋天一样，夕阳与秋天有着同样的韵味，在漫无边际的浪漫中蕴含着淡淡的忧伤。忧伤是人生的别样景致，正所谓忧伤是诗歌的魂，不是每个人都能享受到这种美丽，当浅浅的忧伤用它轻柔的纱幔将你包裹时，感觉如同聆听萨克斯略带伤感的曲子。而朝阳是没有这种韵味的，它只让人振奋，不会让人怀想。多少年来，夕阳被人涂抹上一层颓废的色彩，它默默地承受这误解，有多少人真正能够在它的所谓颓废中品味到它的美丽？

面对一窗夕阳，你可以静静地思念一个人，这个人可以是你幼时的老师，儿时的伙伴，大学的同学……这思念的味道不会是苦涩的，它有着淡淡的苦味，但也有浅浅的香气将你包围，一切的伤痛和不快都将如柳絮般飘飞，在空气中游游荡荡，让你无法真实地握住。即便是思念去世的父亲，也不再想起恸哭的夜晚，无助的奔波，而是想起父亲慈祥的微笑，魁伟的身躯，粗大的手掌，明亮的双眸，还有父亲倚在床上看我的日记时哈哈大笑的情景。多少个渐行渐远的梦，在袭上心头时都会让心痛一下，但这时疼痛的感觉却不会袭遍全身，因为面对一窗夕阳的时候，一幅幅画面都披着春的彩装，一件件往事都奏着轻柔的乐曲。

望着一窗夕阳，你可以插上梦的翅膀，在美丽的世界里飞翔。看啊，平时的人和物都笼罩着一层彩霞，窗外的树成了仙树，摇曳着满树金光；窗外的人成了仙人，着一件梦的衣裳。你会想到月宫里的嫦娥，想到海市蜃楼，想到的再也不是平时看到的化妆的脸、有着尘屑的发，衣是净洁的，牙齿是洁白如玉的，声音是婉转的，一切都是朦胧的，争吵、误会都不存在，平安、祥和的感觉在心中慢慢地升腾起来。

面对一窗夕阳，你可以想你读过的好书，书中的主人公一个个地在你眼前出现，他们的形象清晰着又模糊着，这时而清晰时而模糊的感觉折磨着你又吸引着你，你想象着他们的音容笑貌，你倾听着他们的话语。

有时，一抬足便走进这画里，看画里起舞的树、流动的云，还有奔驰的车、飞翔的鸟、行走的人……在婉转的鸟鸣里，在沙沙的风声中，笑看红的花，绿的柳，白的云……

有人说：世界上不是缺少美丽而是缺少发现，而美丽随着时代的变迁和人的心情的改变也会改变，能一如既往地坚守心中美丽的人又有几何呢？在你叹息不再年轻时，在你感叹不再有激情时，美丽的事情正悄悄地从你身边走远。坚守美丽是要付出代价的，当你听着夸张的言语，看着谄媚的笑脸时，你耳畔响起《沧浪之水》主人公的话：我懂，我懂，就是不愿意去做。你不愿意心中的美丽消失，所以你就失去了一份现实生活的惬意；你固执地坚守，也就轻易地失去。滚滚红尘里，人生如戏，而你情愿躲在一隅，不动声色地观看。无论眼前是怎样的世界，只要还有一窗夕阳，就会觉得至少还有一份美丽驻足在心头。

每当我望着夕阳归去，没有悲伤的情绪，慢慢地与它作别，因为我知道它要离去，我听到它与我告别的言语。最伤心是没有言语的离别，怀抱希望，却永远相见无期。当夕阳收走它的美丽时，我知道它明天还会到来，像守信的老朋友那样，不让你有等待之苦、相思之意。这时最好闭上眼睛，坐在沙发里，慵懒地听略带忧伤的歌曲，想象着夕阳离去便是天黑，你对现在的时光会更加珍惜。

不知不觉间，一窗夕阳已成为我记忆中的美丽的旧物，尽管不能经常地欣赏它、品味它，但我知道，它正如江上的清风、山间的明月，耳得之而为声，目遇之而成色，取之不尽，用之不竭。如是已足，人生何幸！

过 去

每年,总要有一些时间是用来辞旧迎新的。旧的一年刚刚过去,它的芳香还清晰地萦绕在我们左右,我们已经迫不及待地迎接新的一年的来临了,我们在感叹时光飞逝的同时对明天总是怀有一种向往与祝福,而对于已经过去的东西,不经意间抱着一种舍弃的心态。既然过去的已成过去,那么,告别它,迎接新的东西,也自然在情理之中了。

可是,过去总不是那么容易就辞去的。过去,它到底是一种什么样的东西,永远沉默地存在于我们的生活中?

过去如花。如果你认为过去是美好的,那么在你记忆的田野上一定盛开着五颜六色的花,它们是那么娇美,在和煦春风的吹拂下摇曳在你的心田。当你回忆它们的时候,你的脸上总会写满幸福、满足与感恩,过去虽然没有尽如人意,但却一样美好。在你的眼中,一棵冬天的树,一片天空的云都同样是美丽的,在这样的心态下,即便是看到一枝花绽放也会感悟到繁花盛开的春天之华美。如果你对过去总是心有所怨,那么,你的心田很容易荒芜,或是繁华过后的悲壮,或是寸草不生的凄凉。可怕的是,即便是眼前繁花盛开,在你的眼中也是没有美景的。过去所给予你的是撕心裂肺的疼痛和不堪回首。当然,二者也可能并存,这恐怕是大多数人的常态。无论是哪种情况,最终决定过去景色的是你自己的心态与行为。

过去是回忆。过去是美好的回忆的时候,它所散发的迷人气息可以成为一种强大的精神力量,激励人们去面对、克服一切困难。报载一位老人在年轻时代与一位姑娘相亲后去了台湾,此去一别便是几十年,几十年来,老人一直未娶。两岸通航后,他首先想到的是回来找那位姑娘。当别人问他是怎么度过寂寞的几十年时光时,他说,靠回忆,靠与姑娘短暂见面后留下的美好回忆!我们在为老人感到遗憾的同时也应该为老人感到庆幸,因为美好的回忆尤其是绵长的美好的回忆并不是每一个人都拥有的,这难道不是一笔宝贵的精神财富吗？当然，如果过去是痛苦的回忆而你又不能从这种痛苦的回忆中自拔，那它所散发出的消极气息也足以成为一种强大的精神力量，只不过，这种力量只能使你颓废。

人类向往美好的本能让我们知道，谁也不愿意拥有不堪回首的过去，总有那么多的无奈让我们没有选择，让我们无所适从，让我们走投无路，但即便如此，我们还是可以选择积极的心态。当你悲观的时候，你要想到人是有责任和义务的，有时候快乐也是一种责任和义务，是一种无私的表现，你自己需要快乐，也尽量要让周围的人因你而快乐。

过去是希望。小时候，记了很多日记，小心地放好，以便将来成为作家后写作时的素材，可是妈妈却把它们扔掉了。那时，伤心到流泪，虽然那看上去不过是一堆废纸，但它们却承载了我的美好梦想。每一个人都会小心保管着一些过去的东西，与其说是保管着过去，不如说是保管着希望。一座城市，一个民族，一个国家也是如此。我国有许多非物质文化遗产濒临灭绝的境地，保护这些非物质文化遗产就是保存民族的记忆和历史，如果一个民族的记忆消失了，那种痛楚不亚于生命的逝去。在不可抗拒的力量面前，我们对于挽留过去是无能为力的，但却可以尽量地保护，至少做到不去破坏。今天，过去被更多地记录在电脑上，一个病毒，一次失误的操作，就足以让所有的东西瞬间消失。保存过去，留存记忆成为更加艰巨的任务。

过去如镜。人类自觉或不自觉地留住一些过去，我常常惊叹于古人的这种意识，人过留名，他们更注重多少年后给后人留下了什么，也就是说，他们很在意自己留给后人的过去是什么样子的。中国古代有左史记言、右史记事的制度，对于历史的记录是相当认真的，从《史记·廉颇蔺相如列传》的描述中我们可以清晰地感觉到。在秦赵渑池会中，蔺相如让秦王为赵王击缶，同时让赵国史官记录下来这一事实，即便是至高无上的皇帝，也十分在意别人是如何记载他的过去的，秦王不得不做出让步。只有对过去怀着一种敬畏，才能很好地约束今天的言行，以便将来留存一个美好的过去。以古为镜可以知兴替，李世民把过去当成了镜子，把历史上的成败得失作为鉴戒。我们应该感谢司马迁、班固等史学家的辛勤劳动，究天人之际，通古今之变，给我们展现出一幅幅动人的历史画卷；我们更应该理解为存史资政育人而在平凡工作岗位上默默奉献的人们！

过去和现在唇齿相依。过去会影响现在，现在会很快成为过去。过去不能追回，但却可以延续，它延续成今天的喜怒哀乐，你无法割裂它们。忘却过去的伤痛是需要毅力与勇气的，很多人正是无法从过去的伤痛中走出进而影响到了今天和将来。在这样的时候我们需要与过去有一个较量，战胜它，才不会被它左右。过去再辉煌只能代表过去，它的诱人的花香只存在记忆里，梦境中，你只有像昨天那天勤奋，才可能拥有如昨天一样美好的东西，甚至超越它们。

回首过去，是为了更加珍惜现在。喜欢过去的人却并不一定不喜欢明天，相反，需要有怎样的爱心，才会对过去也一往情深啊。它一方面代表我们对过去的留恋，另一方面也代表我们对明天的美好向往。科学研究证明，海马体受损的遗忘症患者无法想象未来。这是因为当一个正常的人想象未来时，他们会利用其过去的经验，构建一个可能发生的情况。能看到多远的过去，就能看到多远的未来。没有记忆的国家、民族，一定会像遗忘症患者一样，处于痛苦之中，甚至走向灭亡。中华民族引以为荣的几千年文明史，正是中华民族的过去，是中华民族的宝贵记忆。

过去是冬季，它是那样深沉，在沉默中蕴含着无尽的故事与力量；过去是山，刚劲挺拔，力量无穷；过去是萨克斯或是二胡的音响，在淡淡的忧愁中把我们的思绪带向遥远的古代。过去可以是一分一秒，也可以是十万八千年，过去是古栈道，是烽火台，是甲骨文，是青铜器，也可以是高山流水、大漠云烟。

过去不会总是刻骨铭心的，还有那么多平淡的日子在记忆里什么也没有留下，仅仅是一粒微尘而已，这时你也不必忧伤，宠辱不惊，看庭前花开花落；去留无意，望天空云卷云舒也是一种高境界啊，利欲熏心的人无论如何是体会不到其中的美妙的。陶渊明能“采菊东篱下，悠然见南山”，是因为他淡泊名利，不以物喜，不以己悲，拥有一份宁静平和的心境。

过去就是这么一种东西，它给你一种踏实的感觉。虽然你不可能记得过去的所有东西，甚至在很多时候漠视它们，看似忘记它们，但是，你明白它们还是存在于你的记忆之中的，你还是拥有它们的；一旦失去，任你呼天抢地，痛不欲生，也是无法挽回的，那种空白无以弥补！

让我们好好地珍惜过去，把握现在，开创未来！

品味做饭

“饭,食也。”《说文解字》如是说。民以食为天,身处有中国大厨房之称的漯河,须关注做饭。

做饭与烹饪好比大俗与大雅,二者相对而望。一日三餐,家常便饭。做饭当属大俗之举,而烹饪则可以上升到文化艺术高度。人生在世,首先当有饭吃,否则,食不果腹,面黄肌瘦,少气无力,一切皆为空谈。如我凡夫,天天做饭,怎么可能对“做饭”二字无动于衷?

上古之时,先人食草木之实、鸟兽之肉,茹毛饮血,直到燧人氏钻木取火,才渐有美味佳肴,从远古流传至今的做饭是带着渐次文明的馨香的。在我们所能看到的为数不多的文物中,炊具、食器、酒器占有相当分量,它们承载着人们对古人生活状况的想象,昭示着不同时代人们的文明等级。可以想象得到,古人第一次嗅到熟食诱人的香气会是多么的惊喜,这种发现是古人给予后人的恩赐,有了美食,千秋万代的人们生活得才会有滋有味。

做饭的场地叫厨房,农村至今还沿袭了先前的说法叫灶火,从灶火中飘出的炊烟,是乡村特有的标志,让人想起母亲做饭时的温馨画面,很多人想到母亲,会首先想起母亲做的饭。如果说灶火里藏有儿时的温馨,那么厨房中便饱含成年的喜乐。有时,感觉这厨房犹如战场,锅碗瓢盆便是刀枪剑戟,束上围裙,犹如穿上铠甲,在厨房这战场上纵横驰骋,信马由缰。饭后的刷洗正如打扫战场,当垃圾倒净,厨房再次变得澄明时,成就感油然而生。若客人或家人再赏几句赞美的话,简直像得了军功章一般高兴了。

做饭时身处一个缤纷的世界,赤橙黄绿青蓝紫,或是新鲜的蔬菜,或是收获的五谷,其实它们就是盛开的花朵,是明亮的果实,是浪漫的叶片,接近它们,如与大自然进行一次温情的对话。你可以体会到它们在成长过程中阳光普照时的欣喜,电闪雷鸣中的惊恐,它们静立在旷野,在河边,在山地,也许刚从一池碧水边翻过千山、跨越万水来到你的厨房。它们也承载着历史的厚重呢，是沐浴着汉时的月光从西域走来，还是吮吸大唐的雨露告别波斯？它们仰望着你，渴望在你的手下成为人们餐桌上的美食，实现自己的价值，你又怎么忍心漠视它们？各种颜色的食物进行巧妙地搭配后，摇身一变即为美味佳肴。

这里充盈着浓浓的艺术气息。且看食物的形状，或圆或方，或长或短，或肥或瘦，姿态万千，风情万种，如鬼斧神工锻造出的精湛艺术品，你不得不感叹大自然的造化。走进厨房，你就是走进了一个创意的天地。不管是“蚂蚁上树”，还是“霸王别姬”，有多少奇思妙想，都可以在你的手下变为现实，如同实现了一个又一个美丽的梦。有时，只需稍用心思，在你的笑语间它们就变成一个个美好的祝愿送到客人面前。手有多巧，胆有多大，在厨房便可以变出多少个品种，果蔬鸟鱼，皆可入盘。你就是魔术师，你就是艺术家，虽然你不是专业的大厨，但做饭的确能给你提供尽情地展示创新才能和精湛技艺的机会。再听听做饭时动听的乐曲。炒菜声、炉火声、流水声，抽油烟机声、水沸声、切菜声、剁肉声……或单奏，或和鸣，有时你边做饭边在这原始音乐的伴奏下低吟浅唱，其乐融融。

不同的人走进同一个厨房会做出不同味道的食物，做饭中也存在着决策与判断。细节决定成败在这里上演，特意加入的一滴醋，用心切成的一朵花，无不表明你对客人的尊重，你对家人的爱心。尤其是在老人身体不适时，你精心熬制的冒着香气的营养汤，胜过孝顺的千言万语。酸甜苦辣香麻咸，各有长短，或独成特色一味，或排列组合，用不同的调和手法调出不同的味道，你需要什么样的味道，就自己动手吧，这时，主动权会完全在你的把控中，那“久而不弊，熟而不烂，甘而不哝，酸而不酷，咸而不减，辛而不烈，淡而不薄，肥而不腴”的至佳美味一定会成功呈现。至于懒妇惰汉，只有多吃垃圾食品了。厨房是多味的，恰如多味人生。人生百味，其实也在你的掌握之中呢。

做好饭，盛入盘碗，放好筷子，只等家人回来吃饭，有时你会惊诧，为何总想跑很远的路回家？为的是在家做饭时那种付出的喜悦，为的是在家吃饭时那种家的亲切，只这一刻，便给半天的时光积累了工作的能量。在等待的时光里，会想起与做饭有关的成语“举案齐眉”，那古时的女子是如何恭恭敬敬地将自己精心做好的饭菜端到夫君面前？她是如此心甘情愿，只这一举便饱含着对夫君无限的爱恋。如今，举案齐眉已引申为夫妻相敬如宾，也许，这样的意境才是夫妻关系的最美境界。西汉卓文君和司马相如家徒四壁时在酒肆“文君当垆”“相如涤器 ”,用行动证明贫贱夫妻也可以书写不朽的爱情故事。

常常做饭的人不一定喜欢做饭,但知道不能因为怕油烟、怕手变粗糙就逃避做饭,将做饭上升到责任和爱心的高度一点也不为过。常听有男人抱怨女人不做饭,也有女人抱怨男人不做饭。这个问题很简单,对于女人而言,如果你喜欢一个叱咤风云的男人,请别介意他不走进厨房做饭;如果你特别在意男人的体贴细致,就不要责怪一个做饭的男人。对于男人而言,似乎都喜欢让女人做饭,要留住男人的心,就要满足男人的胃,女人总结出了留住男人心的经验。做出美味佳肴可以吸引男人回家吃饭,但美味佳肴却不能担当留住男人心的重任,当做饭成为女人留住男人心的唯一手段时,那女人也就走进悲哀了。完全按照自己意愿设计的爱人性格是不存在的,与其口出怨言,不如心甘情愿,改变态度,或会峰回路转。

做饭的时候可以让思绪轻轻飞扬,这思绪也与做饭有关,扬汤不能止沸,提醒你在遇到矛盾时找出主要问题果断决策。项羽为何非要破釜沉舟才能鼓舞士气？那饿死不吃嗟来之食的人是不是更应该自食其力？那因耻食周粟而隐居在首阳山的伯夷、叔齐何以为孔子所称赞？

做饭的人最关心食品安全,巧妇难为无米之炊,不管是柴米油盐,还是鱼肉禽蛋,都要让人放心采购。当你走进厨房,看到做饭所需的既安全又新鲜的各种原料时,不也能产生幸福感吗？望着它们,你会想起古今中外曾经发生的一幕幕饥饿的场面,会更深地体会到如何珍惜当下、不忘从前;如何做到人人有饭吃,人人有衣穿!

童年的枣园

老家的南面,有一个开阔的园子。园子并无围墙,在几乎家家有院墙的村子里,这没有围墙的园子就仿佛一片独特的云飘浮在村子的中央。园子里,生长着三棵大枣树,大枣树呈三角形种植着,它们的枝蔓几乎罩满了园子的上空。园子的主人是一个老太太，我称呼她为老太。

我不知道老太的三棵大枣树种植于什么年代，从我记事的时候起，它们就已经是直径达一尺多的大树了。年年盼着秋天快些来到，因为秋天的时候，满树的枣儿都熟透了，一树一树红红的果实让我童年的心骚动不安。总是盼着卸枣的日子，枣儿熟了，却不知道什么时候卸下来，急了，就跑去问老太，老太总是说快了快了，枣儿却还是一直在树上挂着，心中就一直盼着。

终于等到了卸枣的日子，只见生产队里几个麻利的小伙子分别攀上三棵大枣树，在枣树枝上憩息的小鸟尖叫着拍打着翅膀飞远。小伙子们试探着树枝的承受力，找一枝合适的树干站着，双手紧握面前的另外一枝树干，使劲地摇晃，身子一前一后地摆着，像在水中摇动着船桨一般。枣儿随着他们的摇动哗啦啦地往下掉，如暴雨一般。树下早就站满了等待拾枣的人，有男人，也有女人；有老的，也有少的，他们站在枣树下，仰着头，张嘴望着头顶上的枣树枝，望着树上的小伙子。太阳光从枣树枝的缝隙间筛下来，有些晃眼，不知是谁打了个响响的大喷嚏，大家扭过头来看他，说，枣想你了。于是便响起一阵阵的笑声。掉下来的枣儿有的落在了地上，地是早就打扫干净了的，还留下了洒下的水的痕迹；有的枣儿砸在了脸上，正笑别人呢，自己却也被枣儿砸了一下，只听见你一声我一声“哎哟哎哟”的叫声，树上的小伙子听到了，更加起劲地摇，也摇动了树的影子，有怕疼的，就笑着叫着捂着头跑到了一边去。这样摇了一会儿，满地就铺满了枣儿，都是红色的，间或有绿色的枣树叶子掺杂其间。树下的人就开始拾枣，拾着拾着，就将一颗红红的枣儿在衣襟上擦了，塞入口中，赞一声“真甜”！树上的人还在认真地查看着树枝，头一会儿伸向左边的树枝，一会儿伸向右边的树枝，身子也不时地变换着姿势，发现哪里还有枣儿，就向树下的人吆喝一声，早已准备好的长竹竿便被递上来，小伙子对着枣树枝猛打，直到将树上的枣儿都打下了，自己才带着胜利的喜悦从树上爬下来。

愿意拾枣的大多是女人，男人只是站在一边看，姑娘媳妇们一边麻利地拾着，一边嗔怪着男人们的慵懒。男人们嘴上叼着烟卷，一口口地喷着烟雾，见枣儿都拾起来了，就帮忙分枣。带来的篓子、篮子、盆子等都装得满满的，实在装不下了，就在地上堆成了堆。分枣不像生产队分粮食那样严格，大家只是自觉地你一篮子，他一盆子地搬走，都很满足似的，脸上挂着笑离开。分不完的，就由老太喊来人弄走。我家离老太家最近，老太所给的枣儿总是比别家多，有时会有一篓子，可以吃很长时间。也许是因为老太的牙早掉完了已吃不动枣，分枣似乎从不征求老太的意见。分完枣的时候，可以好好地过个瘾了，生吃的时候，枣儿是甜的，一口咬开枣儿，见红红的外衣包裹的是淡绿色的果肉，细细地品了，甜中带香，一口气吃上很多，奶奶常常提醒说：别吃多了，不然会闹肚子。又说吃熟枣比较好，于是，就见奶奶将枣儿蒸熟了，或是放在稀饭锅里煮熟了，熟了的枣儿不再脆了，却是软软的，也不再甜了，我不爱吃熟枣，常为此抱怨奶奶。红枣可以吃很长时间，却从不记得奶奶将枣晒干了存放，因此，童年的记忆里是没有吃干枣的印象的。

其实早在枣儿刚刚长成时，我们就已经时不时地品尝枣儿的味道了，常有调皮的男孩子拿了长长的竹竿打枣，他们个子不高，竹竿又不够长，打起来是有些难度的，却也有收获，也有胆大的爬到树上去摇动树枝，老太发现了，常常像吆喝猪一样地吆喝他们，有时还拾一块土坷垃，朝着他们的背影扔去。可他们并不怕，老太刚刚进屋，他们就又出现了。青青的枣儿说不上好吃，但偷枣却成了儿童的一种乐趣，看老太气呼呼的样子，觉得很好玩；有时还故意气她，看见她，就大声地叫：有人打枣了！老太气呼呼地踮着小脚跑出来的时候，他们早嬉笑着跑远了。

卸过枣后的枣树像失去了孩子的母亲那样，无精打采的，我常常望着它们，童年的心也空荡荡的，枣树叶子也少了很多，枣树像经过了一场浩劫。秋末，这些绿叶在秋风中变了颜色，然后纷纷落地，园子里时常铺满了枣叶，去找老太的时候，就是踩着这些叶子走进她的小屋里去的。冬天的枣树像是沉睡了，一冬都好像没有它们的消息，不管它们身上落满了雪还是结满了冰，不管是小鸟飞来还是飞去。我走在树下，内心却想着满树挂满红枣的景象。春天的时候它们醒来得晚，天很热了才发出了小芽，奶奶说：枣芽发，种棉花。多少代人传下来的农谚，准确得很。绿色一点点地生长，像有一枝无形的画笔慢慢地在园子的上空涂着，没多长时间，绿色就涂满了园子的上空。枣树的花朵是很小的，长大后见到桂花，觉得和枣花差不多，可是枣花的颜色是独特的，呈绿色，有一次朋友问我一个问题：什么花是绿色的？我就想到了枣花。

1975 年发大洪水时，爸爸和叔叔一直没有到河堤上去，他们将家里的粮食放到大木盘上，用绳子系在枣树上，就这样一直到洪水退去。洪水中，三棵枣树未被淹死，但不久被生产队除掉了，因为洪水后，村里的房屋悉数倒塌，整个村子整体向北迁移，大枣树和村里的其他树一样不复存在。在我的新家，爸爸妈妈也栽上了枣树，不过很小，从此不见了我的枣园，和枣园一起消失的还有枣园带给我的欢乐，枣园凝固在了我童年的记忆里，美好而又遥远！

穿行在冰凉的空气里

气温低的时候，感觉曾经温软的空气便僵硬了身子，变得如冰一样硬、如冰一样凉了。虽然知道不得不穿行在这样冰凉的空气里，但还是怀着一颗畏惧的心，将自己严严实实地包裹了，很悲壮地跌入冰凉的空气中。

脚下是雪。满眼是雪。心里也是雪。这洁白的世界让我惊诧，让我驻足，也许这才是梦中一尘不染的世界，只有在下雪的时候，这洁白的世界才可以变成现实。冰凉的雪花落在头发上，落在大衣上，它们从天际而来，就是为了告诉我冬天的消息吗？像终于寻找到了母亲的小鸟，雪花驻足在我温热的肩膀，又悄悄地融化，完成联络天地的使命。于是加快了脚步，宁肯雪花落在地上，免得它消失。可是，雪花还是少不了被行人的脚步践踏。那么雪花落在哪里才好呢？树上，河里，还是草地上？哪里才是雪花洁白身躯的最好归宿？我如一片雪花一样在冰凉的空气里穿行，如一片雪花一样感到无助。雪花将寒冬冰凉的空气美化了，那穿着不同颜色服装的行人恰如湛蓝天空中的朵朵云彩，或者碧绿草原上的簇簇花朵。如今的雪花和童年的雪花一模一样，它们一样的洁白，从天空飘落的身姿也一样的轻盈，时隔数年，却毫无改变，或者这雪花正是从遥远的童年飘过来的吧！

雪住时分，地上柔软的积雪已在人们的脚步下、车轮的碾压下变成坚硬的冰了，走在上面，须小心翼翼。这时，看到有身着棉衣的少年乐哈哈地在冰上滑行，滑不太远，快乐的笑声却传播得很远，直到感染行人的心。想象着在滑冰场如鸟一样滑行的感觉，风在耳边吹着，尽情享受飞翔的感觉。不敢学那少年，却让包裹着的心和少年一起飞腾了起来。总是小心着，也会摔倒，手扶冰凉的路面，疼痛的感觉穿透全身，咬着牙起来，才惊讶地发现，这种真切的痛的感觉已经久违了，如遇见多日不见的朋友，竟然对冰心存感激:如果生活里总是没有疼痛的感觉,安逸的生活会给人带来什么?如果总是有没完没了的心底的疼痛,这样真切的疼痛,痛感会很快或者慢慢地消失,而灵魂深处的痛楚却是无论如何都消除不了的。

夜晚走到冰凉的空气里却是别有一番滋味的,可以看到自己呼吸的色彩,这是以前所没有注意到的,白白的如烟雾一样的东西从口中呼出来,被冰凉的空气很快地融合掉,这似乎变成了一种有趣的游戏。手是伸不出来的,只好藏在衣兜里。橘红色的灯光没有了往日温馨的感觉,它穿透冰凉的空气,只是将冰凉的空气染成橘红色,如帐篷一样覆盖在夜色中的人们身上。路边有卖甘蔗的,却忽然想到要吃一些,吃着甘蔗,如将冰凉的空气含在了口中。环顾四周,有许多卖东西的人,他们长时间地站立在冰凉的空气里,一定很冷吧。一辆汽车尖厉地鸣了两声笛,从我的身旁跑过,尾部冒着黑烟;一辆三轮车从我的身旁"咯吱咯吱"地走过,车上坐着两个包裹得只剩下两只眼睛的孩子,我朝他们眨了一下眼睛,我想他们肯定面无表情,冰凉的空气让很多的人面无表情。

褐色的树干默默地承受这冰凉的空气,也许,它们会在冰凉的空气里呜咽;也许,它们已经在冰凉的空气里安眠,在它们的世界里并无冬天,一觉醒来,已是春天。残存的叶片在冰凉的空气里摇曳,怎么看都显出几分的苍凉,这是倔强的树叶,不愿意脱离树干,还在怀着夏日绿色的梦想,可惜夏日早已不再了。

冰凉的空气如一把利剑刺痛着我,我的身躯也如一把利剑将冰凉的空气刺破,每走一步,我都似乎听见空气碎裂的声音;又觉得冰凉的空气如水,我游动在冰凉的空气里,水流被我劈开,身后浪花翻卷,我战胜了寒冷,我从寒冷里寻找到新意。

面对冰凉的空气,恐惧有何用?想起夏季的碧绿的树、成熟的西瓜;白亮的海滩、风情万种的椰子树;无垠的草地、灿烂的花朵……那是属于炎热的季节的,此时却对我有一种无限的诱惑力。明年我一定会好好珍惜那夏的炎热,眼下的寒冷是不是也要珍惜呢?大自然带给人的每一种感觉都是珍贵的,严寒也好,炎热也好,它走了,再见要等待整整一年。好在我们知道四季更替是可以等得到的,就如同按时收获丰收的果实,有什么样的感觉比此更美好呢?

收到朋友发来的短信息:天凉了,送你件漂亮的外衣,前面是平安,后面是幸福,吉祥是领子,如意是袖子,快乐是扣子,口袋里满是温暖,穿上它吧,让它伴你每一天！穿行在冰凉的空气里，看着这样的问候，连空气都变得温暖了，抬头望望苍白的太阳，感到它慢慢地有了温度。

穿行在冰凉的空气里，我珍惜着，我等待着！

见　面

见面算是一种习俗，农村里有，城市里也有，是指男女未婚青年在媒人的说合下见一见，看看对对方是否满意，满意了便交往下去，也就是谈起恋爱来。见面是幸福或不幸婚姻的开始，也是幸福或不幸婚姻的终结。

见面前，男女双方是要精心打扮一番的，没有称心衣服的，往往会借来衣服或鞋子穿了，见了面，再还回去，这是很常见的事；经济条件好些的，就在见面前买了新的衣服鞋子来，只等见面时穿。理理发、化化妆之类，更是应该注意的事情。总之，男女双方往往会在别人的指点下将自己好好地打扮一番，平常不修边幅的人在见面时也说不定会是西装革履的，总希望给对方留下个好印象，哪怕这印象是假象，只要对方不说什么，那这亲事就很可能成了。有残疾的，就巧妙地装饰一番，如成语中所说走马观花，便是指此，可见古人也是知道这见面的技巧的。所以一直认为自古以来，爱情或婚姻中的错觉是一直存在着的。

有些人见面的目的是不考虑爱情而只考虑婚姻的，所以就会过多地考虑对方的条件，先是长相，男人要英俊，女人要漂亮，实在不行，也要看着顺眼，因为没有爱情基础，一般来说，看着不顺眼的，就不会再有交往了。也有因为其他原因而不情愿交往下去的，或是因为对方家贫，或是其他不可抗拒的因素，从自己的角度去考虑对方是不是适合结婚，男方是不是有房子，女方家里负担是不是太重，这些本和爱情风马牛不相及的事，却起了很重要的作用。有一个人，耳朵有些聋，家境又不太好，见了很多次面都不成，一天又见面，女方问，你家里有机子吗？男的说，鸡子，屙得到处是屎，最烦那玩意儿。这件事被当成笑话，至今提起还被人笑。事实上，女方知道他家里连缝纫机都没有,亲事也就说不成了。

见面的时候是有一些礼节的,男女双方见了,满意的话,就会交换手绢,男方的手绢是蓝格子的那种,女方的手绢是红色小碎花的那种,男方的手绢要大些。男方的父母还要给女方些钱,数目根据家境而定,多了,女方自会高兴,同龄的人走到一起,还会相互说谁收的钱多,谁收的钱少,这也是女伴们交流的一项内容。一般来说,他们喜欢在村里有戏时或是节日时见面,也有的专门挑一个所谓好日子见面的,以图个吉利。

有一个女同学,刚毕业的时候,对爱情充满了幻想,有人给她介绍对象,她坚持不见,有一次见到她,她说,见面?用这种方式寻找爱情,简直是对爱情的亵渎。她说着,简直有些慷慨激昂了。过了两年,在她的单位门口又看见她,她匆匆忙忙的,顾不得理我,问她干什么去,说是去见面,望着她的背影,很是感慨了一番。我从心里很敬畏为了等待心目中真正爱情的来临而坚守的人,哪怕时光远去,哪怕青春不再,对爱情的向往却一如既往,无怨无悔,说起来容易,却并不是每个人都能做到的。

见面的时候,一般二十岁左右年纪,在人生的路途上只能说不太成熟,但却要在几年间甚至是一刹那决定自己一生的大事,这时他们拿不定主意,问问父母,问问姐妹,问问知心朋友,说不定别人不经意的一句话,就让他们决定了自己的终身大事了。爱情是一个最值得严肃对待的事,却用这种最不严肃的方式解决。我同意女同学说的用见面这种形式寻找爱情是对爱情亵渎的话,她的表情始终留在我的印象里,挥之不去。

婚姻中的许多恩恩怨怨,是是非非,大抵从见面时就埋下了种子。

看　戏

看戏是村里的一件喜事,也是一件大事,因为有戏时,就是村里有“会”了,戏是“会”的主题,没有戏的“会”,被村里人称为“干会”,“干会”是没有什么意思的,因为太不热闹,而村里人大多是喜欢热闹的。“会”的时间一般为三天，中间一天叫“正会”，第一天为“初会”，最后一天叫“末会”。我们村每年的“会”在阴历三月初六，初六这天为“正会”。有“会”的时候方圆数十里的人不用怎么通知就会不约而同向着我们的村子里来。

戏台一般搭在村子比较开阔的场地，如学校的操场或者大队部附近。村子里一般有很多大树，戏台有时就掩映在绿色的树木中间，不管怎么热闹，树上也总会有鸟飞过来。戏从“初会”的前一天晚上开始，最后一天晚上结束。上午、下午、晚上都有不同的剧目，整个“会”期，村子里响起的锣鼓声、唱戏声不绝于耳，很远便可以听得到。村民们就站在戏台下看戏，也有搬了板凳的，坐下或干脆站在板凳上看，也有从家里抬来已经砍倒但尚未使用的大树当作座位的，远的就开了手扶拖拉机来，拖拉机上往往坐得满满的，近年也有开着小轿车到外村看戏的，小轿车多是几万元一辆的那种。看戏的人很多，从戏台上望下去，人山人海的，场面很是壮观。唱的戏多为豫剧、曲剧等，都是河南的地方戏。

除了站在戏台下看戏外，还有一种看戏的形式，便是逛“会”，村民们走在村上见了面，问“弄啥去了”，对方要是答“看戏去”，也多半指的去有戏的村子里逛“会”，并不一定真的看戏。他们也到戏台下转几圈，其他的时间都用在了逛“会”上。“会”址一般设在当街，当街就是村子里的街道，每到“会”时，村子里的街道便摆满了东西，有衣服鞋帽，有农具日用品，还有小吃蔬菜类，不一而足。这些东西或摆在地上，或摆在三轮车上，衣服呢，干脆就扯几根绳子，挂起来，女式衣服色彩艳丽，多为红色、绿色，黄色也不少，非常抢眼。逛“会”的人不分男女老少，到了“会”上，他们饶有兴致地东看看，西瞧瞧，各取所需。

村子里有戏的时候，每家每户的亲朋好友都会来村子里看戏，他们带着礼物，多为方便面、饮料，近年也有带火腿肠的，双汇生产的那种，或骑着车子，或骑着摩托，或开着拖拉机，走在看戏的路上，虽说素不相识，但都往一个目标——有戏的村子里走去。亲戚来的时间多为“正会”那天，“正会”这天也就成了村子里最热闹的时候，家家户户都早早地备齐了酒菜，主妇们是没有时间看戏的，她们只有在送走了客人后晚上才有时间去看，也有客人住下来的，一住就住到“会”结束。

村里人把看戏当成是一个很好的说媒的机会，哪家的小伙子该娶了，哪家的姑娘该嫁了，便由说媒嫂子或婶子牵了线，等到看戏的时候，双方见见面，或是男方到女方家，或是女方到男方家，总之是谁的村子里有戏，就到谁的村子里去。双方满意的就当场换了小手绢,男方的母亲还会塞给未来的儿媳妇一些钱,亲事就算是定下了。有时他们故意将男女青年单独关在一起,其他的人有意避开,给他们说话的机会,有淘气的小男孩便爬到窗台上偷看,队里有一个叫二伟的男孩因为偷看别人见面还摔掉了一颗牙。这是儿时的记忆了,不知道如今这个见面的习俗是否还是这样的。

城里的家的对面,有一家新开的商场,为了庆贺开业请来了剧团唱戏,晚上站在戏台下看了一会儿,见看戏的人稀稀拉拉的,又想起了农村看戏的壮观场面,那样的场面在城里是找不来的。今年村里有戏时,母亲从城里赶回去看戏,母亲在锣鼓喧天的村庄里一个人待在家里或是一个人去看戏,会不会觉得寂寞呢?我虽没有回去,但心里总是惦着村里的"会"的,那个时候,耳边总会响起热闹的锣鼓声,眼前也总会涌现出一眼望不到边的看戏的人群。

娘　家

女孩抹着眼泪出嫁,从此故乡成为娘家。

娘家永远是女人藏在心中的童话,女人越老,童话世界里的人儿就越清晰。童话世界里有一别再也没见过面的小伙伴们,有去世了但女人也不知道的曾经熟悉的老人们,当然,自家的老屋,乡间的小路,田野的微风,夏日的麦浪也是女人童话中重要的组成部分,甚至每一棵小草都微微地摇着脑袋呢。

女大当嫁的最大残酷就是割断女孩与故乡的联系:这个故乡再也不是未出嫁前女孩的故乡了。俗话说:嫁出去的闺女如泼出去的水。女孩在故乡长大,长大了却被故乡抛出去,女孩一点也不怪故乡,女孩既想被故乡抛出去又不想离开故乡。女孩在矛盾的心情下按照习俗哭着出嫁,她知道不哭的话,乡民们便会说她傻,大概他们早就看透了女孩与故乡的这种关系是值得一哭的吧。

可是女人永远惦记着她的娘家，她在这里长大，这里有生她养她的父母，有同甘共苦的兄弟姐妹，还有那么多熟悉的难忘的人和事，怎么能全然忘却呢？一出嫁便全然将娘家忘记的女人一定是个忘恩负义的人。

女人失去了故乡的宠爱，却得到了一个新家的温暖，女人以最快的速度适应婆家的生活，对于娘家的思念，女人自然是要经过一段痛苦的心路历程的。有不能适应的女人，天天往娘家跑，自然会影响到夫妻关系。所以，女人不能很深地思念娘家，她一定要把主要的精力放在新家上，不懂得这个道理的女人，不会拥有一个幸福的新家。

大年初二是女人回娘家看娘的日子，这时的娘再也不是女人没有出嫁时的娘了，这时的兄弟姐妹再也不是从前的兄弟姐妹了，太多的往事令女人感伤，太多的往事也令女人重温娘家的温馨。女人们刚出嫁时都会在这一天回来，顺便也和小时候的女伴们见个面，时间久了，女人有了孩子，便不一定在初二到娘家来了。女人和自己的母亲一样成了自家的女主人，在娘家人眼里她早已成为外人。

女人将娘家藏在梦中，娘家是永远的故乡，偶尔也会把她温柔地拥入怀中，成为女人绝望时的希望，希望时的光亮。

捉　迷　藏

也许每个人的记忆深处都存在一个捉迷藏的游戏。

那是在童年的某个秋日，明月高悬，万籁俱寂，忽然，一声声童稚的呐喊穿透月光传来：“捉迷藏啦——捉迷藏啦——”当然，那时的叫声也必定是带着中原的土味的，捉迷藏叫“藏老谋”。叫喊的小朋友往往把双手围在嘴两边，作出喇叭状，以便声音传得更远些。不一会儿，那听到叫喊声的小朋友便像破土而出的幼苗似的，从村里的四面八方钻出来，跳着、笑着、闹着，会集到了一起。

人员到得差不多时，小朋友们通过石头、剪子、布或是出手心手背的方式将人员分成两组，一组藏起来，另一组找藏起来的人，以找到的人员的数量定输赢。随着“开始——”的一声令下，担负藏的那组的小朋友便撒腿往四下里跑，尽量快速地找一个自以为安全的地方藏下，到了规定的时间而没有找到躲藏地方的，自然要乖乖地认输了。墙边、树后、门后等，都是可以隐藏的地方，也有钻进苞谷秆堆里的，被揪出来时，头发上还挂着苞谷叶子。藏起来的人，大气不敢出，一双睁得不能再大的眼睛紧张地望着月光下的世界，心情随着渐行渐近或渐行渐远的脚步声而起伏不安，每当有小朋友被找到，总要伴随着双方惊恐而快乐的尖叫声。也有藏得太隐蔽了别人找不到的，那双睁得不能再大的眼睛就这么一直紧张地向外望着，心中期盼着那找他的小朋友过来，可是，过了很久，却始终没有人过来，当自己走出来时，那是一种怎样沮丧的心情啊！

多少年过去了，每每看到有月光的夜，我的眼前便会出现捉迷藏的场景，想起那一刻的欢快或失落，那朗朗的笑声如纯净的溪水，不掺杂一点杂质，发乎于心，多么真切！

无意间问到先生儿时是否也玩过捉迷藏的游戏，他津津乐道，看得出游戏带给他的记忆也是美好的，只是我无法想象，因为他的捉迷藏游戏是在城里的路灯下进行的。没有了月光的捉迷藏游戏，总是少了很多诗意吧，月光下的捉迷藏游戏原是带着淡淡的泥土的芳香的。

长大后，偶尔也玩一下捉迷藏的游戏，但这时的游戏已经变了味道，只是一种短暂的恶作剧罢了。渐渐地，我竟然越来越多地想起儿时捉迷藏时被人找不到的失落。也许，在人的潜意识中都是害怕孤独的，即便是在游戏中，也是既不想被人找到，又很渴望被人找到的，在游戏的过程中你往往弄不明白自己到底是希望被人找到还是找不到，只有游戏结束后，没有被人找到的你才明白，自己真正需要的是被人找到啊。

我想，这大概就是我常常想起捉迷藏游戏的原因吧。

大年初二

大年初二，是走亲戚的好日子，这天最重要的事莫过于新女婿上门了。哪家有新女婿上门，村里人就说这家的闺女"新下了"，"新下了"就是定了亲的意思。不来的话，就说明这门亲事吹了。当然，刚结婚的新女婿一般也是在初二这天和妻子一起去岳父岳母家的，农村人不叫岳父岳母家，叫老丈人家，或丈母娘家。结婚的时间越长，女婿到丈母娘家的次数越少，那些能一辈子坚持下来的女婿，不多。

新女婿上门，礼品是必不可少的，礼品中有一种最重要的东西叫礼条，礼条其实就是猪的肋巴，农村人又叫它为肋巴扇，就是城市人说的未加工过的猪排，猪肥的话，猪排外面会带很厚的白花花的猪油。新女婿一入村，便要下车步行，不下车，村民们会对着他的背影不屑地说：看看，架子还不小呢。一路上，新女婿见男人就得让烟，让的什么烟，很快就会被半条街的人知道。要是有不让烟的新女婿，村里人就会说他"大洋"，"大洋"就是不懂规矩傲慢的意思，再来时，少有人理他，说来这也算是农村人最注重的礼仪吧。爷儿们见了面就说：谁谁家的新女婿让的烟真好吸啊，得多少钱一根啊。大妈大娘们则早早地瞄上了新女婿带的礼条，估摸着有多少斤重，她们见了面会说：谁谁家的新女婿带的礼条你不知道有多大，有半拉猪吧。

新女婿到丈母娘家都要精心打扮一番，他们的头发都梳得光光的，打着头油。他们拣最好的衣服、鞋子穿，也不排除有的人借同龄人的好衣服、鞋子穿。村里的大姑娘们是不会知道新女婿的衣服鞋子是不是借来的，她们结成伴，一家一家地瞧新女婿，叽叽喳喳地议论，谁谁家长得好看，谁谁家的衣服真可身。谁谁家的意思就是谁谁的对象，比如小花家，就是小花的对象。

大年初二，最激动的除了新女婿，当然还有新女婿的对象，他们彼此满意的话，就意味着他们以后会结婚，一辈子生活在一起。他们会趁着家人不注意的时候说几句知心话，也有胆大的，将房门关了，悄悄地亲热一下。调皮的男孩子站在凳子上把脸贴到窗户上偷看到了，便嘻嘻哈哈地笑着跑开了。

新女婿上门，要有人乱，没人给新女婿乱，说明这家的人缘不好。乱也有规矩，一般长辈不能乱。俗话说：萝卜不大，在背(辈)上长着呢。别看有的人年纪一大把，说不定得喊新女婿姑爷。这样来乱的人中有小的，自然也有老的了。乱的方式是要压岁钱，或者要钱买糖吃，买烟抽，反正都是要钱，新女婿自然是有备而来，他们早早地准备了零钱。要到钱，来乱的人便一哄而散，出去买成糖或烟，大家一起享用。当然，要钱的过程也不是那么顺利的，新女婿总要找些借口少拿些，双方少不了讨价还价，乱的人不满意的话，就拉行(音同“航”)，拉行就是一边抬着新女婿的头，一边抬着新女婿的脚，悠来悠去的，像农村盖房子打地基时拉行一样，新女婿受不了这折腾，只得又乖乖地拿出钱来。也有新女婿的钱没有被要走的，新女婿也是认可这种被人要钱的风俗的，准备好的钱没被要走，心里也急，便说：我兜里的钱急得蹦，咋没人要呢，听到的人笑着叫着冲上来，将钱要走，新女婿才算心安。

没结婚的新女婿想见的人自然是未婚妻，但是那么多人，未婚妻又故意躲着，连看一眼都难。新女婿走时，女方一般是要送的，但他们却不并肩走在一起，往往是约好了一个地方，从不同道路赶过去。见了面，躲到不被人注意的地方说话，感情好的往往说到天黑才回家。

母亲总是向我提起她和父亲结婚第一年回姥家的情景，她说父亲长得好看啊，老远的人都来看呢。他们坐着马车，父亲穿着借来的蓝色大衣，戴一顶火车头帽子，母亲则腰间束着红裙子，头上戴着花冠，我问什么是花冠，她说就是像唱戏的人头上戴的东西一样，我想了想当时的模样，暗笑，可分明看到母亲说这些事的时候脸上的笑容，我好像看到了一街两行观看的人们，听到了他们对父母的夸赞。每到大年初二，母亲一定会想起她和父亲在一起的美好时光吧。

和父母一起在大年初二回姥家是我童年最美好的记忆。姥家距我家有30里路程，听母亲说，她决定嫁给父亲时姥姥是不同意的，因为太远，那时没有柏油路，路很难走，可是母亲还是和父亲结了婚。每年大年初二，父亲和母亲就会带我们姊妹几个去姥家，正因如此，每年的大年初二成为我们姊妹几个最向往的一天，这一天，母亲会让我们穿上她亲手给我们缝制的新棉衣和新棉鞋，父亲则把架子车拴在他的自行车后面，架子车上铺上席子和被子，我们和母亲一起坐在架子车上的被窝里，向着姥家的方向行进。一路上会见到许多像我们这样走娘家的人们。路难行，父亲常常吃力地蹬着自行车，我们在车上打打闹闹，沉浸在去姥家的喜悦里。也有和别人的车子碰在一起的时候，小小的争吵后，继续前行，一点也不影响我们去姥家的好心情。最可怕的是雪后，土路上都是泥泞，非常难走，即便是在这样的情况下，父母也一样会在大年初二带我们去姥家。姑姑也是这样，在身体不好的情况下，逢年过节，都要回来看看，二姑说，从小听我奶说得最多的是"娘家的一根鸡毛，要撵三里地"。我问二姑什么意思啊，二姑说：娘家重要呗。二姑说，奶奶还常向她唠叨几句话："得罪谁都不能得罪嫂子"，"娘家是几辈子断不了的亲戚"……是啊，一个在娘家长大成人的女人，无论如何都是要铭记这种恩情的。

从小在一起长大的好姐妹，结过婚便很少见面了，只有在大年初二这天回了娘家，才有见一面的机会。大年初二，也是好姐妹们相聚的好日子啊。

和夫君一起在大年初二回趟娘来，也是女人的一种荣耀。孝顺的女人绝对不会对父母说她如何过得不好，她和丈夫一起回娘家，向娘家人展示恩爱：丈夫待她好着呢，请你们放心吧。对女人来说，大年初二回娘家，再看看这个一出生就把它当作家的地方，看看曾经用过的东西，想想小时候有趣的事，也是一种温馨呢。

除了新女婿上门，也有例外，也有女方到男方家的，那就叫倒插门，倒插门的意思就是男方婚后到女方生活。出现这种情况，要么是男方找不到对象，要么是女方家里没有兄弟，不管怎么说，倒插门的男人都会觉得低人一等。我小的时候在姥姥家见到过这么一对，男的找不到对象，女的长得很漂亮，可惜在一次事故中失去右手，那天，女的来到男的家中，在一个角落，我看到女方偷偷拭去眼角的泪，那时我还不能明白女的为什么会哭。

母亲早已搬来城里住，很多年没有经历过这样的大年初二了。现在，条件变了，走趟娘家，再也不用像父母那样骑着自行车走到泥泞的路上。只是不知道农村的这些规矩有没有改变，不知道我的那些好姐妹们是否会在大年初二回到村里。

大年初二，一个上演亲情和爱情悲喜剧的特殊日子。

跳集体舞的母亲

在秋初的夜色刚刚袭来的那一刻,母亲在柔和的灯光的簇拥下轻盈地下楼,她的脸上带着笑,因为小区大门口早已有同龄的跳集体舞的老姐妹们在等着她了。

这是母亲告诉我她每天傍晚在楼下跳集体舞时想象到的画面,起初没有在意,细细地想来,却被母亲的这一改变感动得落泪。

在儿时的印象中,母亲任何时候都是操劳的,她身体不大好,可是由于父亲在外面工作,所有的家务、农活都重重地落在母亲的肩上,很多次看到母亲被劳累和病痛折磨得扭曲的表情,很多次听到母亲重重的叹息声,年幼的我看到眼里,痛在心上,很小就一心想着为父母解忧。我上初中的时候,村里分田到户,母亲倔强地耕种着十几亩责任田,有一年大旱,母亲就让我们和她一起从家里打水,然后用架子车拉到地里去浇地,杯水车薪,没有用处,从中我看到的是母亲的艰辛和坚强。

时光在苦难与不屈中流逝。仿佛突然间所有的一切都得到了改变,几年前,母亲搬到市里住,起初,她很不习惯,一个星期便要跑回老家住几天,在城里住上一段便觉得心里闷得慌,只有到了老家,心情才会舒畅起来。可母亲也没有办法在老家常住,弟弟、弟媳和侄儿都到了城里,老家的地也租给别人种了,母亲只好在老家和城里往来。渐渐地,母亲习惯了城里的生活,回到老家倒不太自在了。前两天,我们回去给父亲上坟,老家久没有人住,钥匙放在隔壁叔叔家里,只见母亲从很高的院墙上翻到猪圈的墙上,然后轻松落脚到院子里,既惊喜,又担心,母亲却笑着说:没事,这算啥啊。

音乐响起来,把我的思绪拉回,我看到母亲和她的姐妹们一起跳着集体舞,母亲学得很认真,虽然动作有些笨拙,但她的女儿还是感觉到了她那份发自内心的快乐。

我知道,如母亲一样经历的老人还有很多,他们在几十年中国城乡的大变革中也悄然改变着自己的生活方式，我想到了沙河岸边的戏曲演唱、太极拳、步行街的集体舞……晚上散步，无论是街道边，还是小区门口，仿佛处处都可以看到健身的人们的身影，他们洒脱，他们快乐，他们轻松，一如我的母亲一样。

唱　戏

唱戏是我童年生活的很重要的一部分，大约小学二年级的时候，进入学校宣传队，从此便跟着大哥哥大姐姐风风火火地跑了好几年。

俗话说：台上十分钟，台下十年功。负责演出的老师经常给我们说这样的话，也常常让我们坚持练功。先是练腔，每天早上在同学们排着队跑操的时候，我们宣传队的同学也在老师的带领下走出校门，向南来到沙河边，在晨光里对着河面喊：1234567，7654321，或是大声地“啊——”，或是唱上几段，总之是达到练腔的目的就行，老师总在一旁指点我们练。冬天的时候，天亮得晚，有时站在河边了，天还没亮，寒风逼人，将脸和手都冻僵了，直到看到太阳升起来了，才感觉到一丝的温暖。下午课外活动的时候也集中在一起练，多是学习一些段子，或排练一下要演的节目，演出前的一段时间，老师常告诫我们要保护好嗓子，还教给一些护嗓的方法，最常用的是喝些鸡蛋穗儿，就是将鸡蛋打碎了，用开水沏了，再加入些白糖，喝下去，据说是对嗓子有好处的，童年的记忆里嗓子从没有哑过，再高的声音也能顶上去。豫剧《朝阳沟》里的唱段都会唱，正是那个时候学会的。

练腔的同时，还要进行身体的锻炼，这与平常所说的锻炼身体是不同的，主要是围绕舞台上的需要而进行的练功，早上、下午都要做，老师要求不能间断的。先是压腿，就是蹲下身子，一条腿曲着，另一条腿向一侧伸开去，然后用力地下压，或是将腿伸到栏杆上或是断墙上，另一侧的手臂高高地举起，随腰部一起向抬起的腿的方向用力，这样久了，就会很自然地将两条腿前后分开紧挨地面，臀部也挨着地面，我们叫这个动作为“劈叉”。还有一种叫捏腰，就是下腰，双手扶腰，身子向后弯去，手臂随身子向下移至臀部、大腿，最后，手按到地上，身体便成了一张弓一样，然后手脱离地面再站起来。另外还有打车子轱辘、倒立等，也都属于我们的练功项目。小时极爱动，放学后，总是在当街或是枣园里继续练习这些动作，直到妈妈或是奶奶喊着吃饭了，才回去，这时夕阳多半已下山了，家家的炊烟也已停止。

提起唱戏，很自然地想起了我的班主任王老师，她不仅教我们语文课，还教我们排演节目。有时她忙了，就先教会我们唱，然后让我们想动作，现在还想起儿时的我在学校的操场里领着班里的同学排演的情景，根据词的意思，想些动作来配，无非是伸胳膊伸腿的一类，也想不来什么很妙的动作。正式演出时往往会每人手拿一朵自制的大红花当道具。小学三年级的时候，主持过全校的一次演出，主持的任务主要是报节目，锣鼓响起，穿一身绿军装腰束皮带的我便踏着鼓点踩着小碎步上台，跑的过程中，右臂前伸，左手弯曲在胸前，到了台子正中，鼓点已近尾声，结束的时候总是“得得得得锵锵锵”，最后一个“锵”字落地，便站稳了，右手握了拳头停在胸前，左手也握拳停在身后，目视前方，先背一段毛主席语录，多是“我们的文艺路线”那段，然后再报节目，每报一次节目都要重复这个动作，那次也演出了王老师编的一个小节目《问路》，说的是一个红小兵向一个老大爷问路的事，班里的一个胖胖的脑后留着猪尾巴的男生演老大爷，现在想来，觉得当时在成人眼里一定是很好玩的。

这些练功唱戏的经历随着学校宣传队的解散而结束了，以后我到外地上初三，其他的人也大致不再唱了，也有一直坚持的，如我们班里的伟，不上学后进了村里的剧团。回到家时，听说伟在排练，又想起以前排练的情景，就想起了以前的日子，和其他人一起去看排练，只见伟在练习舞台上的笑，老师先学了一下“呼呼哈哈——”，声音抑扬顿挫的，又拖得很长，伟学了，却只有干巴巴的“呼呼哈哈”的几个字，如是者几次都不能成，惹得我们笑了。还有一个叫良的，在剧团里一直敲梆子，总觉得梆子没什么好敲的，他却敲了很多年，他的眼睛高度近视，总见他眯着眼睛敲着，很陶醉的样子。有一年正月十五的时候，在一个单位的门前，忽见良在演出的队伍里，还是敲着梆子，看上去良有些老了，想与他打招呼，却总是找不到机会，看了一会儿，便离开了，心中说不出的感受。

小时极外向大胆，村里奶奶婶婶们总是让我给他们唱戏，印象中从来没有拒绝过她们，站在她们面前，声情并茂地唱起来，她们手里拿着针线活，很认真地听,唱完了,她们总是夸奖我几句。到了姥姥家里也是这样。大约六年级的时候,寒假过后,老师让总结在寒假中做的好事,我想不起来,身后的一个男生扑闪着大眼睛说:唱戏,给别人唱戏也是好事。忽然就感到了不好意思,觉得年龄大了,再唱就不好了。长大了,自然会告别一些东西。从此,奶奶婶婶们再也没有见过我给她们唱戏了,我也越来越少见到曾经听我唱戏的奶奶婶婶们了。

春风沉醉的早晨

女人依河而居。每天清晨,女人都要来到南面阳台处,拉开杏色的窗帘,远眺河景。这天,女人照例拉开窗帘,打开窗户,一股带着花香的清新空气扑面而来,女人微仰起头,闭上眼睛,深深地吸了口气,几声鸟鸣在耳边萦绕,似曾相识,想起来了,是童年时在田间听到的鸟鸣,这让她沉浸到回味的喜悦中。她寻找着鸟的身影,却发现东边天际的红霞正弥漫开来,云以火红的热情迎接太阳的到来,她愣了一下,被这大自然惊心动魄的美征服,忽然就觉得自己恰如这红霞,而爱人恰似这天空,无论她是以怎样的姿态和颜色出现,她总在爱人宽大的怀抱里。

这一天,正是女人和男人结婚二十四周年纪念日。结婚二十四年了,女人还有这样的感觉,这是爱的感觉,如一条河,汹涌澎湃过,更多的时候是宁静地流淌。

春意正浓,花香阵阵袭人,分不清是哪种花朵带来的馨香,但见前方河堤上时而粉红,时而淡紫,时而火红,与无穷无尽的绿组合成一幅生机勃勃的图画。碧绿的河水如玉带婉转地飘浮眼前,在这一刻,更容易让人想起孔子的那句“逝者如斯夫,不舍昼夜”的话,二十四年就这样与丈夫相伴走过,这是怎样漫长又短暂的日子啊。日子如水,在静默中奔腾不息,而他们,在日子的奔腾中不知不觉从青年走到了中年!

女人想起刚结婚时的情景,没有房子,住在单位办公楼上,现在想来,那是怎样破旧的地方啊。可是，他们在这破旧的办公楼一住就是很多年，在这里，他们结婚，他们有了儿子，那是多么艰难的一段时光，又是多么快乐的一段时光，破旧的办公楼上常常回荡着他们开心的笑声。还有，那条上班的路是多么的拥挤啊，她骑着自行车，后座上坐着三岁的儿子，她沿着河堤走，过河的时候没有桥，只好在用木船临时搭建的浮桥上行走，还记得冬天的河风是怎样的凛冽。上学路上儿子提的一个个充满稚气的问题至今还让她发笑。二十四年来，有太多的改变，儿子大了，爱人换工作了，搬家了，从河南岸搬到河北岸，又从河北岸搬到河南岸。住在城市不同的地方，感受着城市不同的美，始终没有改变的是他和老公的幸福生活，女人知道，他们是如何用理解、宽容、执着守护着爱情和亲情，守护着当初彼此的承诺，你的父母就是我的父母，你的兄弟姐妹就是我的兄弟姐妹，我要照顾你一生，让我爱的人永远幸福！是的，如果彼此相爱的心从未改变，那么无论经历过什么，无论身在何方，他们依然会忠于最初的美好意愿。婚后的男人和女人，如两条交汇的河流，只有彼此敞开心扉，互相接纳对方，才会实现真正的相融。倘若各自筑起心灵的堤坝，或隐忍，或咆哮，都易引起洪水暴发。女人和男人都明白这一点，幸运的是，他们用互敬互爱互让完成了这种心灵的相融。

阳光照进卧室的那一刻，男人起床，他习惯性地喊妻子，发现妻子已经起床了。他找到阳台，与女人打了个招呼，手抚女人的肩：老婆，想什么呢？这是一句平常的称呼，却让女人格外激动，男人喊了女人二十四年，这是多么普通又多么不普通的称呼，她喜欢男人这样叫她，因为她觉得这一句称呼不仅仅代表男人把女人当成家，还蕴含了男人对女人的关爱。有多少个男人喝醉的日子，男人就是这样喊着女人老婆，在女人温柔手指的按摩中安然入睡！有多少个遇到挫折的困惑时刻，男人就是这样喊着女人老婆在女人的安抚下入眠？女人此时听到这声称呼竟然眼含热泪，她快速地将目光投向河水，伸手指着窗外：老公快看，小船！男人顺着女人指的方向望去，河面上果然有一艘小船，似动非动，似静非静，平时也常看得到小船的，只是这时夫妻二人同时想起“百年修得同船渡，千年修得共枕眠”的话，我和你结合，是千年的缘分啊。

女人要做早饭了，二十四年的每天早晨，她或他就是这样认真地做着每一顿饭，男人爱吃手工馒头，女人坚持二十四年让男人吃上手工馒头。馒头是北方的主食，女人需提前用发酵粉和面，当面团出现一个个蜂窝状小孔时，女人再将面在案板上揉，女人揉啊揉啊，面揉得时间越长，馒头就越好吃，二十四年来，她揉进了多少爱意？多少次了，女人看着蒸好的冒着热气的馒头，想象着男人香香地吃时的模样，会不自觉地笑出声来。男人爱吃手工捞面，二十四年来，女人一直让男人吃手工面条，面团在女人手下变成了长长的面条，女人常常感觉自己像艺术家，她喜欢听擀面条时擀面杖触碰案板的声响，“咣”“咣”“咣”，时轻时重，和音乐又有什么区别呢？男人也会在工作闲时到厨房露上一手，在男人看来，和妻子一起做饭是种享受，和妻子一起分担些家务是种快乐。

男人要出去一趟。他起身下楼，想起很多的时候，女人总是陪他一起下楼，然后到河堤散步，看似坚强的男人其实也很怕孤独，很怕失落，遇到困难的时候，女人从来不曾责怪过他，女人就在这散步的路上对他说的最多的话是：老公，我相信你，没事的。女人一次次地告诉过他，嫁给他很幸福，这让男人感动，也让男人始终充满自信，他希望自己的女人在他的呵护下永远貌美如花，当然，在相爱的人眼里，对方永远都是美丽的。

男人回来的时候，手捧一束鲜花，白色的百合和深红的玫瑰相间，女人看到花，激动地跑过去，男人知道，女人从来都是很在意他给她的一切的，她的温柔与撒娇是在爱情滋润下的自然流露，这让男人觉得女人很可爱。女人把花插在瓶中，看了又看，嗅了又嗅，用拥抱来感谢老公的细心与爱意。

女人做好了早餐，她特意煮了两只鸡蛋，按照中原习俗，过生日的时候吃煮鸡蛋，日子会过得越来越好。男人和女人都把结婚这一天当成他们共同的生日，此前，我是我，你是你；此后，我不再是我，你不再是你，你中有我，我中有你。从此，他们有了一个家，在一起开始了崭新的生活。有了幸福的小家，才能谈得上教育孩子，孝顺老人，关照兄弟姐妹。他们坐在餐桌前，望着这象征着过生日的鸡蛋。男人说：你吃圆的，圆圆满满。女人说：你吃圆的，团团圆圆。男人说：那好，你吃长的，长命百岁。女人说：你吃长的，长长久久。他们就这样让了一阵子，忽然就不好意思地笑着拥在一起，原来，他们共同的心愿是要一起生活圆满，爱情长久。

爱如春风，令人沉醉！

烟花三月

将严冬的路一点点地走尽，对凄风苦雨的忍耐也到了极致。忽然有一天，春天来了，于是期待之中又像是很意外地走进了烟花三月，走进一个繁花盛开、生机勃勃的美丽世界！

行走在烟花三月，什么感觉都有，又好像什么感觉都没有。面对姹紫嫣红，怕激动的心跳扰乱三月如诗的心境；面对满眼新绿，怕纷乱的思绪惊动三月如画的春梦。还是沉默吧，在沉默中看桃花如何笑立春风，在沉默中看白玉兰如何盛开宁静的心情。还是无语吧，在无语中谛听鸟儿们交流对春的感动，在无语中听一听花儿如何相互叮咛……

烟花三月是一条用鲜花和新绿铺就的路，踩着踩着，由不得人不脚步轻轻！

在烟花三月里，不知道别人是怎样的心情，只看到儿童换上了春装，在春风里无所顾忌地奔跑；只看到少年手舞柳条在泛青的草地上无忧无虑地欢跳；还看到中年人满怀疲惫地在风雨中匆匆地行走；还看到老年人在阳光下握着手互道珍重。相信他们对三月的感受不同，相信他们在烟花三月里会有不同的心境。笑着的小姑娘把春当作花朵戴在头上，映一脸粉红；郁闷的小伙子把春当作石子使劲地扔向水中，惹怒满怀春风。

牵着风筝的手将梦想送入空中，在春的天空下放飞多彩的心情。风筝啊，是不是想知道天上可有烟花三月的美景。飞絮蒙蒙，斜阳烟草，点点新梦，都随春风舞动。别以为只有少年才会拥有梦，没有梦便不再有美妙的人生。在烟花三月真的需要走出户外，在热闹的世界里享受安宁，让阳光照亮心中的每个角落，让春风抚平人生曾有的伤痛！

烟花三月让人感到生活不再单调清冷，一会儿是草儿发芽，一会儿是柳儿泛绿，一会儿是桃花开，一会儿是鸟儿啼，像刹那间降临的幸福，无备而至，让人久久地感动！有哪个季节会给你如此多的惊喜？久别的鸟儿在头顶飞过，久违的鸟鸣又响在耳际，每一声鸟鸣都是一个希冀，连久别的朋友也会意外地重逢在春季。

看啊，花在三月开，缤纷的花朵是三月的重头戏，看浓妆艳抹，听锣鼓喧天，你方唱罢我登场，看谁有精妙绝伦的演技，好好地欣赏吧，即使知道这不过是一场戏，也要珍惜这曾有的美丽。看小园香径，谁在徘徊低语？定是在品味烟花三月上演的精彩的戏。

看啊，绿在三月降临，不经意地，柳就绿了，一团团的，远看是绿色的雾，近看是绿色的雨；不经意地，杨就醒了，在树干上举起点点滴滴的淡黄的芽儿，只有远离它，才会发现芽的影子。叶子还会做一个小游戏，先是红色，在你惊诧间，已变成嫩绿，像毛茸茸的刚出炕的鸡娃，在春风里张着小嘴，啁啁啁地叫个不停。叫着叫着，叶子就变成了油绿，令人想起充满活力的少女的脸庞，无一处不滋润，无一处不生动。

三月里，北方单调的土地终于有了生机。三月就像是一个疏狂的少年，充满活力，调皮洒脱，而又狂傲不羁。不信就吹响柳笛，三月就会化作笛声乘春风飞过千万里。有时他点燃女性母爱的火炬，忍不住将他揽入怀里，轻轻地拍着他的肩，哼着小曲。等他平息浮躁，却已跑进夏季，没有一句告别的话语。

风雨总在烟花三月里。别怪那雨横风狂，要感谢敲窗的冷雨，有它人才会有惜春的心意。昨日曾见花在枝头争奇斗艳，转眼间已是红消香断，零落成泥。有道是花开易见落难觅，看花开花谢，想人生如烟，逝去的岁月如落红早已成尘，究竟是谁在导演这天地间的游戏？岁岁年年，花也相似，人生也相似。伤春的人儿高楼独立，望春归去，一方春水，勾起离情别意，化作无边思绪。一遍遍地问，可春无语；挥一挥手送别春季，却不知春是乘风还是驾雨？

人生要走过多少春季。春在少儿的眼睛里是花朵，灿烂美丽；春在青年人的眼睛里，是碧绿，有着盎然生机；春在中年人的眼睛里是一句温暖的话语，让紧张的心情渐渐地平复；春在老年人的眼睛里是一杯清茶，飘着淡淡的香气。多想让春变成儿时的一个玩具，把它装在口袋里，永永远远地不失去；多想让春化作父母的叮咛，把它藏在心里，永永远远地响在耳际。春千万别是明月，可望而不可即；春千万别是小溪，不知道哪一天会永远地离去。不忍把它比作绿色的雨，怕心里长满一个春季；不忍把它比作七彩的虹，怕五颜六色塞满心中圣洁的土地！

烟花三月，一个匆匆走过的美丽的春季！

静立的风景

一

曾经无数次地走过紧邻红枫广场的沙河边，每一次都忍不住与对岸的大槐树对望。

两河相会，感人肺腑，我们可以把它想象成一段可歌可泣的爱情故事，它们寻寻觅觅，终于相拥，大槐树微笑地看着这一切，欣赏人间的美好。

这是沿河公园中最热闹的一段，泰山路彩虹桥在夜晚披上五彩十色，真正成了彩虹卧波，红枫广场上千人的广场舞令人感到热血沸腾。从这里的河边望过去，是水面最开阔的所在，东西走向的沙河与从南面过来的澧河在此交汇，白天，还能清晰地看到两河汇在一起时不同的着色，沙河水略混，澧河水永远是那么清澈，渐渐地，二者才你中有我，我中有你，真正融合在一起，再也分不清彼此。

漯河人都把两河相会处看成是城市的重要景观，在此重点进行了夜景的美化，交汇处西边的沙河南岸处用灯光来装饰，灯光有多种颜色，交替闪耀，河水也随着灯光的颜色的变幻而变幻。两河交汇的东边沙河南岸则置一大船，五光十色的灯光点缀其间，有立于水中的实木栈道通过来，我第一眼看到这实木栈道时就十分喜欢，它一直延伸到差不多交通路桥，走在水中的木栈道上，实在惬意。

但这一切都无法抵挡大槐树所给我的精神愉悦。大槐树正站立在船的模型的上方河堤上，安静地看着这繁华，大概设计者想以这样一种方式表达对大槐树的尊敬。因为，在漯河，谁人不知谁人不晓大槐树呢？

大槐树站立的地方是漯河市的最高点了，它是顺河街也叫河上街的终点，河上街曾是漯河最热闹的地方，一度成为老漯河的俗称，河上之所以热闹繁华，是因为它离沙河最近，沿河而行到达两河交汇处的码头，顺河街也由此逐渐热闹。

大槐树是明代被种在这里的，在这里已经站了几百年，河南很多地方都有大槐树，据说都与明朝那次大迁徙有关，在漯河，说起大槐树，漯河人会不约而同地想到沙澧交汇处的大槐树。

为什么明朝祖先会在沙澧交汇处植槐树表达对故土的思念？想必他们经过深思熟虑，他们从山西一来便发现了两河交汇处对于漯河的重要，大槐树所在的地方是漯河的最高处，槐树对他们来说就是家乡情结，是寄托乡愁的所在，槐树高高地站立的两河交汇处，伸颈远望他们的故乡。

二

由大槐树，想到了天下的树。

忽然发现树的生命里是没有行走的经历的，尽管它们有着结实的干和发达的根。如果说树干是它们的腿，那么根便是它们的足，只是这根是需要深深地扎进泥土吸收树木生长所需要的营养的，树干也只有选择稳固地站立，才能保证它们的根安心地吸收营养，有道是根深才能叶茂。这些是与行走背道而驰的。树木静立在一个地方，用年轮计算时间，它们努力地生长，长得越高大，观察外界的视野越开阔，更多的景物才能收入眼底。

我不知道树木以一种怎样落寞的方式岁岁年年地存在着，长着腿和足却不能行走，它们的内心充满怎样的苍凉？如果说树的梦想是成材的话，倒不如说它的梦想是行走，是飞翔。

树木的生活里只有站立。它们数十年数百年如一日地站立在一个地方，站过地老天荒，站过秋收冬藏，如果有移动，也是人为，它们被人为地植于一地，或依山，或傍水，或处农家小院，或藏深山古寺，一点没有选择的余地，耐得寂寞地生长、生长，一棵千年的古树需要承载多少寂寞才能成材？一如西汉辞赋家枚乘在《七发》一文中描写的那株梧桐树，虽然夏日被雷电劈打，冬日被风雪摧残，历尽磨难，但还倔强生长，于树干中积聚了很多纹理，可以制成音质奇好的琴，让世人震惊。或有长在深山里的古树耐不住寂寞被迁到闹市，往往是要付出生命的代价的，即便是活下来，也失去了生命中最美好的东西。我总会向它们投以同情的目光，它们愿意迁徙吗？它们有恋人、父母、兄弟姐妹吗？与它们告别的时候是一种什么样的滋味？它们站在喧闹的陌生城市的街头，一定倍感凄凉。

我想树木是喜欢鸟类的，不同的季节，有鸟落在它们肩膀上，唱着不同的歌，鸟带来了远方的消息。鸟也是热爱树木的，鸟将家安在这里。在大树的怀抱里，鸟找到了荫凉与安全，有大树为它遮风挡雨。有鸟在身旁，静立的大树找到了快乐与幸福，它们就像祖孙二人，各自给对方带来不同的温馨。人类也曾以树为家，为了摘取果实而直立行走的人类向文明前进了一大步，而有巢氏正是构木为巢，以避群害，而民悦之，使王天下。人类离开了树，将家安在钢筋水泥里，钢筋水泥变成了城市的森林。只有鸟还坚守着树木的家，不离不弃。鸟还是树木忠诚的信使，春来了，秋去了，鸟从南方飞到北方，又从北方飞到南方，道不尽的奇闻轶事，静立不动的树如何能知道呢？树木对于落在身上的鸟必会怀着一种感动的，它们伸展出枝干让鸟儿把家建在自己的怀抱里。

树木在静立中开花结果，以自己独特的方式吸引着外界的目光。四季的风带给它们欢快的心情，它们随风舞动，树叶“哗啦啦”地进行着伴奏，树枝携着叶子在风里不停地变换着身姿，这是它们的快乐，也是它们与外界沟通的方式，它们想以这样的姿态为外界所关注。因为寂寞，它们在春季开花，因为花满枝头的时候，人们往往会摩肩接踵地来到树下，惊之、叹之、赞之，树木在这样的惊叹声里享受着传递美丽的快乐。因为寂寞，它们在秋天结果，当果满树头时，当人们又一次地聚集在它的周围时，树木又进行一次内心的狂欢，即便是人们不来，还有数不清的鸟儿飞来，落到它的枝头，久久地不愿意离开。当一个个的果实被摘下，只留下一树狼藉，那一定是树木心情最惨淡的时候，尽管如此，来年春天，它们依然会选择花满枝头，到了秋天，一样会硕果累累。常感动于此，每当冬季看着叶子落尽的树干，更觉得冬天的树如孤独的老人。

树木长时间地站立在一个地方，它们一定想看看外面的世界，它们看见人们从它的面前或跑过或走过，或夫妻相随，或好友相伴，边走边说笑，那是一种多么美好的时刻。树木把羡慕的目光投向他们，目送他们走远；树木看到鸟儿们有翅膀可以飞翔，想飞多高飞多高，想飞多远飞多远，这是一种怎么自由自在的心境啊。当然，还有各种各样的车子，汽车、摩托车、自行车、三轮车，在人们的指挥下从它们面前走过。远远地还可以听见火车驶过的隆隆声，偶尔有飞机掠过头顶的天空，人们行走的姿态越来越丰富多彩。人类为了能够走得更快更远，想尽了一切办法，而树木，注定为了绿树成荫而不能选择行走。

因为静立，树木看世界的眼光显得格外明亮，谁来为它浇水施肥？谁来为它修剪树叶？谁会在路过它身旁的时候给它轻轻的爱抚？谁以感动的目光久久地凝视着它、体味它的孤独、感谢它的付出？因为沉静，所以懂得；因为静默，所以深邃。

据说植物也是有情感的，但是生长在一起的树木虽近在咫尺，也只有枝叶相望，当它们的“手”可以牵到一起时，它们便紧紧地拥抱对方，进而留下许多凄美的故事传说。连理木成为爱情的象征，两树交合，枝枝相连，亲密无间，至真至美的情感令多少人动容？所以才会有“在天愿作比翼鸟，在地愿为连理枝”的动人诗句。在中国美丽的嫦娥奔月传说中，也不忘于那月亮中植一棵桂树，嫦娥寂寞舒广袖，月桂起舞弄清影。

树木寄托了人类美好的愿望，承载了人类的梦想。一棵古树，极容易被人们命名为神树，树身被人们挂满许愿的红布条，至于摇钱树一说，则更直接地表明人类对于金钱的渴望。人们总是有那么多没有实现的愿望，于是，古树就会一直成为实现人们愿望的载体，更何况，这种寄望于树的传统是有历史渊源的，在我国古籍中，树木常被描述成神物，是日月出没的场所和沟通宇宙的象征。东方的扶木、中土的建木和西方的若木，便是古代传说中的三棵神树。扶桑是古代传说中生长在东极的一棵居住太阳的神树，每天早晨太阳神鸟升起准备飞翔时便在那里盘桓。若木是西极的一棵太阳神树，是太阳下山的地方。建木则被描述成牛身蛇首，有皮毛，有枝叶，是令人望而生畏动植物结合的物。这种假想是不是想更加突出树木的生命存在？建木处于天地之中，先民视之为神，人神相通除了登高山之巅外，还幻想有天梯，先民们把建木当作天梯，对之寄予厚望。至今存在着对树木的崇拜。人们甚至还用树来预测未来，刘备家门前的树如华盖，便得出此家必出贵人的结论。民间庭院植树，也融入了人们对美好生活的祝愿。释迦牟尼在菩提树下静坐了7天7夜终成佛陀，菩提树也在人们的心中变得圣洁了。从天上到地下，从生活到梦境，在人们现实与想象的天地里，静立的树无处不在。

也许你听到的最动人的语言会是：静立如一棵树，永远为你遮风挡雨。因为心中是想着为别人带来荫凉的，所以静立的树最终会站成最美丽的风景！

三

冬天的时候，河边散步的人少了，在凛冽的寒风中散步，更容易冷静下来，与冬天的大槐树对望，想到冬天的树的坚强与寂寞，感受世态炎凉，人间万象。

如果说叶子是树的语言，那么冬天的树就是沉默的。严寒来了，冬天的树选择了沉默。

冬天的树在北风中沉默。北风总是那么凛冽，冬天的树伫立北风中，有时它无语凝噎，有时它瑟瑟发抖，但更多的时候，它选择坚强。它用孤傲的目光、不驯的身躯向严冬进行着挑战——无言的挑战！它懂得能屈能伸的道理，它在北风中深深地弯下腰去，只是为了更高地挺起胸膛。我能读懂冬天的树的那种执着、那种坚忍、那种在最困难时的勇气。有时候，我喜欢凝望冬天的树，感觉它很美。它的黑色的枝条伸展到天空，成为画在空中的画。有时，它的头顶是一轮金色的太阳；有时，它的头顶是一轮皎洁的月亮。

冬天的树在白雪中沉默着。当大雪飘然而下的那一刹那，我想它一定难以抑制心中的喜悦，它像个孩子似的手舞足蹈，然后，静静地享受雪给它的爱抚，这是从天而降的爱抚啊！在寒冷的冬天，雪像母亲的温暖的手抚摸着它的身躯，它与雪难舍难分，在严冬的清晨，你可以看到它们洒在冬天的树上的晶莹的泪花。

尽管我知道冬天的树是坚强的，可是，我还是觉得冬天的树又是那么无助！它站立在漫漫严冬，需要承受数不尽的误解，有人抱怨它的颜色不好看，有人责怪它在冬天枯萎了，人们忽略了冬天的树的根须正艰难地向地下伸展，奋力寻找可以生存、可以壮大的营养，有多少人读懂了它的追求呢？它默默地做着这一切，当小鸟降落在它的身上，向着它鸣叫时，冬天的树感动了，低下头寻找自己的语言，想对小鸟说声“谢谢”，这才想起它已经选择了沉默，那就连“谢谢”也不能说了，语言成为冬天的树遥远的梦境。

冬天的树没有办法为自己的行为辩解什么，也许它本来就没有选择辩解。冬天的树是辽阔的海，是高耸的山，是刚劲的男人，是宽厚的母亲。可是我却很想对它说：即使全世界的人都怀疑你，我依然相信你！相信你在冬天为了积聚能量所做的一切努力，理解你所面临的一切无奈。春天来时，你的声音便会开始响起，起初是轻言细语，声音跟随着季节的变换慢慢地变大，成为人类不可或缺的音乐，那时，世界因你而更加精彩。

面对冬天的树的时候，我还想到一句话：真爱无言。冬天的树一定更加深沉地爱着这个世界，因此，它在最无助时仅仅是选择沉默，却永远也不会选择退却。

四

每次路过大槐树附近，不用走过去，就能想象到它身边的热闹，从来没有一个人嫌它老态龙钟，年龄，对于一棵树来说，成为了树的骄傲。

我们无法阻挡人们自发地延续下来的对大槐树因过度崇敬而把它当成无所不能的神加以崇拜，从一定意义上说，这也是一种心理疗法，要感谢大槐树给他们的积极的心理暗示和无望时的精神支撑，它高高地站立在沙河堤这城市中最高处，看着高楼大厦一天天林立，看着船帆渐渐消失，看着灯光耀眼，落日入双河，它看着漯河几百年来的变化，一代又一代着不同服装的人们来到它的面前，向它诉说喜怒哀乐，它总是那么淡定从容，俯视着人间苦乐。

大槐树，早已在两河相汇处静立成漯河的一道风景，静立成漯河人心中的精神旗帜。

花朵与蝴蝶

5月的一天，路过一个小花园，见粉红色的小花朵铺满了地，有许多白色的蝴蝶在花上起舞，忍不住停下了脚步，这么多的蝴蝶，这么多的花朵啊。一时间不觉陶醉其中，几乎忘记了心中的惆怅。

坐下来，就这么看花儿开，就这么看蝶儿舞。然而我不知到底在看着什么，脑子里乱乱的，眼睛里只是花，只是蝴蝶，我的世界里好像也只剩下这花，只剩下这蝴蝶。

花开无语，有着沉静的美丽，它们有着艳丽的色彩，却从不用语言诉说，只是静静地在等待着什么；蝴蝶曼舞，它们似乎一直在用自己优美的肢体语言告诉人们花儿是多么美丽，有花相伴是多么幸福！蝴蝶白色的翅膀在阳光下不停地抖动，美丽的小身躯简直是一支动听的歌，充满了韵律。蝴蝶是为了花才轻盈，还是花为了蝴蝶才动人？忽然想到，花朵和蝴蝶看上去都是那么美，那么它们有没有苦恼呢？它们有苦恼的时候向谁诉说呢？也许它们相互诉说，因为它们总是如影相随。虽然它们不属于一类，但我相信它们的心是相通的，即便是不语，也各自知道彼此的心思了。它们有没有相互厌倦的时候呢？当季节变换，寒风忽至，花朵和蝴蝶一起消失，是心甘情愿还是出于无可奈何？

蝴蝶的翅膀和花蕊都是茸茸的，看上去很柔弱，但它们的美丽又是那么诱人。有一个小姑娘掐了几朵花别在头上，不一会儿，花朵掉下来，被踩得一塌糊涂；有一个小男孩一直在弯着腰，盯着蝴蝶，伸出拇指和食指一次又一次地捏蝴蝶，最后终于捏住了一只，高兴得叫了起来，正要劝他放了，他却已将蝴蝶的翅膀折去，口中说道："你跑不了吧。"为花朵和蝴蝶痛心，看到美丽的东西，都想据为己有，殊不知，占有它的同时，就破坏了它的美丽，花朵会香消玉殒，蝴蝶会粉身碎骨。

也许有一种美丽永远无法真正地抵达。

说起蝴蝶，就会想到中国民间传说中的梁山伯与祝英台，他们化成蝶，生不能相爱，只能死后相随，也许正因为此，才让人对蝴蝶有着一种别样的情感，看到蝴蝶便会想到这个凄美的爱情故事。第一次看到《两只蝴蝶》这个歌名的时候，认为作者很大胆，还敢拿蝴蝶作题，以为梁祝已将蝴蝶的美丽写尽了，但看了歌词，依然爱不释手，听了歌，更是百听不厌，我想这支歌是又一次借蝴蝶表达了爱情的主题："亲爱的，你慢慢飞/小心前面带刺的玫瑰/亲爱的，你张张嘴/风中花香会让你沉醉/亲爱的，你跟我飞/穿过丛林去看小溪水/亲爱的，来跳个舞/爱的春天不会有天黑……"那份缠绵的深情，让人心醉。

蝴蝶是花的精灵，是人世间舞动着的爱情花朵！

雪　山

也许，人人心中都是存在一座雪山的，这座雪山，有时离你很近，有时离你很远。没有见到雪山之前，我们会想象雪山的模样，想象出来的雪山模样虽然会因人而异，但有一点是相同的：雪山，因其高远，因其洁白，在人们心目中是神秘和圣洁的，它虽然常常只能朦胧地存在于我们的梦境中，却凌然不可侵犯。

很幸运，此时，雪山就在我的身旁，触手可及。约5000米高度的地方，是云的家乡。不敢相信我已经站在了怎样的高度，想象着5000米以下的大平原上的家乡，想象着平原上弥漫的麦香，想起了很多年前麦收季节飘浮在平原上空的云朵。少年时代的我，正是在这样一个骄阳似火的中午，倔强地拉起一大车刚收割过的麦子，沿着久旱后崎岖不平的土路往打麦场走。车子太重了，感觉头晕眼花，停下来坐在路边休息，抹去眉眼处的汗水，抬头看天，看到了分布在蓝色天空上的洁白云朵，太阳光线是刺目的，但还是忍不住看了又看，云朵在天空变幻出不同的形状，仿佛一个美好的童话世界铺展在眼前，给我以无穷的美好想象。这种记忆至今仍然美好而沉重，它让我时时想起少年时代想为父母分忧的心情。感谢少年时代的这种经历，让我无论身处怎样的环境都心存牵挂与感恩。如今，雪山身旁的云朵令我一见倾心，我凝望它们，欣赏它们的悠闲，品味它们的淡然，它们是从童年的麦香里飘过来的吗？多少年来，寻寻觅觅，原来这才是人生最高的境界：并不苛求，却实实在在地拥有世界上最珍贵的东西。

雪山和云朵有着同样的色彩，它们用彼此的洁白相互缠绕，合二为一。一个是冰冷刚劲，一个是曼妙温柔，云朵要付出多少思念的泪水才能打动雪山坚硬的心？它们之间一定有着一段凄美的爱情故事吧。

如此近距离地看到雪山与云朵纵情地亲昵，心中涌起一种感动：雪山和云朵一定拥有最深刻的爱情，因此，雪山才更加刚劲，云朵才更加柔情。再次想到白头到老这样一个词，相爱的男女能够恩爱到白头，就不仅仅是爱情的至高之境了。

看到了在山坡上悠闲吃草的牦牛，看到了不远处施工的人们。是的，雪山并不是孤单的，有伟大的生命与它们相伴，高原上的人们是常常能看得到雪山的，他们心目中的雪山也许没有了神秘，但一定不会缺少威严。

一定要在雪山前留个影，激动地站在雪山的前面，不知所措。乌黑的头发和洁白的雪山形成色彩的强烈对比，我应该珍惜这样的时刻，我知道，总有一天，我的乌黑的头发会如雪山一样洁白，正所谓发如雪。发如雪是一种多么美好又凄然的情景啊，能有这样的人生经历是幸运的，所以，当真正到了发如雪的时候，也完全不必伤感，应该带着感恩的心感谢生活。想到竟然没有看到过父亲雪白的头发，这不仅仅是父亲人生的遗憾，更给爱他的人以永久的缺憾与悲伤。望着雪山，那压抑已久的对父亲的思念之泪再次疯狂地涌上心的堤坝,无法阻挡。

不管你是否见过雪山,都应该保存一份关于雪山的想象与记忆,雪山承载的其实还有我们的梦想与希望。如果有一天心中的雪山轰然倒塌,希望与梦想将一去不再复返,没有希望与梦想的人生是令人绝望的。当然,现实中的雪山更应该长久地存在于人们的视野里,我们不愿意看到环境污染,不愿意看到圣洁的雪山消融。

拥有雪山,拥有梦想,雪山常在,梦想与希望永存!

生活碎片

端午清晨的鸟鸣

五点的时候,天色忽然就亮了,半明半暗,淡淡水墨色的那种,隐藏在窗帘后面漆黑夜空像被捉出来的捉迷藏的小男孩,尚在羞涩中。忽然就听到一声鸟鸣,又是一声,如声乐启动的前奏,慢慢地,鸟鸣此起彼伏起来,声音或高或低,音域或宽或窄,但都一样的婉转。有急性子的鸟,叫起来急切切的样子,声音一串串,如成熟的葡萄,也有少言寡语的,如沉稳的老者。很想打开窗帘看看这欢叫的鸟儿是什么样子的,又怕惊扰了它们,它们是否知道躲在窗帘后的我正在欣赏它们美妙的声音?很多个清晨,它们就在我的窗前这样叫着,只是我天天都在酣睡中,做着别样的美梦,把最美好的声音一次次地错过了。莫非昨晚的一夜清醒只为等待这神奇的鸟鸣?让它提醒我美好正在眼前,幸福就在今天。

一只飞蛾

不知怎的,一只飞蛾飞进屋来,在初夏的夜晚,它奋不顾身地朝着灯光来,全然不知道这是一个封闭的空间,再没有了外面的广阔。它有些手足无措,上下乱撞,找不到方向。我同情于它,起身把纱窗打开,等待它飞出去,但它还是不知道出口在哪里,或者是根本不愿意飞出去?我拿起一只木棒想赶它出去，可惜它误读了我的好意，它飞远了，远离了我打开的窗，有蚊子飞进来，没法再等它，把窗关上，为它感到悲哀。不忍心看它这样无助，再次把窗打开，等它飞出去，它还是没有领会到我的好意。窗外虽然漆黑，但那里毕竟有天空！飞蛾，只为着光明扑来，送死的飞蛾，全然忘记了那可以让它自由自在飞翔的天空！

第二天，当我再次为它打开窗，它终于飞了出去，我看到它飞出去的身影是那样急切，刹那间就消失在无限的空间里了。这时，它也许会想，如果昨天为了光亮而死去，那就再也没有今天的飞翔；如果昨天为了光亮而死去，那就再也看不到今后的光亮了。

擦　　地

擦地，就是擦地板，这地板配上个"擦"字而不用"拖"，感觉自己马上摇身变为撒娇的小姑娘了。

擦地要近距离地与地板接触，不像拖地，可以站直了身子，手里握着长长的拖把杆，在地板上快速地掠过。擦地要蹲下，手拿抹布细细擦拭，如给小孩子洗脸，不过这个姿势久了膝盖会感到酸麻，只短时间可用；还可以双膝跪地，两只手各拿一块抹布，左右突击，这是个锻炼身体的极好动作，据说对心脏特别好，不过双膝要扎好护膝。至于匍匐于地板上前行擦地，动作可谓夸张，还是有的。想起儿子小时候忽然趴在地板上，四肢翘起，学乌龟爬行，惟妙惟肖，擦地也同样是可以擦出不同姿态的。

与地板接近时候，思考问题的角度就有了不同。这地板长年累月被人踩于脚下，生来便是供人踩的，那曾经有着生命状态的树木或可以生长五谷的泥土，受尽磨难变身为地板，不得不用这样的方式存在于世，心中可有怨言？那附着在地面的尘屑，是地板除了鞋子外最亲近的所在，但是人不允许它们这种亲近关系的存在。忍不住想到在大街上看到过的坐在自制的木板上滑行的残疾人，他们永远与站立着的我们有不同的视野，跪在地板上擦地，终于明白了他们的眼神，因为不能站立，他们看我们的目光一直是仰视，而我们有没有停下脚步，蹲下身来，与他们平视一会儿？他们内心一定很渴望这种平视，因为他们的生活里缺乏平视。

地板擦净了，不能怕弄脏而不喜欢别人进，那样你就像关闭了心灵的窗户一样拒人于门外，地板脏了可以再擦，朋友的心被伤了，就拉远了与你的距离。

最朴实的农家是不需要这么擦地的，他们或许还保留着用扫帚扫地的习惯，对客人永远保存一份发自内心的热忱。青砖草屋，几株果树，守一湖绿水，依一座青山，想不到擦来擦去，还是不能忘记那隐藏于心的朴实家园。

飞　翔

傍晚的时候，会在楼顶的平台上看到鸟飞，最多的是鸽子，黑白相间的那种，它们十几只二十几只一起合起伙来，像是以我所坐的位置为中心呈椭圆形飞，飞了一圈又一圈，飞的轨迹大致是不变的。椭圆如操场那样大，让人想起操场，想起人类的跑步，难道说鸽子是在进行飞行的训练吗？飞过几圈后，它们便停留在我对面的楼顶上与我对视。

也有麻雀或其他鸟类在飞，还有蜻蜓，无论它们有多么小，只要有一双翅膀便可以在天空飞翔，而天空是如此的高远啊。它们拥有高远的天空，但也可以立于枝头，可以憩于墙垣，只是因为它们有一双翅膀！

它们飞翔的姿态是不一样的，从上往下飞时，如箭离弦上，快速在天空画出犀利的直线；从下往上飞时，震荡起伏如一声高过一声的乐符，渐次拔高。平行飞翔时也见有高低起伏，如有意识的表演，故意让飞行的线条变得错落有致起来。飞行时，它们的翅膀有时候保持平衡不动，更多的时候不停地扇动翅膀，间或也发出“扑棱棱”的响声，这响声从天空传到我的耳边，别有一番灵动。

它们一般离我很远，偶有飞过头顶的也是一掠而过，刹那间便飞远了，我连让它们停留一会儿都做不到，更不用说别的。

这是一个怎样美好的尘世！此时，太阳还未落山，而月牙已高挂头顶，天空澄蓝，白色的云浮在澄蓝的天空，如云一样淡白的月牙，和我一样静静地看着鸟们飞。京广线的火车传来声声汽笛响，带着一批批的人从远方归来，又把一批批的人带到远方去。

美丽的鸟儿啊，只可惜我不知道你们是谁，每一个的你是否如我一样有一个名字？我有一个名字，可你们也无法知道我是谁。同一个世界里，我们不同类。

虽然我听不懂你们的语言，但你们却早已带给我许多欢乐。只是我明白我不能请你们飞来，也不能阻止你们飞去。我不能在你们飞去的时候痛哭流涕，正如我不能在你们飞来的时候欣喜若狂。我能做的只是安静地坐在楼顶的凉台上，等你们飞来，看你们飞去……

观　麦

如果我说我到郊区专门看麦田,请不要发笑。已经好几年没有看到麦田了,所以今年一定要看。我到了市外,还是沿着家乡的路走,最想看的还是家乡的麦田。路上有打麦的,让人担心麦子会不会收割完毕,空留一个麦茬地给我。好在通过房屋的缝隙还能看到麦田,于是加快了前行的速度。

上次走这条路时,两边桃红似火;今天走这条路时,桃树已融入初夏的绿色里,只是不知道上面是不是结了桃子。低处是月季,粉红、水红、玫红、金黄,不知道它们站在同一个地方为什么会发出如此不同的色彩?

过京珠高速,我在那个有着黑龙潭传说的地方停下,向南望,可以看到麦田,麦田尽头是沙河堤,沙河在这里向东南方向拐了个很大的弯,河便成了潭,据说潭水很深,黄龙黑龙便是在这里进行生死大战。

还是看麦田吧。成熟的麦田像铺展在大平原上的纯手工毛边纸,古意盎然,麦子以它成熟饱满的姿态融入其中,根根麦秆圆润笔直,就连麦芒也是如此的均匀笔直,更不用说麦粒,我惊奇于它们的相似。我更相信麦芒是上天派来演奏丰收之歌的琴弦,风吹来,丝丝缕缕的琴声从麦田传来。这的确是需要歌颂的事情,麦子从深秋播种到长大成熟,虽不到一年却经历四季,深秋的白露,严冬的霜雪,春天的阳光,夏天的风雨,它们都曾经历。它们扎根泥土,面朝苍天,吸天地之精华,沐日月之光辉,不辜负人类的辛勤劳动,它们只是为着人类的"仓廪实"而来。如果没有麦田,不知道人类的生活会受到多大的影响。

看了一阵,掉转车头,决然而去。原来我对麦田的深切思念只不过是远远地看它一眼,我望见了心灵深处的伪装与虚伪,但是又有什么办法呢?是我的生活拉长了我与麦田的距离,还是我的心灵早已远离了麦田?是的,我只有离开这里了。麦田,再见又是一年夏天!

疼　痛

最深的一次疼痛是生孩子的时候,刚有阵痛时,看到同病房的女子撕心裂肺地叫,心想:我不要这样,我要坚强。拽着爱人的胳膊下楼去,那是一个呈缓坡状的楼梯,正是夕阳西下的时刻,我哼起小曲想以此减轻疼痛,没唱两句便再也装不起坚强。拐回病房,疼痛不断加剧,我虽没有大呼小叫,却也把特意多吃的东西全部吐了出来,手指重重地掐进爱人的皮肤里,过后才知道把他胳膊都掐伤了，听见婆婆在一旁不停地说：谁也替不了你啊。

生过孩子的女人都不会忘却这种深入骨髓的痛。

2008年同学聚会时，一位同学没有到，他住在医院里等待换肾，以后听同学说满楼道都能听到他的叫声，那是怎么样的疼痛，恐怕是我们难以想象的。

我们在母亲的疼痛里哭叫着来到尘世，那时的我们首先感知到的也一定是疼痛。父母给我们的血肉之躯，在一开始便是娇气的，任何一种对它的打击都会带来疼痛。在人生的经历里，谁没有一两次疼痛的记忆？

渐渐地才知道，还有一种疼痛超越身体的疼痛，它像从心底传来，那么深，那么远，无法触摸，无法安抚。它如一条毒蛇吞噬着你的心，让你无法呼吸，又无法窒息。这种疼痛叫生离死别。

人类是有深切情感的动物。我们会感动会感恩，会相爱会思念，我们希望和亲人朋友永远不离分，但是好像我们不得不面对这种分别，分别并不可怕，分别后还可以再相遇，可怕的是永诀。在生命面前，我们谁也无法预测它的尽头在哪里，我们被动地前行，不知道永诀藏身何处，所以当突如其来的永诀来到时，我们一遍又一遍地后悔：为什么没有关心过他？那次的电话为什么没有接到？诸如此类，仿佛人生全被遗憾塞满。和一个熟悉的人突然间阴阳两隔，今生今世再也无法见到，那是怎样的疼痛？如果说身体的疼痛是深入骨髓的，尚可以品评，那么这种疼痛却是深入灵魂无法言表的。

如果真如佛家所言，死是生的开头，生是死的开始，倒可以教人学会把人生的无常看为平常，看淡生死，人生的这种疼痛便也可以减轻了，但愿死真的是在另一片净土上的新生！

过往的玻璃杯

我喜欢玻璃杯，是因为它的透明。盛着茶水的玻璃杯，因茶的品种不同而变换着色彩。与其说是喜欢喝茶，不如说是喜欢看茶的颜色。我常常会端着杯中的茶翻来覆去地欣赏，所以，我很感谢玻璃杯给我一种这样的享受。

于是我无法忍受用不透明的器皿喝茶，如果不是出差，我都会选择用玻璃杯喝茶，即便是喝白开水，也是可以欣赏到白开水的晶莹与淡然的。那种质地细腻的瓷器用来喝茶也不错，它们的外观比玻璃杯好，更容易往艺术气息上靠拢，茶的颜色也可以从杯子的上端欣赏得到，但终究少了些玻璃杯的直接。

先生在市内一家超市给我买了只玻璃茶杯，那种明亮不夹带一点含糊，明快果断。杯座和杯盖都是玫瑰红的，虽是红色，却一点也不俗气，透出高贵典雅的气息。我向来又喜欢红色，这款杯子将我所爱集于一身，甚喜。

用了一段时间，在我起身拉窗帘时不小心碰到杯子，它从我的办公桌上倒下然后滚落地下，发出清脆的声响，说不尽的后悔，口口声声说它是我最喜欢的，却在不经意间将它毁灭。

以后我试图再买同样一款杯子来弥补我的过错并找回我的最爱的杯子。原来那个商场没有，其他的商场也没有，我想无论有多么贵我都要买到它，可惜几年过去了，我再也没有碰到这样的杯子。

先生又给我买了一款玻璃杯，杯的盖子是银白色的，看上去也很漂亮，但是还是不能阻止我去想念那款玫瑰红杯盖的玻璃杯，我也打碎过比它更贵重一些的杯子，但并没有心痛的感觉，这个时候我更知道我是真的喜欢它的。

我希望在将来的日子能碰到同样款式的玻璃杯，或许可以缓解心中的思念与愧疚，我不得不承认，那只杯子早已成为我生活中过往的杯子了。

想　家

每个人都有想家的经历，但是想家的经历各不相同。

家，究竟是什么？让人这样朝思暮想、挂肚牵肠？是想家里的油盐酱醋茶，还是想家里的桌椅沙发？是想轻如薄幕的窗帘，还是想缠绕纠结的葡萄架？你会说，怎么会是这些？我想家里的人，没结婚时，最想的是爹妈兄弟姐妹；结婚以后，最想的是爱人、孩子。我惭愧于这种变化，从那里长大的那个家已不再是真正意义的家。

家绝不是一个单一的概念，即便全家人一起出行，不再觉得度日如年，还是想回到家的所在，所有的生活用品一应俱全，而出行无论如何是带不全这么多东西的，家有生活必需品。

生活必需品全了，还是想回家，在外面即便顿顿山珍海味，也抵挡不住对家常饭的渴望。家常饭是手工馒头，是水煮白菜，是饺子，是米饭，无论是什么，只要是从自家的厨房生产出来的，便会百吃不厌，更不用说再照着食谱、根据身体状况调制些其他的汤菜来。家有家常菜的诱惑。

家是一个让身心自由的场所，在家里，你从身体到心灵都脱去所有的伪装,没有高跟鞋的拘谨、长丝袜的缠绕,男人可以朝女人发发威,女人可以向男人撒撒娇,想到什么就说什么,开心了就笑,不开心了就让泪滴变戏法似的涌出,家里的一切都是最真实的。

男人想家,不排斥想女人的唠叨,别吸烟了别喝酒了要早睡了该锻炼了;女人想家,不排斥想男人的训斥,你个笨女人什么都不会没有我你可怎么生活?他们身处在唠叨和训斥时也烦,但又明白那个真正对自己好的人是谁。

孩子们大了,天各一方,想家的心也分散出不同的走向,以家为中心,孩子在哪里,便向哪个方向扩散。你了解那个城市的天气、新闻,你不时发送也许让孩子厌倦的提醒信息。家,终究是要不断衍生的,一如你当初走出父母的怀抱。

想家,偶尔一为,甚美。

长发梦

当我意识到自己是个小女孩时,我就希望自己留一头长头发,小女孩就要留长头发这个概念不知道是怎么在我脑海中形成的。可是奶奶却不允许我留长头发,头发长长了便剪,长长了便剪,心里不情愿,也没有什么办法。

直到有一天上午,奶奶又在院子里给我剪头发时,我表现出了不情愿。那天的天气很好,大概是初夏,阳光很明亮,院子里的树投下清晰的影子,奶奶命令我坐在长木凳上别动,我真想跑掉,可是身子却没动。奶奶边大声呵斥我边按着我的头,她拿着做衣服用的铁剪子,先是在我的后脑勺处咔嚓咔嚓剪啊剪,然后又转到我眼前,照着我的刘海咔嚓咔嚓地剪,响声过后,我的乌黑发亮的头发散落一地,有些碎屑掉到脖子里,沾在脸颊上,奶奶解开事先系在我脖子里的围裙,在我身后很响亮地抖了几抖后,便离开了。我坐在木凳上,拿出事先准备好的镜子照,我摸到后脑处光秃秃的,而我的刘海高高地整整齐齐地立于眉毛之上。眼泪哗啦啦地流下来了,我至今犹记得那满眼是泪的童年的脸庞,这是我至今记起的最早的模样。

那一年,大概五六岁的样子,还没有到 1975 年发洪水,老式房子还在,院子前面是邻家老太太的三棵大枣树,照完镜子,我大概是哭着跑到这枣园去了。

其实奶奶脾气一向温和,我不知道为什么这一次对我如此严厉,总是不允许我留长头发。

我喜欢长头发，还是以为女人就要留一头长头发。刚结婚时问过先生喜欢我留什么发型，他说当然是长头发。生孩子坐月子期间也没有舍得将长头发剪去，头发一度长到腰际。

年龄大了，就不太适合再留长头发了，尤其不能披头散发，毕竟每个年龄段有每个年龄段的打扮，有些女性留短发更适合。固执地保留长发，其实是不合时宜的。但是有一个很好的办法，那就是将头发盘起，盘头的花样很多，掌握一两款简单美观的盘法，为留长发找到很好的理由。

有段时间流行女人留短发，对此从未动心。我不能阻止别人喜欢留短发，正如别人不能阻止我喜欢留长发。

有时觉得留长头发不太合适又不好看，便狠心将长头发剪掉。每一次剪头发都很舍不得，剪之前都要经过内心的挣扎，几乎每次剪头发都会出现儿时剪头发的画面，那个泪流满面的小女孩又出现在我的面前。

假如有一天我再次剪成短发，但同样阻止不了我对长头发的喜欢。年轻的女孩子们，趁着年轻赶快留一头飘逸的长头发吧！

长发梦，一个梦，一辈子。

跳一次舞

忽然很想跳舞，穿着高跟鞋，让脚尖立起来，再放下去，身体随着脚的高低而起伏，仅此一个动作，足以让我怀想，更不用说旋转等别的迷人动作。

舞蹈这种肢体的语言实在有它太过迷人处，多少次我幻想那在舞台上轻舞的人是我，着一身美丽的裙子，穿一双漂亮的高跟鞋，用舞蹈表达出的情感动听于语言。

没有舞台，心中早已将这样的舞台关闭。我打开电脑，寻找到纯音乐，铺展纯手毛边纸，从木制笔架上取下毛笔，蘸墨。自下而上推出根根中锋线条，稍加点缀，它们成了我眼前的森林，我在这森林边先慢速画几条长长的横，长长的竖，它们是那样的笔直，一如笔直的跑道，算是热身吧。然后，画一个圆，笔毫在手腕的翻转下绞在一起，痛苦万状，我加快速度，连续画圆，一个比一个大，小的被大的包围着，一如舞台上的旋转，所有的痛楚都在这绞转中倾诉，所有的欢乐都在这旋转的晕眩中表达。

当然这一切是伴着乐曲的。乐曲舒缓时我也慢下来，让笔尖重新吸取营养，休息过后，来个连续的翻笔吧，我喜欢翻笔后的立体线条，像舞台上的劲斗，总会让人胆战心惊的。

还是需要一些曼妙的动作的，旋转手腕朝不同方向连续转笔，优美的造型如舞动双臂抖出的彩绸，曲曲弯弯，轻盈地飘动在纸面上。

满满一张纸上，留下了笔尖舞动的痕迹。好了，我终于也舞动了一次。

停电的夜

步入有电时代，最怕的是停电，主要是对于没有电的夜早已不习惯了。

今夜，心却忽然安静。没有电，室内一下子变得漆黑，但窗外却亮了起来，平时漆黑的夜空变得如同早晨，如太阳快要出来的时候，明亮中透出淡淡的橘红色，闪耀着无数的希望。

树叶清晰的身影如一幅浓浓的水墨画，它们的姿态是那样的优美，甚至比白天看得更为清晰。一阵风吹来，村叶在风中轻轻地摇动，但却透着沉静的美丽。它们摇摆的身影是那么迷人，仿佛是在无电的夜晚专门为我起舞。

看不见玻璃的样子，它们如天空一样显得空无，但是我知道它们的身影隐藏在夜色中，虽然看不见但却明亮着，这是一种多么奇妙的感受，一如一种默默中的付出？

屋子里的一切都暗淡下来，我看不见地面的灰尘，看不见明亮的茶杯，看不到沙发上那只可爱的布布狗，一时间有些不知所措。打开古琴曲听，却意外地发现古琴曲在夜色中显得格外空灵起来，难道亮色会阻止声音的传送质量吗？不，是我们的心里装有太多的东西，将这美妙的声音全然忽略了。静静地听着这古琴曲发回呆吧，有时候，大脑需要有一片空白的天空，让心里洁净的云朵升腾起来进行一次无忧的飘浮。

在暗夜里，抵挡不住沉思默想。想到在没有电的时候，教室里的一盏盏煤油灯，仿佛听见在月色下捉迷藏的小朋友的嬉闹声，他们如今都在哪里？还有，那些从未见过光明的人们心中是何种感受？

无电的夜晚，夜色变得有了立体的层次，或浓或淡，或远或近，一层层在眼前铺展开来。外面的声音也变得如此清晰，马路上的汽车喇叭声、远处火车的轰响、院子里的狗吠声都让你从不同声音背后看到不同的场景。

有电的时候，光明在室内；没电的时候，光明在室外。不知道黑暗究竟从哪里来，又到到哪里去。原来我对黑暗竟是一无所知，它们神秘的身影在停电的夜更加飘忽不定。

拐　杖

我最早见到的拐杖是木头做的，那是一截去除黑褐色树皮的树枝，透着自然的雅白色。上端横着一小截或是天生或是专门钉上去的半尺左右的木棒，与它长长的腿垂直，可以握在手中，通过拐杖与地面的接触，给行走的人传送稳定的力量。

拄这样拐杖的多是老年人，无论男女都穿着黑色或深蓝色的衣服，他们往往在夕阳西下炊烟升起的时候拄着拐杖慢腾腾地走到村子的路上，这成了我童年中的村子的一景，想到村庄，眼前就容易浮现这样的画面。那时谁也不会注意老年人为什么要拄拐杖，更不会问拄拐杖的老年人是什么样的心情，拐杖好像是老年人年龄的道具。

这便是拐杖的第一种。后来看到拐杖的品种有了增多，除了木制的之外还有竹子做的，木制的拐杖也分各式各样的，有一般的木质，也不乏名木。还有长度可以拉伸缩短的金属的折叠式拐杖，更便于携带。爬山的时候见很多人拄着拐杖，为疲惫的身体增加支撑的力量。这时候的拐杖与年龄全然无关，大家不会因为拄着一副拐杖而感到不好意思。上山的人手拄拐杖行走在山路上显得铿锵有力，下山的人手提拐杖春风得意。拐杖成为游人的标志。

还有一种拐杖是用来帮助走路的，偶尔摔伤或者腿脚因各种原因不方便的人，借助拐杖的力量行走，或者一只脚不能着地，拐杖便是他们的腿，拐杖便是他们的脚，将拐杖支撑在腋下，将身体的重量转移到拐杖上，让单腿悬空实现行走的愿望，他们对拐杖的依赖程度超乎想象。

在人们的印象中拄着拐杖走路是很不方便的，我们无数次地将同情的目光投向使用拐杖走路的人。但不知道有的人却把拐杖用到了极致，一位失去一条腿的小伙子拄着拐杖与一位失去双臂的姑娘的舞蹈感动、震惊了无数的人，这样的例子绝非一个，这时候的拐杖真的和他们的身体合而为一了。这是要吃过多少的苦才能达到的境界啊，在他们练习的过程中，考验他们的不仅仅是毅力，还有承受苦痛的能力。但我从内心不赞成这样的舞蹈，也不忍心残疾人进行体育运动的比赛，本来已经够苦，又何苦苦上加苦？虽然此时对于他们已经有所超越，但毕竟心有所忧。

余秋雨在记叙一个重病小画家又拿起笔时，说那支画笔是一枝熔铸着有关人类生命大恐怖和大安祥的拐杖。读到这句话时不由得沉思，当人的精神出现空虚、烦躁、怨恨等残缺时，是不是更需要拄起宽容、理解、善良这样的拐杖助我们走一程呢？这样才不会使我们停滞不前，可以在别样的行进中慢慢地恢复正义的元气。

有意思的是，拐杖本来是与弱者有关的，但却被人们赋予别种含义。卓别林手中的拐杖指点着幽默，拐杖爵士舞蕴含着活力，就连强大的夸父追日的时候也是手提着拐杖的，可见古人是多么重视拐杖在行走中的作用。只是不知道夸父用的是怎样的一副拐杖，这副拐杖在夸父追日的时候起到了怎样的作用？只远远地望见夸父遗下的拐杖化为了桃树林，绵延几千里，横亘千万年……

熬　夜

中国文字真是奇妙，它们排列组合成各种词语，表达着不同的意思，为什么要把“熬”和“夜”组合在一起呢？因为“熬”者，多半会令人想到煎熬的意思，那滋味是不太好过的。

夜，本来应是睡觉的时间，日出而作，日落而息，才符合自然定律，是大自然对人的基本要求。光明离夜而去，在没有电的时代，我们大抵只能早早睡觉了。可是爱迪生发明了电灯，便将世界改变了，夜晚的变化最大，它变得越来越如白昼，甚至比白昼更灿烂。电灯模糊了夜晚与白天的界限，让我们在夜晚忘记了今夜何时，依然可以工作、可以娱乐，等等。

熬夜的人越来越多了。大凡熬夜者，可以分为被动与主动两种类型，主动型者，多是因为个人生活习惯的原因，喜欢晚上看书、写作、喝茶、跳舞等，白天睡觉，主动权是掌握在他们手中的，也许他们暂时还没有深切地体会到“熬夜”之“熬”字到底是何种滋味，只是觉得喜欢这样做，而且还有其乐无穷的意思。被动型者，多是因为工作、生活的原因，不得不值夜班、守护病人等，他们被动地承受熬夜的滋味，大概他们对“熬夜”之“熬”字会有深切的体会吧。

不管哪种形式的熬夜，其结果都是一样的。从中医角度讲，熬夜对身体是不利的，因为这样违背了人体的自然规律，会对身体造成一定的伤害。晚上 11 点到 1 点是最好的休息时间，可惜被熬夜者错过了，天长日久，身体就要作出反抗。

从人道角度上说，一个领导者不应该让他的员工长时期熬夜，就如同不应该提倡拼了命来工作一样，身体好，才能更好地工作。领导应该能够考虑到熬夜对身体的危害，合理地安排夜班的时间，尽量让他的员工调整好休息的时间，否则，便是没有人性的领导。

如果确实不能做到不熬夜，也不要紧张，每个人对于睡眠的时间要求是不一样的，国际知名大律师萨缪乐·安特麦耶从来没有好好地睡过一天觉，有的人睡几个小时就可以了。首先从思想上要放松下来，不要有心理压力，毕竟我们还可以想出些对策来。人体还有一个休息的时间——午时，从中午 11 点到下午 2 点，想办法休息一个小时，也是一样的道理。晚上加餐不要吃肉，因为吃肉会对肝造成伤害。当然，最好的方法还是尽可能地改变睡眠的时间，少熬夜。

如果夜是一个有感情的人，则她看到你夜晚不睡觉，内心一定会感到备受煎熬，因为她知道长期熬夜的坏处，因为她是爱着全人类的。

门前还差一棵树

被几棵树折腾了一个春天了。从天气变暖始就琢磨着要把门前的几棵树重新调整一下，在经历了移树、买树、种树的过程后，抹一把汗水，竟然发现靠近东边窗外的位置刚好还可以种上一棵树呢。

因为所余种树的地方弥足珍贵，就好像高考的学生所面临的最后一次考试机会一样，所以竟然不知道种什么树好了，不过可以肯定的是这棵树一定会是最喜爱的树。什么是最喜爱的树呢？除了听老人们说的不让种的树外，其他的树好像都很讨人喜欢啊。果树能结好吃的果实，花树能开好看的花朵，长青的树在冬天富有生机，落叶的树枝条在冬天也别有诗意呢。想来想去，还是拿不定主意。朋友们也出了不少主意，这个说种桃树，那个说种梨树，听来听去才明白，关键时刻还得靠自己拿主意。

于是，重新走向花市，走向郊区，开始了新的买树的历程。一棵棵树接受着我的目光的检阅，我在审视它们的同时也在欣赏着它们，它们品种不同，花期不同，叶子不同，姿态各异，拥有不同的美丽，我想这是我拿不定主意种什么树的主要原因吧，但我相信，必定有一棵是自己最喜欢的。树的世界该是一个非常美丽的世界，它们之间的和睦相处使大自然呈现出无限生机。我观赏着它们的形状，想象着窗前那片空地的面积，看究竟什么样式的树种在那里才合适，如同在时装店为自己精心挑选适合自己的衣裳一样。人不能乱穿衣，门前的树也不可乱种啊。

看来看去的，目光定格在玉兰树上。每年春天，单位院子里的玉兰花开时，都会停下脚步用心观赏。毕业后的那年春天，我在观赏这种美丽的花的同时想到了去世的父亲，白玉兰的纯洁深深打动了我的心，在我的心目中父亲的形象如同玉兰花一样纯洁。比白玉兰花开得更大更晶莹的是广玉兰，市区种了不少这样的树，碗口大的花朵典雅、洁白，气质高贵，非一般花所能比拟。树叶不仅美丽，还四季常青。就是它了，还有什么可以挑剔的，人无完人，生活不会尽如人意，树也一样，太追求完美永远都不会达到目的，只会徒增烦恼罢了。

到西平县的一家苗圃去看广玉兰，在许多棵中，我选中了一棵。我看到它时，它正顶着一树繁茂的枝叶笔直地站立在金黄的油菜花旁，在蓝天白云下，显示出一种不俗的气质，我很奇怪于这种感觉，树和人也靠缘分，好像它站立在这里等我很久了，一种感动从心底升起。

这棵美丽的广玉兰将生长在我家的窗前，仅此一棵树，已经可以给我带来很多的怀想与欢乐了。

沉重的背篓

在贵阳一家宾馆住宿时，在一楼电梯门口碰到两个背着背篓的女孩，她们看上去有二十出头，瘦瘦的，如果去掉后背上的背篓，一定会把她们和亭亭玉立这个词联系在一起。背篓里装满了沙土，她们的身体努力地朝前倾斜着，几乎与地面平行。虽然深秋的天已经很凉了，但她们的额头上却冒着豆大的汗珠。内心焦急地呼唤电梯快点下来。和她们站在一起，有一种无地自容的感觉，正如坐公交车时看到年迈的人没有立即起身让位一样，那助她们一臂之力的手已经从心里伸出来了，但看到她们坚毅的眼神，又怕不小心伤了她们的自尊。

一连两天，都会在电梯口遇到她们。心中纳闷，走出宾馆大门，却见门口有一沙堆，一位看上去四五十岁的妇女在铲沙子，一问才知道，宾馆的楼顶要建花园，所以要把沙土背到楼顶去，把眼前的一堆沙土背上去，她们可以收入一百多元。为什么不用推车将沙土推到楼梯口？为什么一定要用背这种方式呢？忍不住这么问，那女人只是浅浅地一笑，没有回答我的问题。

乘上电梯，到她们所说的八楼。下电梯后，顺楼梯拾级而上，果然就看到在建中的楼顶花园了，借着昏暗的灯光，我看到在建中的亭子、花池之类的建筑，大气而奢华，可能会投资几十万、上百万吧。这几名妇女的劳动只是这几十万、上百万中的一百多元，而她们的劳动我却是看得真真切切的，一时间，一种说不清的情愫浮上心头，有些恨宾馆建这个楼顶花园，在它华丽的背后，谁会想到建它所需要的沙土是文弱的女子一篓篓地背上来的呢？

放目远望，夜色中的贵阳市高楼林立，每一栋高楼的背后都凝结着众人艰辛的劳动，只是很多时候我们没有真切地看到，或者看到了没有在意而已。

"小背篓晃悠悠/笑声中妈妈把我背下了吊脚楼/头一回幽幽深山中尝野果哟/头一回清清溪水边洗小手哟/头一回赶场逛了山里的大世界/头一回下到河滩里我看了赛龙舟……"

是啊，在我们的印象中，小背篓是和青山绿水相连的，是和诗情画意相接的，一如沙漠中的骆驼，江河中的小舟。但自此以后，小背篓总是和那两位女孩一起出现在我的眼前，她们前倾着身子，满额汗珠。小背篓永远地远离了诗情画意，时时刺痛着我的心，让我更多地想到了人类生存的艰辛。

夜宿江边

当游船前方出现五彩的灯光时，有人说，奉节县城到了，该下船了。

伸颈远望，奉节县城如菱形的大灯笼在闪烁，一半在水上，一半在江中。与其说是一座城，不如说是一座山，是城在山上，还是山在城中？

拥挤着下船，走完一级又一级的石板路，到了临江的一个宾馆。宾馆并不高档，但北面有开阔的阳台可望奉节县城，南面临江可望长江。

头枕长江，脚蹬巴山：今晚，将宿在江边。一时，不知道该如何表达心中的感情。少年时，读四川作家的作品，便为其中描写的四川风景所陶醉，怎么也想象不出那湿漉漉的古板路、那婆娑的黄桷树、那别致的吊脚楼是什么模样。如今，我正住在童年的梦中，怎么能不激动呢？对于在大平原上长大的我来说，对于喜爱山水的我来说，这是一个多么奢侈的夜！

此时的平原城市，正是热闹的时刻，华灯初上，汽车如流，卡拉OK声、汽车喇叭声为城市奏起了交响乐，霓虹灯将一座座高楼装饰得美如童话，不知这临江的山城是什么模样？

步出宾馆，我被这初来山城的新鲜包围：天上飘着雨，地上湿漉漉的；街道并不宽阔，且起伏不平；楼房不高，忽而在高处，忽而又在低处；黑黢黢的山峰像屏障一样护卫着楼房。远望如灯笼的县城，其实并不热闹，没有汽车、摩托车，也没有自行车往来，背着竹篓的四川人从我的眼前走过。曾经魂牵梦绕了多少年的四川美景，其实也如此平淡。我被梦醒时分的感觉左右，不知道该说些什么，做些什么，只以一种告别的心情读它。

住在江边，你无法拒绝汽笛声，正如无法拒绝平原城市的汽车喇叭声一样；只不过，这汽笛声显得有些悠长、凄婉。一声声的汽笛穿透雨幕传来，心里也难免湿漉漉的。“汽笛一声肠已断，从此天涯孤旅。”伟人尚且如此，何况你我？想那每一声的汽笛声中，一定站着送别的人群。“黯然销魂者，唯别而已矣。”没有品尝过离别滋味的人，一定少了另一种的人生感受。“君问归期未有期，巴山夜雨涨秋池。何当共剪西窗烛，却话巴山夜雨时。”那唐朝的李商隐一定是在这样的夜晚写下的这首诗。尽管时光转换千年，但李商隐燃起的烛，还在燃起人间的真情。

夜宿江边，充实了我在平原上的多少个梦想。我终于读懂了巴山，读懂了江水；那似曾相识的大山，刚劲挺拔，必造就刚劲的性格；那逶迤而下的江水，绵绵无期的巴山夜雨，必造就多情的性格。

夜宿江边，时间虽然短暂，但留给我的记忆却成为永恒。

我与沙河的千年默契

一

钟情于这处美景是在满池荷花盛开的时候。我在一个澄明的夏日清晨跑步来到位于紧依沙河的这方水塘,望见满眼盛开的荷花,不由得驻足。

其实池塘是人造的,不规则的形状也是刻意所为,看得出设计者花费了不少的心思,池边点缀着大小不一的光滑石块,石块或伏于水下,或露于水面。池中植满了荷花,池的名字因此叫做荷塘。荷塘在沙河边铺展有几百平方米,有芦苇点缀其间,岸边环绕着柳树,老幼不一,粗壮的柳树是公园大修之前保留下来的,有很多年份了,新植的往往紧靠岸边,婀娜着身姿很像撒娇的小姑娘。池塘西岸,十几平方米的半月状木质地板,伸展到池中,是极佳的锻炼场地。再往西,是一座二十多平方米的玻璃木房。

每天锻炼的时候,总会听到悠扬的笛声。第一次听到时,有些惊诧,循声望去,但见吹笛的是位中年女人,随身带着一个包,里面放有十几根笛子、箫。吹笛之前,她会打开收录机,播放伴奏的音乐,笛声和伴奏声融合在一起,汇集成更加动人的旋律。听着笛声,禁不住想:这位女人曾经经历了怎样的生活呢?她的体型变了,她的容貌变了,但她依然有这样淡定快乐的心情,不管她是贫是富,她一定是个充实快乐的女人吧。

一次大雨,所有锻炼的人都朝这个玻璃木房跑来,或老或少,男男女女,一边避雨,一边锻炼,安静的木屋变得热闹起来。那位吹笛的女人依然专注地吹着,不惧别人好奇的目光,在这雨水里,在这样的时刻,雨中的荷花池更有了诗意。

我每天来的时候,都会见到这位吹笛的女人,有时她早,有时我早,无论早晚,都会见到她,也有在练瑜伽付出极大体力或压腿痛楚想妥协偷懒的时候,一听到笛声,便来了力量。瑜伽虽不是轻歌曼舞,但在笛声里有了种轻歌曼舞的感觉,原来笛声与瑜伽也可以如此完美地结合,笛声比瑜伽音乐更动听,更给人力量。

怕打扰女人吹笛,从来没有给她打过招呼,她大约也是同样的心态,也未曾与我打过招呼,但我的心中实在是对她充满感激的,感谢她吹的这么悠扬的声音,使我在运动中得到享受。回家找出笛子的乐曲听,感觉少了种韵味,我想,大约只在沙河旁荷塘边,在练瑜伽时才会有那样的感受吧。

荷池东岸,是一座小青石板桥,无栏杆,忽然有一天,出现了七八个人,在石桥处打太极,但那太极不是杨式,不是陈式,叫不出名字,只见腾挪跳跃,刚劲中蕴含几分柔韧,仿佛那一个一个的太极动作是被丝牵连着的。

南面紧邻沙河,那里也有一处玻璃房,深红色的,小了些,一位中年男人带着两个学生在练发声,悄悄地在心中学唱,同样是声音,掌握了技法竟然是如此不同。旁边是一个二百多平方米的小场地,这里总会有人在甩鞭,长长的鞭子随着身子的大幅度摆动发出惊心动魄的声响,篮球场、乒乓球台、健身的器具旁,总会有密密麻麻晨起锻炼的人。

我与这些陌生的人多次相遇却从未说过一句话,大家只是在用眼睛看,用耳朵听,看大家不同的锻炼方式,听不同的美妙旋律,但分明这中间存在着一种默契,对健康生活向往的默契,音乐与运动的默契,最重要的是人与大自然的默契。这里的树木花草,这里的清风流水,每天陪伴我们,间或有青蛙的低吟和蝉的鸣叫,虽不能懂得它们的语言,但是都在感受夏天的火热和激情,它们也一定会看到这热烈的晨练场面,也一定会听到那动听的笛声,的确是有种默契深藏于此的。

默契如此美妙,美到无言以对。

二

沙河,你何以知我爱水,你早早地挣脱大山的束缚,舞动你曼妙的身姿,从鲁山县伏牛山东段主峰尧山奔流而下,经过鲁山、宝丰、叶县、襄城、舞阳、郾城来到我的身边,穿越商周的晴空,沐浴秦汉的月色,裹挟明清的风霜,横卧在广阔大平原我的家之南,等我,一等数千年!

沙河,你何以知我爱沙,你浩浩荡荡地从山上走来。在震耳的隆隆声里,坚硬的石头屈服了,它们温柔地跟随你来到我的家乡,在河岸铺开一张软绵的地毯,让童年的我开心地玩耍。你还告诉我,那沙是可以当成玩具的,于是,我和小伙伴们一起在欢声笑语中将沙变成房屋,变成馒头,童年的想象力在沙地上张开了翅膀,完成了一次次伟大的飞翔。我童年的目光无数次地凝视这从石头变化而来的神奇的玩具，我轻轻地踏过细沙，无数次地体会温馨其实就是像感知细沙从光脚丫下流过一样简单。你早已是我心中的骄傲，当有从北方来的客人让我引领他们看你时，当我听着他们第一次见到你时发出的啧啧声时。沙河，你给了童年的我多少自豪！也许正是因为你的缘故，一直认为只有故乡才是永远充满诗情画意的地方。

沙河，你何以知我喜欢音乐，你以河水为弦，用春夏秋冬的风为我弹奏不同的乐曲。在春天的风里，你弹奏欢快的琵琶，每一个音阶都让人感到生命复苏的美好；在夏季的阳光下，你弹奏一曲激昂的钢琴曲，每一个音阶都让人感到热情洋溢；在秋天的硕果下，你弹奏一曲古琴曲，在秋季的丰收画面中感受人生的诗意；在飘雪的冬季，你吹起贾湖的七音骨笛，让人品味漯河历史的悠远与厚重。“青山不墨千秋画，碧水无弦万古琴。”

沙河，你何以知我爱画，你铺展长长的河岸，调集四季的花草树木为颜料。这里有春季碧绿的麦田，金黄的油菜花，无穷的花海；这里有夏季浓密的树林，青青的草地；这里有秋天的银杏，冬天的白桦林。白天，你唤来太阳白云入画，夜晚你摇醒月亮星辰，每次走近你，我都心存一份感动！

沙河，我们默契千年，千年默契，因为有你，我已不再害怕时光飞逝，永恒的会永远永恒，短暂的也必将短暂下去。在你的身边，有多少人感叹，我与他们不相识，但却相知，因为我们同样喜欢着沙河。他们也许是骨笛的主人，也许是许慎，沙河给他们以灵感，以感动和勇敢！

静静地坐在沙河身边，无语地望着河面，我能听懂沙河的语言，如母爱一般温暖，如父爱一般宽厚，心里涌起的是归家的放松和闲适。沙河，以淡定的身姿行进在我们的生活里，继续着和美的默契！

河　岸

河水很清，河边有沙滩，河岸有深深的芦苇丛。多少年后，当我唱起“蒹葭苍苍，白雾茫茫，有位佳人，在水一方”的歌时，那飘着长纱巾或长裙的“佳人”正是站在故乡的河岸上。

故乡的河叫沙河，它是让我骄傲、让我欢乐、让我恐惧又让我怀想的河！

姥姥家在故乡北二十里，没有河。儿时我清楚地记得，无论是舅舅，还是姨姨，每到我家，必说起沙河，必到沙河去看看，活泼爱动的我自然是他们的向导。沙河满足了我儿时的虚荣，给了我多少骄傲，这骄傲又化成我对人生的自信，像这沙河一样，始终流淌在心间。

童年没有玩具，但并不乏开心。沙河给我们营造了游乐场所。夏天，沙河边常响起清脆的捶衣声，我们便在大人的捶衣声里尽情地游泳。河两岸的小朋友聚集在一起，像一群快乐的小鸭子，欢笑声、叫喊声淹没了捶衣声。在水中闹够了，我们便掂起妈妈洗衣用的篮子赤脚走在湿漉漉的沙地上，见有小坑，便弯下腰，用小手指一挖，一只黑褐色或黄褐色带有环纹的河蚌便出来了，不一会儿，便可拾得半篮子。那干一点的沙地往往是我们发挥想象力的天地。我们在沙地上堆了城堡，架了桥梁，等大人们叫我们回家的时候，往往一脚毁坏我们精心制造的“杰作”，打闹着跑回家去。秋天，河两岸的芦苇长熟了，我们钻到芦苇丛中，或捉迷藏，或拾起满地枯黄的苇叶背回家，赢得大人的夸奖。也有河水涨得淹没沙滩的时候。尽管无法在水中嬉戏，但我们还是经常来到河边，正怅然若失时，会发现河对岸有一群和我们一样提着小篮拿着镰刀的小朋友，他们也怅然若失地望着我们。不知是谁先拉长了腔调，对着河面喊：“河那沿儿的孩子——听到了吗？”然后，一群小孩对着河面喊，这样喊得久了，便编出了一个顺口溜：“河那沿儿的孩儿，偷蒜薹，蒜薹辣，买个瓜，瓜不甜，买个炮，炮不响，买个猪娃挠挠痒。”两岸常常展开比赛，往往喊得声音嘶哑才收兵。这成了水涨的日子我们最快活的事情。今天，当我给儿子说起这个儿歌时，他犹笑个不止呢！儿时没有去过河那边的村庄，最多在水浅的时候，爬到沙滩上、河堤上望着“河那沿儿”出神。“河那沿儿”的神秘感一直伴我很久。如今，当我一遍遍地乘着车子，从漯河路上经过时，望着那一片片土地和村庄，心想：这就是给我多少幻想的“河那沿儿”吗？那买什么都不行的“倒霉”的“河那沿的孩儿”此时正和我在一个城市工作吧？

那两岸的孩子是“敌对”的，大人却很要好。1975年，河水暴涨，从这边河堤到那边河堤，全是一望无际的洪水。河面上漂着箱子、牛、草等东西。河水打着转儿，疯狂地向东流去。大人们把东西搬到河堤上，搭起简易的草屋。从大人那充满恐惧的表情上，我感到沙河简直像一头发怒的狮子，可怕极了。夜晚，天下着雨，河水还在涨，河堤裂着缝，村里一片汪洋，房倒屋塌声接连不断。在这种恐惧里，忽然听到河那边有人在喊，但不是儿童的声音，更不是我熟悉的儿歌。像是喊人的名字，渐渐地，那喊声汇集在一起，想象着河那边的河堤上一定站了许多人。河这边的人面对死神的威胁时听到对岸的喊声，像看到了生的希望，他们也向河那边喊。听到亲人叫自己名字的，更是欢喜异常。原来，河那边没有发水，与河这边有亲戚的，很是担心亲人的生死。河两岸大人的喊声正像那支我熟悉的儿歌一样，深深地印在我对沙河的印象里。

尽管沙河曾给过我恐惧，但它依然是我最心爱的河，在离开它的日子里，常常怀想着它，这就是我毕业后执意要来漯河的原因吧！沙河从漯河市区穿过，给这个中原城市增添了几许美丽。如今，沙河两岸一幢幢高楼拔地而起，设计新颖的桥头公园将沙河岸装扮得更加美丽，接连建成的几座沙河桥将两岸连接起来。站在河边，抬头望桥，那走在桥上的行人，正像是走在虹上。沙河给我一种熟悉而又陌生的感觉。

邂逅最美丽

汽车渐近家乡的那一时刻，我望见路边有一中年男子用力地朝车子挥舞着手臂，汽车闷叫着停在那人身旁。初春的中午，太阳已从冬日的慵懒中苏醒，尚着棉衣的燥热的人们，将停车的不快统统发泄在中年男子身上。

中年男子在人们的怨声中上车，眼光在车内扫视了一下，恰与我打量他的目光相遇，这不是中学时教我语文课的马老师吗？我叫他，他看了看我，却不言语，又叫，他才说："叫我吗？"声音低低的，我说出自己的名字，他才长"哦"一声，没有光泽的眼睛里立刻闪出喜悦的光来。"我说有些面熟呢，就是想不起来。"马老师边说边掸着身上的灰尘，黑黄而又多皱的脸上溢满喜悦。也难怪马老师认不出我来，十几年前，当我离开马老师去上高中时，还是个十几岁的孩子。可此时的我已为人母，孩子正在我身旁好奇地望着马老师。刚知道马老师一直在中学教书,我的故乡已呈现眼前了。

汽车依然闷叫着停在路边,儿子一下车便朝路边的庄稼地跑去,等我与老师道别时,汽车已远远地走在初春鹅黄的树影里了。儿子在田间蹦蹦跳跳像个皮球在滚动,看着儿子的跳动,我觉得时间也正像一个蹦蹦跳跳的孩子,不经意间早已把人与人之间的距离拉远。

曾经多么熟悉的声音,曾经多么熟悉的笑容啊。离开老师时曾发誓要记住老师的恩情,幻想会在一个鲜花盛开的春天或者果实累累的秋季看望老师。可谁曾料想,人生天地之间如白驹过隙,忽然间已是十几年不见,这期间,每每涌起看望老师的情绪,也往往会因一点小事比如坐车的拥挤、星期天的懒觉而耽搁。感谢这次邂逅得以让我与老师相见,这邂逅带给我的喜悦正像投在水中的石子激起的涟漪一样,慢慢地扩散,扩散,渐渐充满我的心扉,让我忽而体会到,邂逅本身就是人们心灵上最美丽的一处风景,是人生最美丽的一次机缘!

不是吗?我们每一个人从记事起,便不断地相识着同时又遗忘着朋友,可那些真正称得上师长朋友的人,即便难以相见,也不会轻易从记忆里消失,我们会在心中默默地希望能有一次邂逅的机会。

绿地的变迁

最早的时候,窗外那片绿地是一个桐树园子,园子西依大桥,东面便是我们的楼房。楼房呈南北走向,在炎炎夏日,桐树为我们撑起了一把把绿色的大伞;在暖暖春日,桐树为我们盛开起一束束紫色的喇叭花。

一日,桐树忽然被伐掉了,儿子指着被伐的树问:“妈妈,为什么他们要把树杀掉?”我说那不叫杀,心中却夸赞儿子说话形象。园子裸露着黄土,凌乱的树枝在地上堆着,让人想起战斗后的战场。随后种上了一种平原上叫做葛芭草的草,葛芭草很常见,在路边、沟旁随处可见,生命力很旺盛,长在庄稼地里不易除去,想不到今天在城市却看到种这种草,真是在不同的地方便有不同的处境,连草都一样!

冬去春来,“草色遥看近却无”,这平凡的葛芭草让我越来越进入古诗中的意境,渐渐地接受了这草。夏季,这草疯也似的长,常把胳膊、腿儿伸到路上。不管什么季节,这草地上总有人散步、游玩,老年人多是独自一人散步,而年轻人却总是成双成对地坐在草地上,旁若无人地嬉闹。

许是发现葛芭草地不太美观,不久,草地中间的草被挖去,种上了冬青树,呈S形蜿蜒于草地中,到了冬天,这冬青树更显现出了生机。

草地也像人类的历史一样经历着嬗变。葛芭草地在一个星期天过后从我们的视线中消失了,一种叫不上名字的进口草取而代之。进口草种得稀稀拉拉的,这儿一堆,那儿一堆,很不美观,因此,更怀念那旺盛的葛芭草地。没过多久,这进口草便长满了。进口草的颜色比葛芭草的浅些,呈现出一种淡绿色,虽然长得茂盛,却并不乱长,给人一种整齐、柔和的感觉,相比而言,它更像是铺在地上的一大块地毯,对葛芭草地的怀念也因这草地的美丽而淡化了。

又一个春天到来了,草地又要泛青了。默默地在心中渴盼着绿色的出现。忽一日,一群工人将楼下的草挖起,我们睁大眼睛看着心爱的草地被毁坏,他们一锹锹真像挖在我们心坎上。两道沟挖成了,工人们运来了几丈高的竹子,不一日,我们的眼前便是竹子的倩影了。这当然给草地增添了美景,我们悬着心才算放下,我们所在的楼房也会因这竹子的衬托而富有诗意。

看着这草地越变越美,本该感到高兴,但不知怎的,心中却有说不出的滋味,既有对以前园子景色的怀恋,又有怕失去现在美景的心情,所以总以一种告别的心情看这绿地。因为我知道,说不定哪天,草地被挖去种成了花;也说不定哪天,会把花儿全部挖去建成激光喷泉呢。

风起的日子

风起的日子是深秋。

许是那吹面不寒的杨柳风太和煦，许是那热浪翻滚的夏风太热烈，我却对深秋的风情有独钟，年年此时，我的心都会随风而摇荡。

深秋的风从仲秋走来，带着初秋的深愁浅闷，在人们燥热的心田上拂过，让骄傲的心冷却下来；深秋的风给那骄傲了几乎一年的绿叶、鲜花以重重的打击，绿叶屈服了，在树干最需要它的时候哗哗坠地；鲜花畏缩了，在寒风向人们袭来时一改往日的温馨，满面愁绪地凋谢了。哦，这是怎样的一个世界啊！

这一刻，我感受到深秋的风是世界上最强大的。它改变了世界，让人们进入一个全新的自然境界，让人们品味什么是世态炎凉……

年年此时，我都会裹紧风衣，矗立风中，任风吹乱头发。脚下是枯干的草，时时从眼前飘过三两片落叶，扰乱着我的思绪。只在此时，我似乎悟出了什么，又好像什么都没有悟出，我只是站立风中，心灵如被风洗过一般。

“树欲静而风不止。”看着那近处远处的树木，在风的威力下不得不弯下腰去，尤其是那苗条细腰的小树，在风中更是不能自持，我忽而对小树产生了一丝怜悯，在这样的无助下，它一定想快快长成参天大树。

风起的日子，我们意识到：冬天就要来临了，准备好与冬天的寒冷展开一场战斗吧。这时，最容易忆起春天的温暖、夏日的热烈。

站立风中，少不了深愁浅闷。那鲜花呢？那绿叶呢？那生机勃勃的世界呢？大自然悄悄演绎着生离死别的景观，一幕幕，我似乎看到了，听到了。站立风中，不仅是为了聆听大自然生死离别的悲歌，也是为了挥袖与秋作别。

不知怎的，越是在这样的日子，越是容易想起那无忧无虑的童年、天真活泼的少年时代。春，分明是我鲜花烂漫的童年时光；夏，分明是我热情奔放的少年时代。而站立风中,却让我想起,童年和少年时代那依偎在父母怀中的温馨、兄弟姐妹相互嬉闹的亲情……都因了“成熟”二字而成了渐行渐远的春!

站立风中,又很容易让人忘却时间,分不清今天和昨天。这风像从远古刮来,带着远古的凛冽与沧桑。不是吗?今天和昨天有界限而又没有界限,站立风中,正像站立在今天与昨天的交界线上。

不需要太长的时间。风起的日子,让我们静静地站立风中,不仅回味,更要思考。盼望春日!

等　待

有一种感觉叫等待。

等待是一个过程,如天空等待翅膀掠过,大地等待雨水滋润;如绿叶等待红花陪伴,暗夜等待黎明来临。等待无时不有,无处不在,如一朵花,在无声无息中悄悄地绽放在我们生活的某个角落;如一片云,不经意地飘浮在我们心灵的天空。

等待不分地域、远近、古今,等待的过程如水中的一弯明月,时而透出迷人的气息,时而举起伤人的利刃。阿杜有一首歌 *right here waiting*,歌词中说:“不管你去哪里,不管你做什么,不管世事如何变迁,不管我的心如何破碎,我都会在这里等你。”每次听到阿杜用异国的语言唱出这爱情的等待,心中都会有种莫名的感动,于是,汉乐府的民歌也在耳畔响起:“上邪!我欲与君长相知,长命无绝衰。山无陵,江水为竭,冬雷阵阵夏雨雪,天地合,乃敢与君绝。”痴情如此,等待如是,撼人心魄。另外,从敦煌莫高窟石室里发现的古词也在表述着同样的心情:“枕前发尽千般愿,要休且待青山烂。水面上秤锤浮,直待黄河彻底枯。白日参辰现,北斗回南面。休即未能休,且待三更见日头。”每次读起,总能感觉到远古哀怨的女子宁为玉碎的心情,不过这也像是对男人的要挟,被封建制度的枷锁牢牢套紧的女子,似乎只有这样背水一战。在这个世界上,有许多我们等到的东西,也有许多我们等不到的东西,为什么没有想到爱情更是如此呢?在这样的古词中,总可以品出女人等待的滋味,这等待穿越千年时空,满载忧伤如蝴蝶般在我们的眼前翩飞,不由得人不眼花缭乱,不由得人不低眉叹息。

这种等待有一个别名叫执着。

经过三峡见到神女峰永远不变的姿态,想起不老的传说,往往心乱不已,它所表现的是女子的执着,还是女子悲惨的命运?为什么大自然造就的女人的神态被说是等待,而男人的形象却被说成是佛?如果这等待是真的,那神女峰会日渐瘦削,憔悴到无。这座可怜的山峰,因为被冠以等待而诗意盎然,因为被冠以等待而成为不朽的风景,神女那种望眼欲穿的神态,为这座山峰蒙上一层永久的悲剧色彩。

等待与爱情就像是孪生的姊妹,不易分离。

等待最好的背景不是风和日丽,不是花香鸟语,是在散发着丁香气息的雨巷,举一把油纸伞,徘徊低语;是在雨夜的烛光里吟诵:相见时难别亦难;是在元夜的花市,望月上柳梢头,不见去年人,悄悄拭去眼角的泪痕;是在春风拂面的时候,想象人面桃花相映红……在许多百吟不厌的诗词中总能触摸到诗人等待的痛楚。而许多的等待则是无法具体表述的,无法用行动表现的。

舒婷的《神女峰》中有这样的句子:“为眺望远天的杳鹤,而错过无数次春江月明。……与其在悬崖上展览千年,不如在爱人肩头痛哭一晚。”现代人许是被物质包裹得太紧,已没有了等待的能力,没有了等待,也就没有了执着。王菲唱:“回忆还没有变黑白,已经置身事外;承诺不曾说出来,关系已不再;眼泪还没掉下来,已经忘了感慨……”难道真的如人所说,生命中已没有完美的东西值得我们再等待?现代人所缺少的正是如神女一样的等待。拥有和等待就好像花朵与翡翠,有着各自的美丽,却无法归到一个类别中去。等待减少了,爱情也随之乏味。有谁还用几年时间去等待一个远行的人?有谁还会在几年后想到那个等待的人?

大自然在默默中嬗变着,在每个季节,总能感觉到自然中的等待。花儿在相互等待,共铸艳丽的春天;寒风中的树干在等待雪花的柔情;干枯的大地在等待绿色的生机,甚至在秋天,当绿色离去时,它们一定会有告别的言语。分分合合就这样存在着,铸就了生命的美丽。

等待应该是国画中的线条,或动或静,或喜或怒,任由你去画,只看你心中到底有着怎样的风景,在等待面前,人们的表现是千姿百态的,如千姿百态的树叶带着阳光雨露,依附在或粗或细的枝干上,摇曳在四季的风里。

在看似平常的日子里,每个人等待的目标与态度不同,就会有不同的命运。机会只给有准备的人,姜子牙垂钓于渭水,诸葛亮静待于隆中,是怀着旷世奇才的。对奋进者来说,等待是灿烂的花朵,终将结成丰硕的果实;而对守株待兔、碌碌无为的人来说,等待只能是肥皂泡,看起来很美,但会一触即碎。所以,有的人总像是秋天的果农,不断地摘取丰收的果实;而有的人,眼前总是荒芜的戈壁滩,寸草不生。

爱越深,等待就会越沉重。在医院的手术室外,在学校的考场旁,在火车站的站台上……心急如焚的等待,忧心忡忡的等待,望眼欲穿的等待……其间滋味,品尝者何止一人。

等待的过程是一个希望的过程,生命中有很多的等待就会有很多的希望,当你不想再等、无力再等时,也就意味着放弃。你想拥有什么样的生活,就付出怎样的努力吧,不要单纯地等待,不要轻易地放弃,只有在你付出后才有资格等待收获。有许多人在等待的过程中已经绝望,既无法体会等待的美丽,也无法品尝等待后的喜悦。为什么不平心静气地体会一下等待的滋味?即便是在你绝望的时候。生命中有太多的美丽被浪费。

等待就这样充斥在我们的生活中,等待需要一种支撑,这种支撑是等待的目标,很多的时候,这种目标是缥缈的,奇怪的是,面对缥缈的目标,人们的选择是宁信其有,不信其无。“君问归期未有期,巴山夜雨涨秋池,何当共剪西窗烛,却话巴山夜雨时。”看不到共剪西窗烛的日子,却还是要苦苦地期待,很多的等待是没有结果的。等待有时就像一个赌注,或许是为了幸福而等待,或许是在等待一份不可能有结果的结果。

想起一个女人,在她刚生下孩子的时候,即与丈夫分别,此去一别,竟是半个世纪,独自将儿子抚养成人,其间的苦,无以形容。几十年间,没有丈夫的一点音讯,忽然有一日,有人带来了丈夫的消息,不过却是丈夫早在几十年前就已去世的消息。我常常会想象她去打探丈夫消息时的心情,想象她是如何带着满怀希望艰难地行走在乡间的小路上,想象她如何甜蜜地想起50年前年轻的她与丈夫一起度过的恩爱的日子,想象她听到丈夫已不在人世的消息时绝望的心情!她最后选择用自杀来结束自己的生命,在她已经儿孙满堂的时候。几十年来,支撑她活下去的肯定是对丈夫的等待,当希望破灭时,她的支撑力已不复存在。她的无望的等待如一只美丽的瓶子似的碎了，而瓶子里装着的正是她饥渴时所需要的救命之水。当生命不在时，等待也随风而逝。

生命中可以承受的是等待，不能承受的是绝望。等待是一根线，一边连着希望，一边连着绝望。

等待会将时间的影子拉得很长，此时的时间已不是时间，而是细小的针扎在心上，让心刺痛；又如置身无氧的空间，让人窒息。但等待却又有着长久的魅力，不管它如何折磨人，还会有人坚守等待。

听说有一个两幕剧《等待戈多》，写两个流浪汉在乡间的小路上苦苦等待一个叫戈多的人，最后孩子送来口信，今天不来，明天准来，第二幕情形基本相同。作者淡化了情节，以夸张的等待提示现代人类处境的荒诞。有时候想，我们在等待什么？有什么样的人和事令我们去等待？在我们之前，一代又一代的人如我们一样在对美好生活的等待中度过；在我们之后，将来的人也会是这样一代代地等待下去，永无尽期。

如果生命里没有等待，会是怎样的情形？所谓“淡泊以明志，宁静以致远”，真的可以任花开花落，任日月轮回，而心如止水吗？这是至美之境呢？还是颓废绝望之极？